팬데믹 동화

팬데믹 동화

초판 1쇄 발행 2023년 2월 22일

지은이 신경진
펴낸이 정성욱
펴낸곳 이정서재

편집 정성욱
마케팅 정민혁

출판신고 2022년 3월 29일 제 2022-000060호
전화 02)732-2530 ｜ FAX 02)732-2531
이메일 jspoem2002@naver.com

© 신경진, 2023
ISBN 979-11-982024-0-6 (03810)

충청북도 충북문화재단
이 책은 충청북도, 충북문화재단의 후원으로 문화예술육성지원사업의 일환으로 지원받아 발간되었음.

— 이정서재는 도서출판 더소울의 문학 브랜드입니다.

팬데믹 동화

신경진 장편소설

이정
서재

차례

1부

인간, 인간은 누구도 연민 없이는 잘 살 수 없다.
- 도스토옙스키 『죄와 벌』

1

봄날 정원을 배회하던 송화는 정원 한구석에서 꽃망울을 터뜨린 팬지꽃을 발견하고서 감탄을 터뜨렸다. 보라와 노랑 꽃잎이 너무 예뻐서 현기증이 날 정도였다. 팬지의 꽃말이 '나를 생각해주세요.'였나? 송화는 생의 기쁨 대신 죽은 남편을 생각했다. 말기 암 진단을 받고 항암치료를 받던 심휴은 송환 사실 침대에 누워 마치 사랑 고백을 하듯이 자신의 삶이 여기서 멈춘 것을 용서하라고 말했다. 건강했던 시절 주위 사람들을 매혹시키던 그의 근사한 미소가 그리웠다. 그가 당부했던 말이 또 뭐였지? 확신에 찬 그의 목소리가 곁에서 들리는 듯했다. 그것은 달콤한 사랑 고백과는 거리가 먼 현실적인 제안이었다. 젊은 아내를 홀로 둔 채 세상을 등지려는 남자의 마지막 부탁이었다. '송화야, 앞으로 엄청난 기회가 밀려들 거야. 돈이 생기면 한국의 대표적인 기업의 주식을 사야 해.' 허리를 굽혀 무심코 팬지꽃을 꺾으려다 정신을 차린 그녀는 차고로 내려가서 i30의 엔진 스타트 버튼을 눌렀다.

증권회사 건물은 크고 현대적이었다. 로비에 들어선 송화는 코발트 빛이 감도는 선글라스를 쓴 채 벽면 전체를 장식한 거대한 해바라기밭을 올려다보았다. 짙푸른 렌즈 탓인지 노란색 꽃잎들이 형광빛을 내는 해파리처럼 보였다. 그녀는 심해를 유영하는 잠수부라도 된 듯 커다란 꽃을 올려다보았다. 잠시 후 승강기 벨 소리가 울리고 슬림스커트에 실크 블라우스를 입은 직원이 나와서 고객을 맞았다. 그녀는 송화의 외모를 빠르게 훑고서 훈련된 미소를 지은 후 VIP 상담실로 그녀를 안내했다. 송화가 선글라스를 내려놓자 젊은 여자의 관능적인 입술에 미소가 걸렸다. 그녀는 재빠르게 펀드 안내 책자를 탁자 위에 펼쳤다. 새로 출시된 ETF와 각종 펀드에 관한 설명이 이어졌다. 고객의 흥미를 유도하면서도 상품의 위험성에 대해서는 능숙하게 얼버무리는 화술에 송화는 내심 감탄했다. 그녀가 만족스러운 듯 어깨를 으쓱이며 말을 마치자 송화가 질문했다.

"결국, 고객의 원금 손실에 대해서는 책임지지 않는다는 말이죠?"

송화의 질문에 여자는 예의 의식적인 미소를 흘리며 대응했다.

"네. 아쉽지만 펀드라는 게 애초에 그렇게 설계됩니다. 하지만 지금 추천해 드리는 이 펀드는 국내 주식의 불안정성 대신, 달러와 유로화 같은 안전자산에 대한 투자를 바탕으로 하고 있어서 원금 손실이 일어날 가능성은 거의 없습니다."

여자의 날렵한 금테 안경 뒤로 영리해 보이는 갈색 눈동자가 반짝였다.

"작년에 국내 주식형 펀드 모두에서 손실이 났다는 기사를 읽었어요. 마이너스 10%면 그나마 선방한 것이라고 하던데, 어떻게 생각하세요?"

다소 공격적인 송화의 질문에 영업사원의 얼굴이 굳어졌다. 고객의 까다로운 질문에 대응하는 노하우를 익혔음에도 진실 앞에서는 무력해지기 마련이다. 직원의 말이 빨라졌다. 추천하는 펀드는 과거의 실패한 상품들과는 다르다는 진부한 이야기의 반복이었다. 송화는 피로감을 느꼈다. 숄더백에서 지갑을 찾아 자기앞 수표를 꺼냈다. 만기 적금을 해지하고 찾은 돈이었다.

"1억 원이에요. 우선 CMA 계좌에 넣어줘요. 구체적인 투자에 대해서는 생각할 시간을 주세요. 판단이 서면 그때 연락 드리겠습니다."

송화는 탁자에 내려놓은 선글라스를 다시 쓰며 가벼운 한숨을 쉬었다. 마치 푸른 바다에 뛰어든 것처럼 몸속 열기가 가라앉자 이내 좁쌀 같은 소름이 팔에 돋았다.

송화의 별명은 노래하는 꽃을 뜻하는 '송 플라워 song flower'였다. 성에 같은 음절인 송이 덧붙여져 송송화는 때때로 송송이라고 불리기도 했다. 오이 송송이를 소리 내어 아작 씹을 때마다 송화는 타인의 시선을 의식해야만 했다. 그녀는 사람들이 노래하는 꽃으로 불러줄 때 기분이 좋았다. 마치 한 송이 예쁜 꽃이 된 듯 복사꽃 같은 볼에 탐스러운 미소가 피어올랐다. 수학 교사인 그녀는 아이들을 사랑했고 가르치는 일을 좋아했다. 그렇게 평생 교사로 일하다가 아버지처럼 정년을 맞으리라 생각했다. 세상의 변화는 송화에게 곧 학교의 변화를 의미했다. 교사가 된 지 27년, 송화는 명예퇴직을 진지하게 고민했다. 삼 년 전 무더웠던 여름, 뇌동맥 경화로 병원 신세를 지던 아버지가 뇌출혈로 중환자실에서 눈을 감았다. 그리고 연이어서 또 다른 비극의 파도가 그녀를 덮쳤다. 이번에는 충격의 세기가 달랐다. 영원한 사랑을 약속했던 남편 성훈이 숨을 거두었다. 그녀가 발을 딛고 선 곳은 세상의 끝이었다. 그런데도 어김없이 시간은 그녀를 낯선 공간으로 데려갔다. 송화는 길을 걷다가 문득 세상의 풍경이 달라졌음을 깨달았다. 2020년 봄, 최악의 유행병 바이러스 '코비드19'가 지상을 덮쳤다.

송화의 집은 언덕 경사지에 지은 2층 붉은 벽돌 주택이었다. 넓은 잔디 정원에는 정원수와 화단이 있고 파라솔을 놓은 양지바른 구석에는 작은 연못이 있었다. 서녘 하늘이 주홍빛으로 물들어 가면 건물 뒤쪽의 숲에 잠들어 있던 생명들이 깨어나는 소리가 담장을 넘어왔다. 이층 테라스에서 정면을 내려다보면 산업단지에 입주한 회사들의 공장 건물과 인근 아파트의 불빛들이 보였다. 송화는 테라스 의자에 기대어 앉아 이 두 세계의 경계선을 바라보는 것이 좋았다. 마치 인간의 사적인 삶과 사회적인 삶을 시각적으로 분류해서 보여주는 느낌이 들었다. 이윽고 주민들은 인위한 세세에서 서녀가 하루의 반을 비정한 세계에서 보낸 다음 자신의 안전한 거주지로 되돌아왔다.

대지 300평의 전원주택은 남편을 잃고 홀로된 여자가 배회하기에는 지나치게 큰 집이었다. 그래서일까, 집에 머무르는 시간이 점점 힘들어졌다. 겨울방학 동안 그녀는 기회만 나면 여행길에 나섰다. 대구 신천지교회 감염자들의 수가 폭발적으로 치솟은 위험한 시기에 그녀는 동해안 해변 도로를 유영하고 있었다. 파도치는 바다를 바라보면 혼란스러운 마음이 진정될지도 모른다는 기대를 품고 떠난 여행이었다. 그러나 연일 늘어나는 감염자 수만큼이나 마음의 압박은 거세졌다. 바이러스의 위험은 더는 먼 나라의 일이 아니었다. 송화는 불안감에 휩싸여 급하게 가방을 싸서 집으로 돌아가기 위해 운전석에 올랐다. 청각은 예민해지고 시각은 좁아졌다. 호텔을 빠져나온 그녀는 해안 도로를 달리다 갑자기 튀어나온 검은 물체를 보고서 급브레이크를 밟았다. 정신을 차리고 고개를 드니 운전석을 뚫어지게 쳐다보는 생명체가 보였다. 송화는 놀란 가슴을 쓸어내렸다. 강아지의 두 다리가 전기충격을 받은 것처럼 떨렸다. 그녀의 눈이 강아지의 눈과 부딪쳤다. 눈동자가 절망적으로 흔들렸다. 그것은 버림받은 자의 눈이었다. 도시에서 주말여행을 떠나온 가족이 버린 것일까. 차에서 내리자 귓가로 맹렬한 파도 소리가 치고 세찬 바람에 흩날린 물보라가 뺨을 때렸다. 송화는 허리를 굽혀 강아지의 머리를 쓰다듬었다. 이마의 털은 젖어 있었다. 인식표 목걸이는 없었다. 표준 체구에 못 미치는 작은 보더콜리, 주인을 잃은 강아지는 패닉 상태였다. 유기된 강아지들은 주인에게 버림받았다는 생각은 하지 못한 채 주인을 잃어버린 자신의 어리석음을 자책한다는 말을 들은 적이 있었다. 앞발의 떨림이 멎지 않는 것은 아마 그 탓일 것이다. 허리를 펴고 일어나 주위를 살폈다. 해안가로 부챗살 같은 파도가 밀려오고 있었다. 냉기를 품은 바람에 그녀의 머리카락과 강아지의 털이 날렸다. 마을과는 멀리 떨어진 외진 해안 도로였다. 사방을 둘러보아도 바다와 들판과 구름만이 보일 뿐이었다. 송화는 한동안 보더콜리를 내려보다 차의 뒷문을 열었다. 녀석은 불분명한 신음을 내더니 차에 올라탔다. 송화는 자신의 판단이 옳은지 의심을 떨쳐내지 못한 채 고속도로에 진입해서 속도를 올렸다. 도시로 되돌아오는 긴 시간 동안 보더콜리는 잠들지 않고서 곁눈질로 송화의 눈치를 봤다.

집으로 돌아와 유기 동물 보호소에 신고하고 연락을 기다렸다. 담당자는 인근 지역에서 보더콜리 실종신고는 없었다고 말했다. 동물보호법에 의해 10일이 지나면 소유권은 지자체로 넘어가고 이후 입양과 안락사 여부가 결정된다고 했다. 2주 후 담당자에게서 연락이 왔다.

"어떻게 하시겠어요?"라는 질문이 되돌아왔다.

송화는 질문의 의도를 생각하다 정신을 차렸다.

"제가 입양할 수 있을까요?"

송화는 주인에게 버림받은 보더콜리에게 해리라는 이름
을 지어주었다. 해리는 남편이 좋아했던 소설 『토끼는 부자
다』에 등장하는 주인공 남자 이름이었다.

스타벅스 실내는 평소보다 손님의 수가 현저히 줄어 있었
다. 마스크를 쓴 키 큰 청년이 다가와 전자출입명부 큐알코드
에 대해 알려주고 눈짓으로 체온 측정을 요구했다. 송화는 얼
굴을 가린 마스크 탓에 그의 미소를 보지 못한 것이 아쉬웠
다. 앞치마를 두른 여종업원은 머그잔 대신 일회용 종이컵에
담은 커피를 내밀었다. 송화는 커피를 받아 창가 자리에 앉
아 소파에 등을 파묻고 창밖을 바라보았다. 소리 없는 불안이
거리에 회색빛 그림자를 드리우고 화단에 갇힌 봄꽃 나무들
은 수용소의 전쟁 포로들처럼 몸을 떨었다. 2020년 3월 10
일 0시 기준 국내 확진자 총수는 7,513명, 전국 초·중등학교
의 개학이 연기되고 프로야구의 개막전도 기약 없이 취소되
었다. 뉴스를 검색하는 송화의 속눈썹이 가늘게 떨렸다. 그녀
는 숨을 깊이 들이마시고 창밖으로 고개를 돌렸다. 마스크 대
신 낡은 수건으로 입을 가린 채 종이상자를 쌓은 손수레를 밀
고 가는 노파의 휘어진 등을 바라보다 송화는 임종 순간 보았
던 아버지의 눈동자를 기억해냈다. 늪지대를 부유하는 탁한
빛처럼 노인의 눈에는 실존의 파괴로 인한 공포가 어른거렸

다. '나도 언젠가는 아버지처럼 죽을 거야.' 그녀는 현실과 뒤섞인 비가시적인 세계에 귀를 기울였다. 멀지 않은 곳에서 맹렬한 속도로 달려오는 죽음의 열차 소리가 들렸다. 얼마나 더 많은 사람이 죽어야만 이 비극이 끝날까.

공포는 현실이었다. 송화는 넋 나간 표정으로 액정을 두드렸고 세계의 몰락을 알리는 활자들에 몸을 떨었다. 그녀의 눈이 한 지점에 멈췄다. 지난밤 3월 9일에 일어난 미국 주식 시장의 대폭락, 검은 월요일에 대한 뉴스였다. 2월 중순부터 시작한 하락장으로 투자자들은 패닉 상태에서 주식을 내던졌다. 나스닥과 S&P500, 다우 지수 모두 폭락했다. 주식거래를 일시 중단하는 서킷브레이커가 작동해도 하락은 멈추지 않았다.

송화는 창백해진 얼굴로 주위를 살폈다. 마스크를 쓴 사람들이 조심조심 발걸음을 옮기고 있었다. 미니스커트를 입은 이십 대 초반의 여자가 진열대 앞에서 케이크를 들여다보는 모습이 눈에 들어왔다. 깊은 눈 화장을 한 여자는 초콜릿 무스와 마카롱 사이에서 고민하고 있었다. 표정과 태도가 진지했다. 그것은 삶에 대한 원초적인 집착이었다. 인간은 초콜릿 케이크와 마카롱 사이에서 고민하는 존재이다. 살아남은 자는 생존 본능에 의해 살아가야만 한다. 송화는 뉴스 앱을 닫고 증권사 앱을 열었다. 작년 봄, 귀신에 홀린 듯 느닷없이 증권사에 방문해서 개설한 계좌였다. '나의 자산'에는 총 4억 원이 들어 있었다. 지난해에 넣어둔 1억 원과 보험사에서 받은 남편의 사망보험금과 유산으로 받은 현금을 합한 3억 원이었다.

송화는 냉수 한잔을 마시고 카페를 나왔다. 주차장에는 키 큰 청년이 건물 외벽 후미진 그늘 속에서 몸을 숨긴 채 담배를 피우고 있었다. 전자출입명부 큐알코드를 설명해주던 친절한 청년이었다. 마스크를 벗어서 이목구비가 정확히 보였다. 짐작대로 잘생긴 남자아이였다. 그는 송화와 눈이 마주치자 환하게 웃었다. 송화는 답례로 가볍게 손을 흔들어 주었다. 집으로 되돌아오는 길에 그녀는 차창 밖으로 이어지는 산업단지의 회사들을 보았다. 현대식으로 지어진 건물들은 불필요한 장식을 제거하고 대상의 본질만을 남기려는 미니멀리즘 구조물처럼 보였다. 마치 대형 회화 작품이 걸린 전시관 복도를 느리게 통과하는 듯한 감상에 사로잡혔다. 가장 먼저 눈에 들어온 회사는 녹십자였다. 좌회전 신호를 기다리며 송화는 회사 정문과 울타리를 보았다. 신호등이 켜지고 좌회전을 하자 새로운 공장 건물이 나타났다. 또 다른 바이오 제약회사인 셀트리온이었다. 넓은 잔디 정원에 벽돌을 쌓아 놓은 듯한 격자무늬로 외양을 장식해놓았다. 셀트리온을 지나자 낯선 이름의 회사가 나타났다. 송화는 느리게 차를 몰며 건물 외벽에 걸린 알파벳을 읽었다. ECOPROBM 에코프로비엠? 그녀는 십 년 넘게 과학산업단지 도로를 오가는 동안에도 이웃한 회사들의 정체에 대해서 철저히 무지했다는 사실에 가벼운 흥분을 느꼈다. 에코프로비엠 맞은편에는 LG화학 제2공장이 버티고 서 있었다. 사거리에서 좌회전을 받아 직전을 하는 동안 드넓은 산업단지 부지가 나타났다. 송화의 집은 이 광활한 공터와 인접해 있었다. 차고에 차를 넣고 현관문을 열어 거실에 들어서는 동안에도 송화는 쉬지 않고 네 회사의 이름들을 머릿속에서 되뇌었다. LG화학과 에코프로비엠, 셀트리온, 녹십자 모두 네 회사였다.

그녀는 거실 소파에 앉아 이들 네 회사의 주식을 각각 1억 원씩 사들였다. 매수를 끝내고 휴대폰을 내려놓자 이마에서 신땀이 흘렀다. 이들 회사의 주주가 되었다는 현실적인 감각은 없었다. 주식 투자는 추상적인 행위였다. 거금을 썼지만, 상품은 눈에 보이지도 손에 잡히지도 않았다. 자신이 4억 원이라는 엄청난 돈을 순식간에 처분해버렸다는 현실적인 공포가 엄습했다. 불안과 회의의 파도가 밀려오자 현기증이 났다. 송화는 집중하기 위해 의식적으로 눈에 힘을 줬다. 마룻

바닥에 웅크린 채 자신을 응시하는 해리의 얼굴이 보였다. 검은 눈동자가 호기심으로 반짝였다. 새 주인에 대한 의심을 떨친 영리한 강아지였다. 자신이 이 의존적인 생명체를 다시 버릴 수 있을까. 불가능한 일은 아니었다.

그날 밤 송화는 주방에서 모시조개를 넣은 파스타를 볶았다. 식탁에 앉아 넷플릭스에서 업로드한 영화를 보며 느긋한 저녁 식사를 했다. 우주 정거장에서 사고를 당해 동료들은 모두 죽고 홀로 표류한 여자가 살아남아 지구로 귀환한다는 스토리의 재난 영화다. 주연을 맡은 산드라 블록의 몸매는 여전히 아름다웠다. 송화는 자신보다 나이가 많은 여배우에게 일말의 패배감을 느꼈다. 와인셀러에는 남편이 좋아했던 부르고뉴 샤블리 와인이 남아 있었다. 송화는 포도주 한 잔을 머리맡에 놓은 후 침대에 기대었다. 상념이 밤하늘의 은하수처럼 흘렀다. 해리는 독서 전등이 꺼지자 양탄자 위에 웅크리고 누워 앞발에 머리를 받치고 주인이 잠들기 전까지 눈동자를 굴렸다. 평소와 다를 바 없는 평화로운 밤, 자명종 시계 버튼을 올리고 눈을 감았다. 악몽이 사라진 깊은 밤이 찾아오길 주문처럼 외우자 비로소 졸음이 밀려왔다. 4억 원의 주식 매수는 그녀 인생에서 가장 극적인 순간이었는데도 그녀는 이 모든 소동을 운명의 여신에게 내맡긴 채 잠에 빠져들었다.

－ 2020년 3월 10일은 코로나19 팬데믹으로 인한 자본 시장의 혼란이 절정에 치달은 날이었다. 기록적인 최저점을 찍은 날이었지만 그날 이후 시장 상황은 급변했다. 공포는 기회로 바뀌고 주식 시장은 개인투자자의 대거 참여로 가파른 상승 랠리를 이어갔다. 2주가 지난 3월 23일, 자본 시장의 안정화와 경기 회복을 목표로 미 연방준비제도이사회가 무제한 양적 완화를 선언했다. 무제한 양적 완화란 미국 채권의 무제한 매입을 의미했다. 이는 곧 금융 시장으로 미국 정부가 발행한 달러가 무한정 쏟아져 나온다는 말이었다. 마이너스 초저금리 시대가 열리자 투자자들은 돈을 빌려 주식을 사들이기 시작했다. 전 세계 주식 시장이 동반 폭등했다. 송화는 행운의 여신이 무작위로 뿌린 황금을 주웠다. LG화학과 에코프로비엠은 한국의 대표적인 이차전지 기업이고 셀트리온과 녹십자는 국내 바이오산업을 선도하는 기업이었다. 이들 회사의 수익률은 2020년 하반기를 달군 주가 폭등에서도 단연 돋보였다. 송화는 비대면 수업으로 아이들을 가르치며 2학기를 보냈다. 명예퇴직이 받아들여져 이듬해에는 순조롭게 퇴직했다. 그녀는 비교적 넉넉한 연금으로 생활비를 충당할 수 있었다. 남은 일은 인생의 후반전에 해당하는 노년의 삶을 준비하는 것이었다. 그해 수도권의 부동산이 수직 상승했지

만 그녀는 되돌아보지 않았다. 이층 테라스에 앉아 샴페인을 홀짝이며 지상을 내려다보면 자신이 산 주식의 회사들이 보였다. 노래하는 꽃, 송화는 이제 부자였다.

2

2020년 8월, 여름 2차 대유행이 시작되자 실내 스포츠 센터는 영업을 중단했다. 요가 수업도 폐강되고 수영장도 문을 걸어 잠갔다. 그나마 실외 스포츠는 제한적으로 허용되어서 송화는 본격적으로 골프에 뛰어들었다. 운동을 좋아했던 남편의 권유로 삼십 대에 이미 기초 레슨은 받은 적이 있어서 클럽을 쥐었을 때 이질감이 느껴지지는 않았다. 근력과 유연성이 떨어져 비거리가 줄었지만 골프는 멀리 치기로 승부가 결정되는 경기가 아니었다.

그녀의 차는 2017년형 현대 i30 해치백이었다. 차체가 작아 주차할 때 편리했고 다른 소형차에 비해 트렁크가 커서 장보기에 좋았다. 골프장 주차장에 늘어선 무채색 대형차들과 수입차들 사이에서 빨간 해치백은 유독 눈에 띄었다. 송화는 집에서 멀지 않은 9홀을 두 번 도는 대중 골프장을 주로 이용했다. 규모가 작아도 인코스 아웃코스 그린을 달리해서 마치 18홀을 도는 듯한 기분을 느낄 수 있는 코스였다.

차가운 바람이 푸른 잔디 위를 물결처럼 흐르는 가을 저녁, 송화는 라운딩을 마치고 클럽하우스 정원 벤치에 앉아 열기를 식혔다. 여성 호르몬의 분비량이 준 탓인지 때때로 가슴이 두근거리고 안면홍조가 일어났다. 그녀는 손부채질로 열기를 식혔다. 깔끔히 정돈된 연못 분수의 물보라를 바라보니 혈관 속 흥분이 서서히 진정되었다. 가까운 거리에 9홀 깃대가 바람에 흔들리고 있었다. 마지막에 그린 사이드 벙커에 공이 빠지면서 3타를 잃었는데도 송화는 까맣게 잊고서 녹색 카펫을 바라보았다. 오후 타임 일정이 끝나 페어웨이를 걷는 사람들의 모습은 보이지 않았다. 연습장에서 들려오는 경쾌한 드라이버 샷 소리만이 고즈넉한 산사의 풍경 소리처럼 울려 퍼졌다. 송화가 딴생각에 빠져 있는 동안 그린 위로 유니폼을 입은 직원이 나타났다. 반소매 티셔츠에 모자를 눌러 쓴 청년은 진지하게 잔디를 깎았다. 그의 날씬한 팔다리가 기계의 날카로운 칼날과 기묘한 조화를 이루며 움직였다. 송화는 그렇게 멍하니 잔디 깎는 청년을 바라보다 자리에서 일어나 자석에 이끌린 듯 그를 향해 걸어갔다. 그린 위에 오르자 코끝으로 알싸한 풀냄새가 풍겼다. 그녀를 발견한 청년이 동작을 멈췄다. 그는 모자를 빗겨 올려 이마에 흐른 땀을 손등으로 닦으며 송화를 바라보았다. 햇볕에 그을린 청년의 얼굴에는 의문이 가득했다.

"너 나 알지?"

송화는 녹색 잔디가 묻은 하얀 골프 장갑을 양손으로 쥐었다. 그린에서는 공이 홀컵 속으로 빨려 들어가는 소리를 기다리는 순간이 가장 짜릿하다. 송화는 기다렸다. 퍼팅에서 고개를 일찍 들면 실패한다.

"아, 안녕하세요. 선생님."

청년은 그녀를 바라보며 곧 어떤 여자라도 반해버릴 근사한 미소를 지었다.

송화는 주차장에서 현수를 기다렸다. 라디오에서는 스탈린 시대에 활약한 러시아 작곡가의 왈츠 피아노곡이 흐르고, 어둠이 내려앉은 숲에서는 풀벌레들이 비행하고 있었다. 골프장 코스관리직은 노동 강도가 세기로 악명이 높았다. 땡볕에서 쉼 없이 자라는 서양 잔디를 쳐내고 농약을 뿌리는 일은 골프 코스의 아름다움과 비례해서 어려운 일이었다. 관리사

직원 한 명이 무단결근해서 땜빵 알바를 왔다고 현수는 말했다. 퇴근 후에 같이 저녁이나 먹자고 하자 그의 얼굴은 굳어졌다. 괜한 제안을 한 것 같아 송화는 얼굴을 붉혔다. 턱에 내린 마스크를 끌어올리고 그의 대답을 기다렸다. 현수는 클럽하우스 창으로 보이는 불빛을 물끄러미 바라본 후 고개를 끄덕였다.

함께 식당으로 향하는 동안에도 그는 거의 말이 없었다. 비스듬히 고개를 돌려 차창 밖 어둠을 응시할 뿐이었다. 이 아이가 이렇게 과묵했었나, 송화는 기억을 더듬었지만 구체적으로 떠오르는 장면은 없었다. 왜 먼저 아는 체를 했을까? 송화는 구불구불한 산길 도로를 내려오며 자신의 돌발적인 행동을 후회했다. 길에서 폐지를 줍는 노인을 보거나 술에 취한 노숙자를 만나면 반사적으로 지갑을 열어 그들에게 돈을 건넸다. 가끔은 그들이 자신의 선의를 오해할까 두려웠고 건방진 일을 했다는 생각에 마음이 무거워진 적도 있었다.

뭘 먹을까? 라고 질문해도 현수는 묵묵부답이었다. 우연히 만난 교사와 제자의 대화치고는 분위기가 어색했다. 송화는 고민하다 수제 화덕 피자를 만드는 레스토랑으로 그를 데려갔다. 메뉴를 선택하는 동안에도 그는 거의 관심을 보이지 않았다. 송화가 입은 파스텔톤 골프 셔츠가 요란하게 보일 정도로 무심한 태도였다. 늦은 시각이어서 식당에는 손님이 거의 없었다. 서른 평 남짓한 크기에 주방과 객석 테이블이 분리된 소규모 피자 가게였다. 두 사람의 침묵은 그만큼 과장되어 드러났다. 송화는 과묵한 사내아이의 눈치를 살피며 질문을 던졌다. 그리고 힘겹게 기억의 퍼즐을 완성해나갔다. 오송역이 개발되면서 생긴 새로운 공립학교에서 만난 아이였다. 졸업 연도를 계산하니 스물넷, 정상적인 코스를 밟으면 군대에 갔다 와서 복학했을 나이다. 어느 학교에 다니느냐 물으니 짧은 대답이 돌아왔다. '대학에는 가지 않았어요.' 송화는 다음 말을 기다렸다. 반듯한 이마 밑의 짙은 눈썹이 여자아이처럼 예뻤다. 미간이 좁혀지는 걸 보니 대답하기 싫은 표정이었다. 다행히 주인이 화덕에서 구운 피자를 가져와 침묵을 덮어주었다. 허브와 치즈를 뿌린 갈릭 쉬림프 피자에서는 이국적인 냄새가 났다. 송화는 피자를 잘라서 접시에 올렸다. 그가 고개를 숙여 인사했다. 그 모습이 왠지 마음을 아프게 했다. 햇볕에 그을린 청년은 이제 자신이 보호해야 할 제자가 아니었다. 송화는 얼음을 넣은 콜라를 마셨다. 마음 같아서는 차가운 맥주로 열기를 씻고 싶었으나 운전 때문에 포기해야만 했다. 맥주를 마시겠냐고 권하니 고개를 가로저었다.

기억이 돌아오고 있었다. 화단의 나무에 꽃망울이 맺히기 시작한 어느 봄날, 현수는 수업이 끝나고 송화를 찾아와 면담을 청했다. 질문의 핵심은 왜 교과서 진도대로 수업을 진행하지 않느냐는 이야기였다. 그는 중학교에서 선행학습을 하지 못하고 고등학교에 입학한 저소득층 아이 중 하나였다. 중학교를 우수한 성적으로 졸업했지만 일부 아이들은 수업을 따라가지 못하고 좌절감을 맛보았다. 그와의 상담을 끝내고 송화는 같은 부류의 아이들을 모아 보충학습을 진행했다. 현수는 입학 초기 송화가 자발적으로 꾸려가던 소모임의 일원이었다.

"군대는 갔다 왔지?"

송화는 대화를 이어가고 싶었다. 그의 눈빛은 차분했다.

"아버지는 어렸을 때 자살했고 엄마는 정신병동에 입원해 있다가 죽었어요."

"아!"

송화는 자신도 모르게 탄식을 터뜨렸다. 그리고는 얼굴을 붉혔다. 타인의 불행을 이렇게 가까운 거리에서 확인하기는 정말 오랜만이었다. 현대인들은 타인의 불행을 먼 거리에서 감상하는 데 익숙했다. 비극은 텔레비전과 신문, 책과 같은 대중미디어를 통해서 소비될 뿐이다. 송화는 어떻게 반응할지 몰랐다. 그가 한 이야기는 그날 저녁 송화에게 한 가장 긴 문장의 말이었다. 이후로는 그저 단답형의 대답을 하거나 고개를 끄덕였을 뿐이다. 길고 피로한 저녁이었다. 식당을 나와 집까지 데려가 주겠다고 하니 현수는 거절했다. 무심결에 악수하려고 손을 내밀자 그는 한동안 송화를 응시하다 손을 잡았다. 육체노동으로 다져진 거친 손바닥은 의외로 따뜻했다. 송화는 집으로 돌아와 샤워하고 해리와 잠깐 놀아준 후 잠자리에 들었다. 강릉의 해변도로에서 해리를 처음 만났을 때 길 잃은 강아지의 절망한 눈동자가 기억났다. 피자집에서 현수를 바라보다 그의 눈동자가 누군가와 닮았다고 생각했는데 바로 해리의 눈빛이었다. 녀석의 저녁 산책을 건너뛰었다는 생각에 이르자 가슴이 아릿하게 아팠다.

일주일 뒤 송화는 우연히 다시 현수를 보았다. 오창 사거리였다. 이른 저녁을 먹고 해리와 산책을 나온 길이었다. 청주와 진천을 잇는 사거리는 몇 해 전부터 지하차도 공사로 어수선했다. 송화는 가끔 전원주택 단지를 내려와 오래된 읍내를 관통해서 바둑판처럼 정리가 된 농경지를 산책하곤 했다. 청원생명쌀이라는 전국적인 브랜드의 쌀을 생산하는 곡창지대였다. 트랙터와 경운기 같은 농기계들의 이동을 위한 농로는 반듯하게 정리되어 있었다. 이국의 초원지대처럼 인접한 산들이 없어 시야가 멀리 확장되었다. 눈맛이 좋아 먼 하늘을 보는 것만으로도 가슴이 시원하게 뚫렸다. 이 경작지로 가기 위해서는 사거리를 지나 읍사무소가 있는 오래된 마을을 통과해야만 했다.

송화는 해리의 리드줄을 잡고 사거리에서 신호를 기다렸다. 공사 때문에 교차로 횡단보도는 엿가락처럼 휘어져 있었다. 차량과 보행자들이 뒤섞여서 사고 위험이 크고 건설 중장비가 들어올 때면 실제적인 위협이 느껴졌다. 횡단보도 중간에 안전모를 쓰고 경광봉을 든 청년이 수신호로 차량의 진입을 통제하고 있었다. 그가 바로 현수였다. 송화는 횡단보도를 건너다 그를 알아봤고 멋쩍게 인사를 건넸다. 현수는 우연한 재회에 놀라워하더니 송화와 함께 횡단보도를 건넜다. 그는 해리를 슬쩍 내려다보며 곧 교대할 예정이니 산책 후에 다시 만나자고 했다. 송화는 무심코 고개를 끄덕였다. 산책은 대략 한 시간을 넘지 않았다. 땅거미가 내려앉기 시작한 논에는 추수를 기다리는 벼들이 고개를 숙이고 있었다. 논에 물을 대고 모내기를 한 지가 엊그제 같은데 벌써 가을이었다. 인적이 없어 송화는 해리의 목줄을 풀어주었다. 주민들이 선호하는 일반적인 산책로를 벗어나 이곳까지 온 이유는 해리 때문이기도 했다. 해리는 신이 난 듯 코를 킁킁거리며 앞장서서 길을 인도했다. 반면 송화의 머릿속은 조금 복잡했다. 현수와의 지난 만남에서 남은 어색함을 몸이 아직 기억하고 있었다. 그것은 교사로서의 삶을 시작하면서 체득하게 된 무기력한 체념이었다. 아이들에게는 저마다의 삶의 경로가 정해져 있었다. 교사는 그들에게 조언하며 새로운 길을 제시할 수는 있지만 그들의 삶에 간여할 수는 없었다. 임용 초기 송화는 자신의 치마폭에 뛰어들어 눈물을 흘리는 소녀의 등을 토닥이며 자신의 한계와 마주쳤다. 그녀는 백화점에서 정성 들여 고른 값비싼 원피스에 콧물을 쏟아내는 불쌍한 여자아이를 떼어놓고 싶었고 서둘러 안락한 집으로 되돌아가고 싶었다. 자신은 직업 교사이지 아이의 엄마가 아니었다.

현수는 안전모와 형광 조끼를 벗고 신호등 앞에 서 있었다. 그는 해리와 송화를 발견하고는 성큼성큼 다가왔다. 송화는 멈춰 서서 그를 바라보기만 했다. 그들은 십여 분을 걸어서 이전에 만났던 피자집으로 갔다. 그동안 두 사람은 가을 풍경과 농촌 노인들의 고달픈 삶에 대해서 대화를 주고받았다. 현수는 교차로 지하차도 공사가 왜 이토록 길어지는지 진지하게 설명했다. 피자를 먹고 콜라를 마실 때도 공사 이야기는 이어졌다. 테이블에는 일주일 전과 똑같은 음식이 나왔다. 피자가 바닥나자 그는 자리에서 벌떡 일어나 계산대로 걸어가 뒷주머니에서 구겨진 지폐를 꺼냈다. 송화는 그제야 현수가 왜 이런 제안을 했는지 이해할 수 있었다. 두 사람은 일주일 전과 마찬가지로 가벼운 악수를 하고 헤어졌다.

송화는 오송역으로 차를 몰았다. 자신이 근무할 때와는 달리 거리 풍경이 변해 있었다. 개발이 진행 중인 지역의 특징이라 할 수 있는 들뜬 분위기가 감지되었다. 어쩌면 코로나 시국에서 일어난 착시일 수도 있었다. 질병관리청의 역할이 커지면서 오송이라는 지역의 의미마저 커진 것이다. 송화가 오송의 학교로 출퇴근할 때 질병관리본부 공무원들은 존재감이 없었다. 주민들은 퇴근 시간에 우르르 쏟아져 나오는 보건복지부 직원들을 부러운 시선으로 바라보았다. 송화도 그들 중 한 사람이었다. 그러나 코로나의 긴 터널이 이어지자 질병관리청 직원들을 시샘 어린 눈길로 바라보는 사람은 더이상 없었다.

영어과 미향은 같은 대학 같은 학번 친구였다. 그녀는 송화의 방문을 반겼다. 송화가 명예퇴직을 신청했다고 하자 다중의 의미를 담은 한숨을 내뱉었다. 일상적인 대화를 나눈 후 본론을 꺼냈다. 그녀는 현수의 마지막 학년 담임교사였다. 미향은 현수를 정확히 기억했다.

"가정환경이 정말 어려운 아이였어. 불행도 등수로 따질 수 있다면 교내 일등이었을 거야. 그래도 이 학교는 꽤 안정된 가정의 아이들이 다니잖아. 아버지가 서울에서 사업을 하다 큰 빚을 졌나 봐. 자살했다는데 그 후유증으로 엄마가 정신병을 앓아 병원에 보내졌고 현수는 외할머니 집에 맡겨진 거야. 노인네가 폐지를 주워 생활했는데 그마저도 지병 탓에 그만뒀다고 들었어."

미향은 기억력이 좋았다. 송화는 그녀의 이야기를 들으며 학창 시절의 현수를 머릿속으로 그려나갔다. 대화가 이어질 수록 현수에 대한 자신의 기억도 되살아났다.

"내 수업 3년 동안 책상에 엎드려 잠만 잔 아이는 걔가 유일해. 수학은 어땠어?"

질문을 받은 송화는 얼굴을 붉혔다. 수학은 아이들이 포기해 버리는 일등 과목이었다.

"1학년 때 엄마가 죽었을 거야. 정신병을 앓던 엄마가 화재 사고로 죽었는데 끔찍한 뉴스여서 학교에서 말이 많았잖아. 송 쌤도 기억날 거야. 그런데 더 놀라운 건 위로하는 담임에게 엄마가 죽어서 다행이라고 말했다는 거야. 담임은 충격을 받았지. 그런데 나중에는 이해할 수 있었대. 조현병이라는 게 정신 분열이잖아. 아이가 얼마나 힘들었으면 그렇게 말했겠어."

송화는 그제야 자신이 왜 현수를 곧바로 알아봤는지 이해할 수 있었다. 상처받은 소년의 얼굴은 그녀의 무의식에 잠들어 있었다. 피자집에서 그가 왜 그토록 염세적인 표정을 지었는지도 이해할 수 있었다. 당신은 벌써 나를 잊어버렸어? 라는 무언의 항변이었을까.

"성적은 어땠어?"

"성적? 온종일 학교에서 잠만 잤는데?"

어리석은 질문이었다.

"교우 관계는?"

"교사들도 그 애를 보면 피했는데 친구가 있었겠어? 3년 동안 외톨이로 지내다 졸업한 거야. 그런 아이들 있잖아. 유령 같기도 하고 그림자 같기도 한 아이들."

송화는 고개를 끄덕였다. 눈을 뜨고 주위를 살피면 그런 아이들이 많았다. 존재감은 없는데 두려움을 주는 아이들. 그래서 사람들에게 외면당하는 아이들, 버려진 아이들. 미향과 헤어져 집으로 돌아오는 길은 외로웠다. 차창 밖으로 차가운 가을비가 내리고 차체가 흔들릴 만큼 바람도 거세게 불었다. 송화는 그날 밤 잠을 이루지 못했다. 그녀는 테라스로 나가 어둠에 잠긴 마을을 바라보았다. 비는 그쳤지만 공기는 눅눅했고 싸늘한 바람은 비릿한 강물 냄새를 품고 있었다. 고층 아파트와 산업 단지의 불빛이 밤안개와 뒤섞이며 표류하는 선박들이 쏘아 올린 신호탄처럼 보였다. 그러나 바다의 예감은 낮은 구릉으로 둘러싸인 내륙 지역에서는 불가능했다.

　토요일 아침 해리와 함께 경남 통영으로 여행을 떠났다. 바다를 보는 게 목적이어서 숙박은 해변 근처의 펜션으로 정했다. 주말 여행객들은 방역 지침을 어기고 밖으로 나온 것이 신경 쓰였는지 경계 어린 시선으로 조심조심 움직였다. 송화는 해리와 텅 빈 해변을 산책하는 것을 제외하고는 외출하지 않았다. 창가의 소파에 앉아 쉼 없이 밀려드는 파도를 바라보기만 했다. 여름 피서 대목을 망친 모래사장에는 파도에 쓸려온 해양 쓰레기가 방치되어 있었다. 바다를 보다 지치면 케이블 채널에서 방영하는 오래된 영화를 보았다. 〈겨울여자〉와 〈안개마을〉을 연이어 봤는데 송화는 현대적인 도시 여자 역을 맡은 장미희보다는 산골 마을 초등학교에 부임한 여교사역의 정윤희에게 더 마음이 끌렸다. 둘 다 예쁘지만 그래도 정윤희가 더 미인이지 않아? 라고 해리에게 말을 붙였다. 영리한 보더콜리는 눈을 껌뻑이더니 송화에게 다가와 발등을 핥았다. 침대에 누워 송화는 만약 지난봄 해변도로에서 해리를 만나지 않았다면 자신의 삶은 어떻게 변했을까 생각해보았다. 외로움을 견디지 못해 바람난 여자처럼 길거리를 방황하고 있을지도 몰랐다. 남자들이 있는 술집을 기웃거리고 가벼운 만남을 위해 화려한 속옷을 사들였을지도 모른다. 그렇게 생각하니 웃음이 났다. 정말 자신이 그렇게 타락할 수 있을까? 아무리 생각해도 용기가 나지 않았다. 그리고 그런 자신이 부끄러워서 눈물이 났다.

그녀는 여자의 성적 자유를 억누르던 시대에 사춘기를 보냈다. 여고를 졸업한 송화에게 남자친구라는 단어는 밤하늘의 별처럼 멀게 느껴졌다. 유교 전통이 강한 집안에서 성장한 탓에 그 흔한 교회 오빠를 만날 기회도 주어지지 않았다. 근본주의 무슬림 여자들처럼 부르카로 몸을 가리지는 않았지만 학교와 집 사이만을 오가는 여학생은 이슬람 국가의 여자들과 별반 차이 없이 자랐다. 그녀는 남자의 육체에 무지했고 그로 인한 막연한 공포심에 시달렸다. 성훈과의 신혼여행 첫날밤이 그녀의 첫 경험이었다. 보수적인 사범대학 출신 여학생들에게는 결코 비정상적인 일이 아니어서 수치심이나 분함을 느껴본 적도 없었다. 80년대 대학가에서는 급진적인 정치 구호가 매일 같이 우렁차게 울려 퍼졌지만 여자들의 자유를 억압하는 일에서는 남자들 모두가 동일한 태도를 취했다. 학내 뒤풀이 행사에 조금 오래 남아 술을 마시면 다음 날 남학생들 사이에서 '걔는 좀 헤프다.'는 소문이 나돌 정도였다.

성훈은 제주도에서의 첫날밤 신부의 젖꼭지를 깨물었다.

송화가 깜짝 놀라 비명을 지르며 몸을 일으켰다. '왜? 아파?' 하고 성훈이 묻자 송화는 얼굴을 붉히며 머리를 세차게 가로 저었다. 그날 밤 잠이 들어서도 성훈은 등 뒤에서 신부를 끌어안은 채 젖꼭지를 애무하며 놓아주지 않았다. 그가 왜 젖꼭지에 집착하는지 성 경험이 전무한 어린 신부에게는 수수께끼처럼 여겨졌다. 상당한 세월이 흐른 후에야 송화는 남자들의 성적 편향에 별다른 이유가 존재하지 않음을 알게 되었다. 많은 남자들이 여자들의 가슴과 엉덩이에 특별한 심리분석학적 이유 없이 본능적으로 집착했다. 발가락 페티시가 있다면 조금 곤란하겠지만 젖꼭지 정도로는 불만을 표할 수 없었다.

아마 외도를 먼저 시도한 쪽은 송화였을 것이다. 미숙아로 태어난 아이가 인큐베이터에서 호흡하다 죽은 지 일 년쯤 지났을 때였다. 남편 성훈은 아이의 장례식 이후 송화의 몸에 손을 대지 않았다. 침대에서 잠을 자다 성훈이 무심코 손을 뻗었다가 송화의 가슴에 손을 올렸는데도 그는 젖꼭지를 움켜쥐지 않았다. 그날 밤 새벽 송화는 신혼집 아파트 거실 바닥에 앉아 홀로 몸을 떨었다. 행복한 미래만이 기다리고 있을 것 같은 결혼 생활에는 예상하지 못한 독소가 잠복해 있었다. 아이의 시신을 태우는 화장터에서 송화는 정신을 잃고 기절했다. 그때 남편이 자신의 팔을 부축했을까? 기억이 나지 않았다. 아이가 선천적 질병을 안고서 세상에 나온 것은 누구의 잘못이었을까? 그런 식의 대화를 한 기억조차 희미해지고 있었다.

수학 교사였던 송화가 문학에 빠져든 것은 그때였다. 활자를 읽는 동안에는 내면의 상처를 잊을 수 있었다. 기이하고 병적인 집착, 권태와 회의, 심연의 혼란과 고독에 송화는 서서히 동화되었다. 독서토론 모임의 회장은 삼십 대 초반의 국어 교사였다. 왜, 어떻게, 무슨 이유로 선량한 남자의 유혹을 받아들였는지 송화는 잊어버렸다. 그러나 그 일은 일어났고 단단했던 결혼생활의 토대는 무너지기 시작했다. 남편이 다른 여자를 만날 수 있다는 가능성에 대해서도 송화는 모른척했다. 90년대는 80년대와 달랐다. 잠복해 있던 성의 자유가 수면 위로 올라온 시대였다. 시대의 변화는 개인의 역사를 뒤덮으며 앞으로 나아갔다. 남편이 정말 다른 여자와 잤을까? 송화는 남편의 장례식장에서 그런 질문이 철저한 허무 속으로 사라졌음을 알아차렸다.

겨우 9홀을 돌았을 뿐인데도 정신이 딴 곳에 가 있어서인지 숨이 부쳤다. 성적도 바닥이었다. 티샷은 페어웨이에서 벗어났고 퍼팅은 강약 조절에 실패했다. 송화는 자신이 골프장에서 무엇을 찾고 있는지 깨닫고 한숨을 내쉬었다. 현수를 만나서 무엇을 어떻게 하겠다는 생각은 없었다. 그런데도 머릿속에서 그 아이의 얼굴에 드리워진 그늘이 자꾸만 떠올랐다. 현수는 이제 보호해야 할 학생도 아니고 미성년도 아니었다. 스물넷이면 완전한 성인이었다. 게임을 끝내고 송화는 코스 관리직 직원들의 휴게실을 찾았다. 그들은 땜빵 아르바이트생을 기억하고 있었다. 그러나 연락처는 모른다고 했다. 송화는 해리와 함께 일주일 동안 오창 사거리 지하차도 공사장 주변을 어슬렁거렸다. 현수의 모습은 보이지 않았다. 담배를 피우며 휴식을 취하는 중장비 기사에게 물으니 사무실 위치를 알려줬다. 평소 다니는 산책길 입구 공터에 세워진 가건물이었다. 농로를 따라 잘 익은 벼들이 간밤에 내린 가을 소나기 탓에 논물에 잠겨 있었다. 사무실 여직원은 일용근로자들의 이력서 파일을 갖고 있었다. 그러나 개인정보를 타인에게 보여줄 수는 없다고 말했다. 사정해봐야 소용없었다. 포기하고 나오는데 소파에 앉아 손톱을 깎던 중년 남자가 뒤따라 나왔다. 그는 송화도 알고 있는 전원주택 개발 지역의 공터를 알려줬다. 건물터와 도로만 닦아놓았을 뿐 몇 년째 공사가 늦춰지고 있는 구역이었다.

"그 녀석 거기서 살고 있어요."

"네?"

그는 바지춤에 묻은 마른 흙을 털어내며 말했다.

"사는 게 다 그렇죠. 뭐."

이해가 가지 않았다. 산 중턱을 밀어 반듯한 계단식 집터를 만들어 놓았지만 그곳은 사계절 야생풀만 자라는 곳이었다. 임시 가건물이라도 본 기억이 나지 않았다. 다음 날 송화는 해리를 뒷좌석에 태우고 남자가 알려준 공터로 갔다. 구도로를 타고 십여 분 정도 달려 목적지에 도착했다. 오창 읍내에서 문백리까지 가는 중간 지점이었다. 연곡저수지에서 흘러내린 물이 얕은 시내를 이루어 흐르고 좌우로는 논밭이 펼쳐졌다. 산허리를 계단식으로 파헤쳐 놓아 멀리서 봐도 공터는 을씨년스러웠다. 토박이들이 거주하는 마을과는 거리가 있어 생활 소음은 없었다. 송화는 느리게 운전해서 언덕을 올랐다. 몇 년째 중단된 공사로 도로 바닥의 페인트는 벗겨져 윤곽만 흐릿했다. 정상까지 올라가도 사람이 거처할 만한 건물은 나타나지 않았다. 집터에는 무성한 잡초만이 보이고 그 위를 풀벌레들이 날고 있었다. 송화는 차에서 내려 경사진 공터 아래를 내려다봤다. 마치 구석기 시대의 유적지를 발굴하기 위해 여기저기 땅을 파헤쳐 놓은 것 같았다. 사람이 살 수 있는 환경이 아니었다. 인공물은 도로 중간에 버려진 차들과 공사에 쓰였던 건축 폐기물들뿐이었다. 개발업자가 공사비를 감당하지 못하고 파산해서 버려진 땅이었다. 뒷좌석의 해리가 짖어서 송화는 뒷문을 열어주었다. 해리는 그녀의 얼굴을 올려다본 후 코를 킁킁대며 내리막길을 내려갔다. 송화는 자포자기의 심정으로 해리의 뒤를 따랐다. 잠시 후 해리는 커브 길을 돌아 축대 외벽에 세워진 낡은 승합차 앞에 멈춰 섰다. 높게 자란 덩굴 잎들과 페인트 색이 동일해서 눈에 띄지 않은 차였다. 송화가 움직이지 않고 그대로 서 있자 해리가 발을 구르며 컹컹 짖었다. 잠시 후 승합차의 슬라이더 문이 열리고 부스스한 머리에 두꺼운 파카를 껴입은 사내가 나타났다. 가을 햇빛이 눈부신지 청년은 손등으로 눈을 가렸다. 그는 고개를 돌려 송화를 힐끗 쳐다본 후 웅크리고 앉아 해리의 머리와 목을 쓰다듬었다. 해리가 혀를 내밀어 그의 손가락을 핥았다. 현수였다.

송화는 그가 가져온 접이식 야외 의자에 앉았다. 현수는 등받이가 없는 플라스틱 의자에 앉아 해리의 머리를 쓰다듬었다. 그가 준 밀감 캔 주스는 달고 미지근했다. 두 사람은 그렇게 말없이 앉아 아래쪽 공터에 핀 가을 풀들과 그 위를 날아다니는 고추잠자리를 바라보기만 했다. 과묵한 아이였고 그의 침묵에는 익숙해져 있었다. 등 뒤의 낡은 승합차에서 나는 비루한 생활 냄새가 신경 쓰였지만 송화는 모른 척 높고 푸른 하늘을 즐기는 듯한 표정을 지었다. 밥은 어떻게 해 먹고 위생관리는 어떻게 처리할까? 캠핑 인구가 늘면서 차에서 숙박하는 차박이라는 용어도 일상화되어 가고 있었다. 그런데 이건 캠핑이 아니었다.

"언제부터 여기서 살았어?"

"작년부터요."

"그럼, 여기서 겨울을 보낸 거야?"

"네. 여길 찾아온 손님은 선생님이 처음이에요."

현수는 골프장에서 보았을 때처럼 근사한 미소를 지었는데 송화는 어이가 없어서 웃었다. 이 아이의 반응은 언제나 예상을 빗나갔다. 갑자기 찾아온 자신에게 화를 낼 줄 알았다. 부랑자와도 같은 생활을 하는 모습을 보여주고 싶어 하는 사람이 어디 있을까. 그런데 그는 태연하게 송화를 맞았다.

"빨래는 어떻게 해?"

"코인 빨래방에서요. 날씨가 좋으면 아래쪽 개울에서 대충 처리하기도 해요."

스물넷, 버려진 승합차에서 살며 아르바이트로 생계를 유지한다. 언뜻 들으면 나쁘지 않은 것 같기도 하다. 보헤미안 적인 삶이라고 할까. 송화는 고개를 돌려 열린 문 사이로 보이는 승합차 내부를 살폈다. 낡은 잡동사니 물건들이 널브러져 있었다. 담요와 휴대용 버너, 그릇과 냄비, 생수통, 램프와 건전지, 우산과 베개와 같은 생존을 위한 최소한의 생필품들. 그는 마치 이 상황과 아무런 상관이 없는 사람처럼 송화의 진지해진 표정을 무심하게 관찰했다.

"일은 왜 나오지 않았어?"

그는 질문의 의도를 생각하다 말했다.

"며칠 앓았어요. 열이 좀 있어서 혼자 자가격리를 한 셈이죠. 근데 코로나는 아닌 것 같아요. 이렇게 멀쩡하잖아요."

그의 말이 조금씩 길어지고 있었다. 피자집에서 만났을 때와 달리 표정이 환하다. 이곳을 자신의 영역이라고 여겨서일까, 확실히 특이한 아이다.

"라면 드실래요?"

송화는 거절하려다 그가 배가 고플 것 같아 고개를 끄덕였다. 현수는 휴대용 버너로 물을 데우고 컵라면에 물을 부었다. 송화에게는 나무젓가락을 건네고 자신은 쇠젓가락을 썼다. 플라스틱 접시에 묵은 김치까지 내왔다. 송화가 의아한 표정으로 쳐다보니 그가 답했다.

"같이 일하던 아저씨가 준 김치예요. 조금 시었지만 라면과 먹기에는 괜찮아요."

두 사람이 말없이 컵라면을 먹는 동안 해리는 웅크리고 누워 낮잠을 잤다. 화창한 가을 햇빛이 시내와 들판을 비추고 있었다. 마치 가벼운 마실을 끝낸 것처럼 송화는 그와 헤어졌다. 일주일 동안 송화는 집안일과 독서를 하며 시간을 보냈다. 독서클럽에도 골프 연습장에도 나가지 않았다. 현수에게는 부모에게서 물려받은 빚이 있었다. 성인이 되어 돈을 벌기 시작하자 채무 독촉이 들어와서 자신에게 상당한 금액의 빚이 있다는 사실을 알게 되었다고 말했다. 아버지가 남긴 빚과 어머니가 남긴 빚이 뒤섞여서 정확한 금액은 자신도 모른다고 했다. 돈을 벌어봐야 저축을 할 수 없다. 그러니까 굶어 죽지 않을 정도로만 일하는 게 생존 원칙이라고 했다. 차박을 하게 된 것도 시시때때로 찾아오는 채권자들을 피하기 위함이었다.

해리와 함께 다시 공터를 찾았을 때 그의 모습은 보이지 않았다. 송화는 승합차 옆 잡동사니에서 접이식 의자를 찾아내어 펼쳤다. 바람이 제법 쌀쌀해져서 트렁크에 비치해둔 담요를 가지고 와 몸을 감쌌다. 현수는 일몰 전에 나타났다. 한 손에 컵라면이 담긴 비닐봉지를 쥐고 있었다. 송화는 i30 트렁크에서 찬합과 보온 도시락을 가져왔다. 함께 먹으려고 싸온 김초밥과 장국이었다. 장국에서 따뜻한 김이 피어오르자 그가 예의 근사한 미소를 지었다.

현수는 송화의 집에 깊은 인상을 받은 것 같았다. 그는 외벽을 따라 늘어선 정원수들과 빈 연못을 유심히 관찰했다. 모두 사람의 손길이 필요한 상태였다. 발목까지 잠기는 잔디의 길이에 대해서도 관심을 보였다. 1층에는 높은 천장의 거실과 침실 셋, 주방, 욕실, 다용도실이 있었다. 2층에는 방 두 개와 거실, 테라스가 있었다. 그는 인테리어 업자처럼 세심하게 건물 구조를 살폈다. 테라스가 있는 2층 거실은 서재와 휴식 공간이었다. 그가 해리와 함께 테라스에서 마을 전경을 바라보는 동안 송화는 아래층 주방에서 국수를 삶았다. 오징어와 새우를 넣은 해물파전도 만들었다. 주말 오후였고 시간은 넉넉했다. 현수를 불러 요리한 음식을 2층 테라스 테이블에 놓았다. 막걸리를 권하자 그는 미소를 띠며 말했다.

"술은 못해요. 선생님."

대신 그는 술잔에 막걸리를 가득 따라서 송화에게 주었다. 이 큰 집에 여자 혼자 산다는 게 이상했을 텐데 그는 질문하지 않았다. 막걸리와 사이다로 건배하고 점심을 들었다. 대화는 느긋하게 흘렀다. 코스모스와 국화, 아파트 외벽 페인트 공사, 골프장 코스 이야기였다. 이전과 달리 송화가 질문하면 그가 자신의 의견을 말했다. 그는 코로나로 마스크를 쓰게 되어서 좋다고 말했다. 그때부터 사람들을 대하는 게 훨씬 편해졌다고 했다. 송화는 그의 안색을 살피다 마음속에 품은 이야기를 털어놓았다.

"너만 좋다면 여기 2층을 내어줄 수 있어. 방해하고 싶지는 않지만 겨울이 아무래도 신경 쓰여서 말이야. 그리고 보다시피 나 혼자 살기에는 집이 너무 커. 네가 정원이랑 잡다한 집안일을 도와주면 좋을 것 같아. 잔디는 누구보다 잘 깎지 않아?"

현수의 그릇은 비어 있었다. 국수를 더 먹겠냐고 하니 고개를 저었다.

"방세를 받으시면 그렇게 할게요."

"방세?"

"네. 30만 원 정도는 낼 수 있어요."

"꽤 부자네."

"일을 다시 시작해야죠."

그는 송화를 보고 웃었다.

"내 별명이 뭔지 알아?"

"송플라워. 모두 선생님을 좋아했어요."

"정말?"

송화는 기뻤다.

"알아두셔야 할 게 있어요. 저 폭력 전과가 있어요."

송화는 멈칫했다.

"지난여름에 친구들과 서해에 놀러 갔다가 사소한 시비가 있었어요."

"친구가 있어?"

그는 가볍게 인상을 찌푸리며 어깨를 으쓱였다.

"어떻게 됐어?"

"상대 쪽에서 합의를 거부해서 법원에서 판결을 받았고 양쪽 모두 벌금을 냈어요."

송화는 생각을 정리했다.

"그래도 괜찮으세요?"

"뭐가?"

"선생님에게 폐를 끼치고 싶지는 않아요. 오늘 초대해주신 것만으로도 저는 감사해요."

송화는 자신이 스물네이었을 때를 떠올렸다. 무척 이뻤고 또 자신만만했다. 실수를 반복했고 그 탓에 타인에게 증오심을 품기도 했다.

"그럼, 이야기는 끝난 거야. 이사는 언제 할래?"

2020년 가을, 코로나의 긴 터널이 이어지는 주말 오후, 노래하는 꽃 송화에게는 새로운 동거인이 생겼다.

3

현수는 아침 다섯 시에 일어나 토스트와 주스로 배를 채우고 집을 나섰다. 진천으로 향하는 통근 버스가 사거리 교차로에 매일 아침 정확한 시간에 도착했기 때문에 시간은 빠듯했다. 통근 버스에 탄 현수가 태양광 모듈을 제작하는 공장으로 향하는 시각, 송화는 아침밥을 먹고 간단한 뒷정리를 한 후 아홉 시에 집을 나섰다. 오전에는 테니스 레슨과 골프 연습으로 시간을 보내고 오후에는 독서클럽과 봉사활동을 병행했다. 동거를 시작한 첫 주에만 현수가 잔업 근무를 사흘이나 했기 때문에 두 사람이 얼굴을 맞대한 시간은 극히 짧았다. 그들은 주말 저녁 함께 밥을 먹고 산책을 하며 대화를 이어가면서 서로를 조금씩 알아갔다.

겨울은 변덕스러웠다. 송화는 거실 소파에 앉아 기지개를 켰다. 늦잠을 잔 건 최근 몇 년 사이에 없던 일이었다. 혈관 속으로 달콤한 죄의식이 번져가며 몽롱한 의식을 깨웠다. 송화는 큼직한 머그에 담긴 히비커스 차를 후후 불어 마셨다. 커피 테이블에 흩뜨려 놓은 이면지와 필기구가 눈에 들어왔다. 새하얀 종이 위에는 빠르게 휘갈긴 그래프와 수학 등식이 기하학적인 패턴을 이루고 있었다. 이번 주말에 일을 쉰다는 현수의 말이 기억났다. 그의 모습은 보이지 않았다. 해리는 마룻바닥에 깐 담요 위에 몸을 웅크린 채 얌전히 잠들어 있었다. 송화는 안경을 끼고 이면지를 집어 들었다. 일반위상수학의 개념적 기초하에 전개되는 미분위상 수학 문제로 미분 가능한 함수와 접벡터, 곡면의 미분형식에 대한 증명이었다. 송화는 집중해서 읽었다. 전체적으로 과장되고 논리적 비약이 있는 불충분한 증명이었다. 그런데도 이 우격다짐 식의 거친 접근법을 무시할 수가 없었다. 곡면과 유클리드 공간에서 다양체에다 미적분학을 적용한 예에서는 상당한 오류가 있었다. 그러나 증명은 고집스럽게 한 길로 나아가고 있었다. 그것은 제도 교육이 선호하는 세련된 방식이 아니었다. 거칠고 투박한 이 증명에는 독특한 매력이 엿보였다. 송화는 오랜 습

관처럼 빨간 펜으로 오류를 그어나갔다. 그녀의 얼굴에 최근에는 볼 수 없던 교사다운 흐뭇한 미소가 피어났다.

송화는 이면지를 내려놓고 주방 개수대로 가서 찻잔을 씻었다. 인간의 삶은 일정한 운동량을 지닌 법칙으로 존재하지 않았다. 다양한 내면세계와 개성을 지닌 사람들의 인생을 수량화하고 체계화하는 것은 불가능했다. 송화는 커피 테이블로 되돌아가 벡터장을 시각화한 이미지 그래프를 뚫어지게 쳐다봤다. 진실이 보였다. 그것은 당연히 자신의 필체가 아니었다. 그렇다면 이 집안에 위상수학 증명 문제를 풀 다른 인물이 있을까? 송화는 소파에 털썩 주저앉아 창가로 쏟아지는 겨울 해를 올려다봤다. 질투심 많은 태양이 토해낸 잉여의 빛이 찬란한 비늘처럼 흩어져 내리고 있었다.

증평 IC를 통과해 고속도로에 오르자 현수는 i30의 속도를 올렸다. 조수석에 앉은 송화는 그를 흘낏 쳐다본 후 창밖으로 시선을 돌렸다. 지난밤의 흉몽이 혈관에서 용해되지 않은 채 몸속을 뒤집고 다니는 듯한 느낌이었다. 눈을 감고 뒤죽박죽이 된 머릿속을 비워냈다. 꿈속에서 송화는 서재에서 책을 읽고 있는 남편을 보았다. 반가운 마음에 그의 이름을 소리쳐 불렀더니 환영은 모래 탑처럼 무너져 내렸다. 아침잠을 설친 그녀는 거실 창에서 사다리를 타고 올라 정원수의 가

지치기를 하는 현수를 보았다. 성훈이 아끼던 아름드리 소나무였다. 송화는 충동적으로 자동차 열쇠를 현수에게 건넸다. 탈출이 필요했다.

대형 패션 아울렛은 사람들로 북적였다. 인기 있는 패딩 숍과 명품 브랜드 가게 앞에는 마스크를 쓴 사람들이 긴 줄을 이루어 서 있었다. 중천에 걸린 태양이 힘을 쓰자 기온이 오르고 상점가를 오가는 고객들의 발걸음에서도 활력이 느껴졌다. 송화는 몇몇 가게에서 니트 스웨터를 둘러봤다. 디자인과 가격대를 비교한 다음 크림색 캐시미어 스웨터를 선택했다.

"어때?"

현수는 이전 매장에서 했던 것처럼 기계적으로 고개를 끄덕였다. 송화는 스웨터를 걸친 채 남성복 쪽으로 걸어갔다. 그녀의 롱코트와 스웨터, 가방을 대신 든 현수가 뒤따랐다. 송화는 레귤러 핏은 좀 과하다 싶어 중간 길이의 반코트를 골랐다. 부드러운 모직 헤링본 코트는 가볍고 따뜻했다.

"입어 봐."

현수는 의아한 표정으로 송화를 바라보다 곧 미소를 지었다.

"전 괜찮아요, 선생님."

"괜찮긴 뭐가 괜찮아. 그 기름얼룩은 어떻게 할 거야?"

송화는 현수가 겨우내 입고 다니는 작업복 파카의 소매를 가리키며 말했다.

"이번 달이 생일이라며? 지금 미리 선물하는 거야. 일단 입어 봐."

현수는 물러설 기미가 없는 송화의 눈을 바라보다 옷을 건네받았다. 거울이 근처에 없어서 그는 옷을 입은 채 송화를 바라봤다. 그녀의 눈동자에서 풍부한 의미를 담은 빛들이 반짝였다. 더 이상의 논쟁은 의미가 없다는 듯 송화가 계산대를 향해 걸어갔다. 직원들이 재빨리 깃에 붙은 가격표를 가위로 잘랐다. 그리고 입고 온 옷들을 종이가방에 넣었다. 현수는 모니터에 나타난 금액을 보았다. 매장을 나을 때 그의 얼굴은 눈에 띄게 어두워졌다. 그러나 송화의 발걸음은 유난히 가벼웠다.

"그럼, 이제 배를 채워볼까? 오늘은 예쁜 스웨터까지 생겼으니 내가 쏠게."

두 사람은 푸드 코트에서 나시고랭과 튀김 우동으로 늦은 점심을 먹었다. 쇼핑을 마친 사람들의 유쾌한 대화가 탁자 위에서 춤을 췄다. 쇼핑몰을 나온 그들은 인근 미술관에 들러 젊은 일본인 조각가의 기획전시전을 보았다. 온몸이 크리스털 볼로 뒤덮인 예쁜 사슴 조각상 앞에서 현수는 한동안 움직이지 않았다. 산뜻한 신상 코트와 그의 지나치게 진지한 표정이 부조화를 이뤄서 송화는 웃음이 터졌다.

"왜?"

송화의 질문에 현수는 망설이다 마치 고백이라도 하듯 말했다.

"전 세상이 이렇게 따뜻한 곳이라고는 생각해 본 적이 없어요."

"코트 때문에?"

"아니 저 사슴 때문이요. 미술관에 온 건 처음이에요."

화려한 빛을 발산하는 아름다운 크리스털 볼 속에는 실제로 박제된 사슴이 들어 있었다. 사슴의 죽음이라는 본질은 외피를 두른 크리스털 볼에 의해 왜곡되고 해체되어 관람객의 눈을 어지럽혔다. 전시를 관람하는 동안 송화는 현수를 관찰했다. 고가의 외투를 두른 그의 내부에는 어떤 본질이 숨어 있을까. 불행한 유년 시절을 보낸 그의 상흔이 저 예쁜 옷으로 가려질 수 있으면 좋을 거라고 송화는 생각했다.

휴일의 느긋한 평화가 집안 곳곳에 흘렀다. 그들은 팬케이크로 간단한 아침 식사를 마친 후 2층 거실 소파에 마주앉아 커피를 마셨다. 테이블에는 송화가 발견한 수학식이 나열된 이면지가 놓여 있었다.

"예전에 누구와 이런 이야기를 한 적이 있어?"

"네?"

"네가 수학에 관심이 있고 재능이 있다는 사실을 주변에서 몰랐다는 게 이해가 되지 않아. 솔직히 말하면 한때 담당 교사였던 나의 문제이기도 하지만."

"우연히 도서관에서 수학책을 읽은 게 시작이었어요. 세상의 수학적 면모를 탐구한다는 글귀에 이끌렸던 것 같아요. 왠지 멋있어 보였거든요."

송화는 도서관에서 그가 탐독했다는 수학책 목록들을 머릿속으로 정리해나갔다. 교양을 목적으로 한 대중서와 전공자들을 위한 전문 서적이 뒤섞여 있었다.

"좋아, 그래서 이제 어떻게 할 생각이야?"

송화는 마음속에 품고 있던 질문을 던졌다.

"정식으로 수학 공부를 해보고 싶은 생각은 없는지 묻는 거야."

현수는 송화의 눈을 뚫어지게 쳐다보았다. 그리고는 낮은 목소리로 대답했다.

"지금 받는 월급을 수십 년 동안 모두 쏟아부어도 현재의 빚을 갚을 수 있을지 의문이에요. 법원에서 정한 원금과 이자 계산은 제가 아는 상식적인 산술과는 다른 계산법이었습니다. 제 인생은 그때 끝난 거나 다름없어요."

송화는 숨을 들이마셨다. 그녀는 현수가 말한 '세상의 수학적 면모'를 떠올렸다. 빛의 굴절과 중력에 의한 물체의 낙하는 수학적으로 설명 가능했다. 그러나 사람들이 조직한 사회의 법률과 윤리는 미시 세계에서 일어나는 전자의 충돌만큼이나 무작위적이었다. 송화 역시 매일 겪는 일상적인 혼돈이었다.

"그리고 이 미분 함수와 접벡터에 대한 증명은 …… 확신이 서지 않아요."

현수는 테이블에 놓은 이면지를 집어서 뚫어지게 쳐다보며 말했다.

"무슨 말이야?"

"솔직히 말씀드리면 이건 제 글씨가 맞지만 전 이 정도의 미분 함수에 대한 지식을 갖고 있지 않아요."

송화는 그가 한 말을 머릿속에서 정리했다. 논리적으로 맞지 않는 이야기다.

"그럼 어디선가 보고 베낀 거야?"

"아뇨. 그런 것 같지는 않아요. 예전에 이 증명과 관련된 정리를 본 적이 있긴 하지만 기억나진 않거든요. 책을 가지고 있지도 않고요."

"그렇다면 누군가 다른 사람이 했다는 건가?"

현수는 고개를 들어 송화를 바라보았다.

"아뇨. 제가 한 것 같아요. 그건 확실해요."

송화는 그의 진지한 표정을 바라보다 미소를 지었다. 자신의 능력에 대한 겸손으로 해석할 수도, 혹은 타인에게 은폐하려는 의도일 수도 있었다.

"이 문제에 대해서 섣부른 결론은 짓지 않도록 하자. 난 너와 더 많은 이야기를 하고 싶어."

송화는 현수의 얼굴빛을 살폈다. 그와 함께 산지 수개월이 흘렀다. 주인에게 버림받아 해변 도로를 방황하던 강아지가 정상적인 삶의 리듬을 회복하는 데에도 상당한 시간이 걸렸다. 대화가 끝났음을 알아챈 현수가 자리에서 일어나 아래층으로 내려갔다. 송화는 이층 거실 창에 기대어 서서 해리와 함께 마당을 거니는 청년을 내려다봤다. 그의 어깨에 내려앉은 무거운 짐이 실제적인 무게를 지닌 듯 압박이 느껴져 가슴이 아팠다.

저녁이 되자 집안에 들어찬 차가운 기운이 몸을 덮쳤다. 천장이 높은 전원주택의 겨울 난방은 집주인들의 가장 큰 고민거리였다. 송화는 차가워진 마룻바닥을 맨발로 걸으며 머릿속을 정리했다. 나의 삶은 성공했을까? 불과 몇 해 전이었다면 망설이지 않고 '그렇다.'고 답할 수 있었을 것이다. 그러나 모든 것은 허상에 불과했다. 자신은 아이를 잃고 남편을 잃었다. 어쩌면 직업인으로서도 실패한 것은 아닐까? 그녀는 교사로서 성실하게 일했다고 생각했다. 그런데 막상 퇴직을 앞두고 보니 상황은 달라졌다. 긴 세월의 직업 경력에서 유일하게 남은 것은 매달 꼬박꼬박 받은 월급뿐이었다. 교사로서의 사명과 자부심, 공동체에 대한 헌신과 같은 거창한 관념들은 물거품처럼 사라졌다. 인생의 끝자락에 오직 '돈'이라는 교환가치만 남는다면 왜 그토록 발버둥치며 살아야 하는지 이유를 알 수 없었다.

새벽에 송화는 날카로운 짐승 울음소리에 눈을 떴다. 집 담벼락 뒤로 해발 230미터의 야산이 있었다. 높이는 낮아도 경사가 가팔라서 정상까지 오르면 숨이 차올랐다. 인근에 높은 산이 없어 시야가 시원하게 트였다. 성훈은 목령산 정상을 처음 오른 날 아이처럼 기뻐했다. 좁은 아파트를 벗어나 주택개발 지역에 새 보금자리를 짓겠다는 결심을 한 것도 그날이었다. 프랑스 근대사를 전공한 역사학자인 성훈은 몇 차례의 변신을 거듭했다. 소장파 그룹으로 활동하던 시절에는 역사의 진보를 믿었다. 그러나 베를린 장벽이 무너지고 밀레니엄이 지나자 그는 역사의 진보에 회의심을 보였다. 세기말에 그는 냉소적 허무주의에 빠져들었다. 급기야 두 명의 보수정당 후보가 연이어 대통령이 되자 그는 딴사람이 되었다. 정치와 학문에 염증을 느꼈고 대신 골프와 와인에 몰두하고 정원을 꾸미는 데 열정을 쏟았다. 어느 날 그는 달빛이 서성이는 테라스에서 자신이 그토록 경멸하던 소부르주아가 되었다고 말했다.

"반동과 혁명이 뒤섞인 시대에 루이 보나파르트가 등장한 거야. 그런데 그 멍청이 황제 치하에서 프랑스 국민들은 처음으로 행복을 맛보았어. 지긋지긋했던 내전이 끝나고 평화가 찾아왔거든. 부르주아들은 승승장구했고 프랑스는 강대국의 지위를 되찾았지. 지금의 위생적이고 쾌적한 수도 파리를 만든 이가 그 못난 멍청이 황제였다는 건 모두가 인정하고 있어. 그런데도 지식인이란 작자들은 그를 미치도록 증오했어. 나도 그들 중 한 명이었고. 그런데 이제 뭐가 뭔지 잘 모르겠어. 도대체 그가 뭘 잘못했다는 거지?"

젊은 시절, 당통의 죽음과 테르미도르의 반동을 애도하던 그였기에 송화의 가슴은 아팠다. 2018년 봄 성훈은 대학병원에서 말기 암 진단을 받았다. 그는 마치 자신의 운명을 예감한 사람처럼 송화에게 유언을 남겼다.

"한국은 저성장의 늪에 빠진 일본이나 유럽과는 달라. 엄청난 기회가 밀려들 거야. 돈이 생기면 한국의 대표적인 기업들의 주식을 사들여야 해."

송화는 속물 자본주의를 비판하던 역사학자에서 세속주의자로 변신한 남편의 모습을 보고서 충격을 받았다. 수개월 후 그가 암으로 쓰러지자 귀신에 홀린 듯 증권사로 가서 계좌를 개설했다.

"송화야, 너만 남겨두고 나 혼자 떠난다는 게 무서워."

중환자실에서 성훈이 남긴 마지막 말은 송화의 마음을 아프게 했다. 그녀는 야산에서 들려오는 정체불명의 짐승 울음소리에 잠을 깼다. 온몸이 땀으로 젖어 있었다. 본능적으로 어둠 속에서 팔을 뻗어 옆자리를 더듬었다. 그러나 언제나 그렇듯 그곳은 싸늘하게 식어 있었다.

송화는 커피를 끓였다. 겨울 해가 떠오르지 않아 밖은 어두웠다. 그녀는 벽시계로 시간을 확인하고 2인분의 샌드위치를 준비하기 위해 냉장고 안을 살폈다. 현수와 살게 되면서 이 넓은 집을 떠도는 정체불명의 불안감은 줄어들었다. 이십 대 청년이긴 해도 그는 성인 남자였다. 그가 이층 거실과 테라스 사이를 오갈 때 내는 발소리가 울리면 묘하게도 마음이 안정되었다. '그런데 내가 정말 이 아이를 잘 알고 있는 걸까?' 송화는 커피 향을 맡으며 상념에 잠겼다. 실내 공기가 차가워 송화는 가벼운 담요로 등을 감쌌다. 커피와 샌드위치를 식탁에 올리고 해리의 밥을 준비했다. 해리는 이층 계단 입구에 앉아 고개를 치켜들고 있었다. 송화는 해리의 모습을 살피다 뭔가 일이 잘못되어 가고 있음을 알아차렸다. 해리의 앞발이 간헐적으로 떨리고 있었다. 눈동자에는 해변도로에서 처음 만났을 때의 혼란이 어른거렸다. 송화는 담요를 벗어 던지고 계단을 올랐다. 해리가 뒤따랐다. 이층 거실에는 평상시와는 다른 이질적인 공기가 흘렀다. 그것은 죽음의 공기였다. 말기 암 환자를 돌보았던 송화는 그 불쾌한 공기의 냄새에 익숙했다. 송화가 침실 입구 문을 두드렸다. 대답이 없었다. 수초를 세고서 문을 열었다. 열린 커튼 사이로 새벽빛이 실내로 스며들고 있었다. 침대로 다가가 현수를 깨웠다. 얼굴은 땀으로 젖어 있고 호흡은 불규칙했다. 이마에 손을 올리자 불덩이처럼 뜨거웠다. 가슴이 철렁 내려앉았다. 어깨를 흔들며 그의 이름을 불렀으나 대답이 없었다. 송화는 아래층 거실로 내려가 서랍장에서 체온기를 찾아 되돌아왔다. 귀에 대고 기다리자 전자음이 났다. 체온은 40.8도였다. 체온기가 손가락에서 떨어졌다.

119구급차가 왔다. 구조대원들은 개인보호복을 입고 있었다. 머리와 온몸을 뒤덮은 흰 방호복에다 손에는 장갑을 끼고 얼굴에는 마스크와 고글을 착용하고 발에는 덧신을 신고 있었다. 그들은 신속하게 환자를 들것에 옮겨 실었다. 보호장구를 착용한 대원들의 목소리는 고장 난 라디오에서 들려오는 잡음처럼 부정확했다. 그들은 환자를 대학병원으로 이송한다고 했다. 보호자는 동행할 수 없고 먼저 코로나 진단 검사를 받아야 한다고 했다. 대원들이 환자를 응급차에 싣는 동안 송화는 문진표를 작성했다. 볼펜을 쥔 손이 떨렸다. 그런 다음 송화는 PCR 검사를 받았다. 면봉이 콧속 깊숙이 들어왔다. 여자 대원은 결과가 나오기 전까지 외출 금지이며 환자의 상태에 대한 진단 전까지 자가격리를 해야 한다고 말했다. 환자와의 관계에 대해 질문을 받았을 때 송화는 조금 망설이다 집주인이라고 자신을 소개했다.

진단 검사 통보는 오후 늦게야 나왔다. 결과는 환자와 보호자 모두 음성이었다. 환자의 고열 증세가 완화되면 다시 연락을 취할 것이며 당분간 외출을 자제하고 사회적 거리두기를 실천해야 한다고 했다. 전화를 끊고서 송화는 안도의 한숨을 쉬었다. 의료시스템이 붕괴한 미국에서 코비드19로 사망한 이들을 도랑에다 집단 매장한다는 끔찍한 뉴스가 들려왔다. 송화는 방역 지침에 따라 사흘이 지난 후 첫 외출을 했다. 자정 마감 뉴스를 보고 시간 계산을 한 후 차를 몰아 대학병원으로 갔다. 입원 환자들이 있는 병동 창은 대부분 꺼져 있었다. 미세먼지와 겨울바람이 뒤섞인 음울한 안개가 시야를 가렸다. 송화는 외투 깃을 세운 채 병원 앞마당을 서성였다. 중환자실에 누워 힘겨운 호흡을 이어가던 성훈의 모습이 떠올랐다. 의식을 잃은 중년 남자의 눈동자는 흐릿했다. 송화는 그에게 말을 걸었다. 그는 확신에 찬 목소리로 말했다.

'걱정하지 마, 송화야. 그는 건강한 아이야.'

"하지만 당신도 건강했어. 당신이 이렇게 쉽사리 죽음에 굴복하리라고는 믿을 수 없었어."

그는 대답이 없었다. 송화는 고개를 들어 병실을 올려다봤다. 성훈이 죽은 이후로 송화는 삶이 실제인지 가상의 환영으로 이루어진 것인지 분간할 수 없었다. 죽음은 모호했다. 성훈은 그녀 곁을 떠나지 않았다. 그녀는 매일 그와 대화하고 그와 함께 잠들었다. 몽상일 수도 광기일 수도 있었다. 그러나 그것은 그녀가 마주한 유의미한 현실이었다.

4

현수가 입원하고 일주일이 지났다. 코로나 방역의 중심축인 대학병원 로비에 긴장감이 흘렀다. 내원객들의 겨울 외투는 비와 뒤섞인 진눈깨비로 젖어 있었다. 송화는 마스크를 점검하고서 승강기에 올랐다. 담당 의사는 유행하는 안경을 쓰고 붉게 염색한 긴 머리를 머리 끈으로 질끈 묶은 삼십 대 중반의 젊은 여자였다. 길고 예민한 뇌기저부 수술을 집도하는 신경외과 전문의다운 차가운 분위기가 태도에 배어 있었다. 그녀는 모니터에 나타난 MRI 사진을 응시하며 미간을 찌푸렸다.

"종양과 같은 구조적인 문제는 보이지 않네요."

송화의 눈은 마우스를 클릭하는 여의사의 손을 향해 있었다.

"다행이라면 다행이죠. 그리고 이것은 뇌혈관을 보기 위해 찍은 사진인데 여기에는 특이점이 좀 보이네요."

특이점?

"간단히 말하면 혈류의 흐름이 정상적이지 않다는 말이에요."

병원에서 환자를 신경외과로 옮기겠다는 통보를 받았을 때부터 송화는 의문을 가졌다. 코비드19와 같은 신종감염병은 호흡기내과나 감염내과에서 다룬다는 것이 보편화된 상식이었다. 그런데 현수는 고열이 내리자 곧바로 신경외과로 이송되었다.

"혈류에 이상이 있다면 일반적으로 뇌경색에서 시작된 뇌졸중을 의심해야 하죠. 하지만 환자분의 경우에는 해당되지 않아요. 혈관이 막혀 있거나 터져 있는 곳은 보이지 않거든요. 기능적으로만 해석하면 지극히 정상적이고 건강한 뇌라고 해도 좋아요. 그런데 ⋯⋯."

그런데? 차가운 눈빛의 의사는 사진을 들여다보며 눈동자를 굴렸다. 마치 의학지식에 무지한 보호자가 이해할 수 있는 쉬운 언어를 찾는 듯한 표정이었다. 송화는 신경외과로 오라는 통보를 받은 이후 현수가 들려줬던 불행했던 과거 이야기를 떠올렸다. 조현병을 앓던 어머니가 정신병동에서 일어난 화재로 사망했다는 비극적인 사연이었다. 송화는 망설이다가 현수의 과거를 털어놓았다. 의사는 진지하게 이야기를 들은 후 답했다.

"말씀처럼 유전도 가능성의 하나이겠죠. 그러나 환자의 경우에는 사정이 좀 복잡해요. 그래서 뇌파검사까지 해봤어요. MRI로는 진단할 수 없는 신경생리학적 이상 유무를 측정할 수 있죠."

그녀는 마우스를 클릭해서 새로운 사진을 보여줬다.

"이건 양전자 방출 전산화 단층촬영으로 환자의 뇌를 찍은 사진이에요. 지금까지 한 검사만 보면 조현병의 징후를 보이지 않는다는 건 확신할 수 있어요."

송화는 다음 이야기를 기다렸다.

"MRI와 MRA, PET 검사까지 했으니 우리가 할 수 있는 건 다 해본 셈이에요. 그런데 환자의 뇌에서 일어나고 있는 것으로 의심되는 이상 반응에 대해서는 현재로서는 설명할 수가 없네요. 일주일 전에 일어난 고열 증세도 마찬가지고요."

송화는 의사들이 사용하는 모호한 화법에는 익숙했다. 남편의 암세포가 온몸으로 번졌을 때도 주치의는 희망이라는 단어를 들먹였다.

"내과에서 올라온 보고서에 따르면 코로나 항체 검사에서 양성이 나왔다고 해요. 이 이야기는 들으셨죠?"

송화는 고개를 끄덕였다. 며칠 전 감염내과 의사가 전화를 걸어와 현수의 혈액에서 SARS-CoV-2에 대한 항체를 찾았다고 말했다. 그것은 환자가 예전에 코로나에 감염된 적이 있다는 의미라고 부연 설명했다. 전화를 끊고서 송화는 지난해 차박을 하고 있는 현수를 찾아갔을 때 몸이 아파 며칠을 쉬었다는 기억을 떠올렸다. 어쩌면 지난가을에 현수는 이미 코로나에 걸린 것인지도 몰랐다. 그런데 항체가 이처럼 오랜 시간 몸에 남아 있는 것이 가능할까?

"코로나로 중증을 앓은 환자들 중 발병 후 장기간에 걸친 자가면역 질환을 경험한다는 보고서를 본 적이 있어요. 다양한 후유증이 보고되고 있지만 아직은 인과성을 확신할 수는 없는 상태죠."

송화는 대화가 점점 미궁 속으로 빠져든다는 느낌을 받았다.

"감염 이후에 사고력 또는 집중력 저하가 일어나는 '브레인포그'에 대해서는 보고되고 있지만 환자의 경우는 매우 특별하죠. 브레인포그와는 정반대의 현상이 일어난 거니까."

"네?"

"현재 환자의 뇌에서 일어나는 현상을 말하는 거예요. 지금 현수 씨의 뇌는 과민한 상태로 깨어 있는 상태예요. 뇌파 검사를 하면서 확인한 사실인데 솔직히 말해서 전 이런 경우는 처음 봤어요. 현재의 의학 지식으로는 설명할 수 없는 현상이죠."

송화는 현수의 뇌가 과민한 상태로 깨어 있다는 의사의 말에 집중했다. 그것은 무슨 의미일까. 의사는 마우스에서 손을 떼고 처음으로 송화와 눈을 맞추었다.

"그러니까 현수가 코로나를 앓아서 현재 뇌가 과민하게 깨어 있다는 뜻인가요?"

"비슷해요. 현 단계에서는 하나의 가설이지만. 말씀하셨듯이 여기에는 모계의 조현병이라는 유전적 요인도 무시할 수 없겠네요. 어쩌면 애초부터 코로나나 유전과는 아무 상관도 없을 수도 있어요. 다만 환자의 뇌가 이상 반응을 보인다는 실증적 사실만 존재할 뿐이죠."

"과민하게 깨어 있다는 건 무슨 의미죠?"

"집중력이 향상되었다? 그리고 또 어떻게 표현할 수 있을까요. 전 개인적으로 이런 표현을 좋아하지 않지만 '무아지경'의 상태라고 보시면 될 것 같아요. 사전적으로는 정신이 한 곳에 쏠려서 자기 자신의 존재를 잊는 경지라고 하더군요."

송화는 충격을 받았다. 대화를 나누는 상대는 과학적 합리주의로 무장한 신경외과 의사였다. 그런데 그녀는 지금 고대국가의 철학적 신비주의를 말하고 있었다. 무아지경이란 노장사상과 불교에서 사용하는 철학적 용어가 아닌가.

"지금 환자의 뇌가 보이는 이상 현상을 설명하려면 이런 비유도 가능할 것 같네요. 지금 그의 뇌는 한순간 죽어 있는 상태가 되어버려요. 모든 에너지가 한곳으로 쏠려서 일어난 결과죠. 대신 활성화된 한 부분, 일부 섹터만이 화산폭발처럼 일순간 에너지를 분출해버리는 거예요. 그때는 모든 것이 정지 상태가 되어버리죠. 무아지경이란 말처럼 자기 존재도 잃어버릴 정도로."

송화는 숨을 깊게 들이마셨다. 머릿속이 어지러웠다.

"뇌가 과민하게 깨어 있다는 건 의학적으로 위험한 상태인가요?"

"그럴 수도 있고 아닐 수도 있어요. 솔직히 지금 상태에서는 아무것도 장담하지 못해요."

송화는 지난번 현수가 시도한 것으로 여겨지는 고차원 수학 증명에 관련된 풀이를 떠올렸다. 현수는 자신의 글씨체임은 인정했지만 어이없게도 자신이 증명해낸 것에 대해서는 자신하지 못했다.

"개인적으로 이 일에 흥미를 갖고 있어요. 크게 걱정할 일은 아니지만 환자분이 동의하시면 몇 차례 상담을 진행했으면 합니다."

병원을 벗어나 대로로 나오자 눈송이가 떨어지기 시작했다. 서쪽 하늘에서 몰려온 먹구름이 한낮의 빛을 집어삼키자 주위는 조명을 끈 연극 무대의 관객석처럼 어두워졌다. 복잡한 사거리 교차로에 다다르자 바람에 날린 눈발이 거세지며 앞 유리창을 뒤덮었다. 와이퍼가 힘겹게 눈을 밀어내어도 시야가 백색 장막으로 가려졌다. 송화는 기어를 주차 P로 올리고 브레이크 페달에서 발을 뗐다. 차창을 뒤덮은 흰 눈 속에 그녀는 고립되었다. 그것은 난폭한 자연이 선사한 초현실적인 무대였다. 고개를 조수석으로 돌리자 눈을 감고 편안한 표정으로 기대어 앉은 성훈의 얼굴이 보였다. 사별 이후 인정많은 사람들은 남편이 언제 기억나는지 물었다. 그런 질문을 받을 때마다 송화는 당황해서 답하지 못했다. 물리적인 육체가 사라졌을지는 몰라도 그의 영혼은 늘 그녀 곁을 지키고 있었다. 그의 목소리를 듣고 그의 냄새를 맡았다. 인간의 뇌는 신뢰할 수 있는 대상이 아니었다. 곁에 앉은 남편은 패기만만

하던 젊은 청년 시절로 되돌아가 있었다. 사랑을 고백하고 수줍은 미소를 짓던 청년은 믿음직스러웠다. 그런 그가 사람들의 말처럼 정말 영원히 사라진 것일까? 그렇다면 지금 내 곁에 있는 이 남자는 누구일까.

현수는 이틀 후 택시를 타고 돌아왔다. 마치 짧은 출장을 다녀온 사람처럼 멀쩡한 얼굴로 송화를 향해 웃음을 지었다. 병색은 찾아볼 수 없었다. 며칠 후 현수는 이전에 일하던 인근 지하차도 공사 현장에서 새 아르바이트를 구했다.

주말 금요일 저녁 송화는 현수를 거실로 불렀다. 그들이 앉은 테이블에는 노트와 볼펜 한 자루가 있었다. 송화는 그에게 수학과 시험 문제지를 건넸다. 대수학과 미적분, 실함수론, 기하학 등이 고르게 분포된 중상 난이도의 수학 문제였다.

"풀이 과정에 대한 부분 점수는 없어. 모두 열 문제고 답만 체크할 거야. 시험 시간은 90분이야. 시간이 충분치 않으니까 자신 있는 문제에 집중하는 게 도움이 될 거야."

송화는 핸드폰의 스톱워치 버튼을 눌렀다. 볼펜을 집은 현수는 송화를 바라본 후 시험지로 고개를 내렸다. 그는 1번 문제를 읽은 후 비교적 쉬운 2번 선형대수 문제부터 풀기 시작했다. 송화는 자리를 털고 일어나 주방으로 들어갔다. 저녁

메뉴는 랍스터 버터구이와 새우와 할라피뇨를 넣은 리조또였다. 현수의 퇴원을 축하하기 위해서 마련한 특별 메뉴였다. 오븐은 적정 온도로 데워졌고 풋사과 향이 나는 샤르도네 백포도주는 얼음 바구니에서 숨을 쉬었다. 요리에 집중하던 송화는 문득 등 뒤에서 자신을 껴안던 남자의 따뜻한 가슴을 떠올렸다. 그의 품에서 여자는 행복했을까. 이제 그날의 온기를 되찾을 수는 없을 것이다. 송화는 차가워진 와인을 물컵에 따라 마시며 건너편 거실 소파에 앉아 수학 문제에 열중한 사내아이를 보았다. 미숙아로 태어나 인큐베이터에서 숨진 아기가 살아있다면 그와 친구 사이가 되었을지 궁금해졌다. 그녀는 상념을 떨쳐내려는 듯 거칠게 셔츠 소맷자락을 올리고 냉장고에서 랍스터를 꺼냈다.

송화는 정답지를 옆에 놓고서 채점했다. 열 문제 중 총 8문제를 맞춰서 합계 80점이었다. 예상보다 높은 점수였다. 송화는 시험지를 되돌려주고 일어나서 오븐 앞으로 갔다. 문을 열자 버터에 구워진 고소한 랍스터 냄새가 콧속으로 밀려 들어왔다. 뒤따라온 현수가 나이프와 포크, 냅킨을 꺼내어 식탁을 차렸다. 두 사람은 백포도주와 사이다로 건배했다.

"예상은 했지만 이 정도로 좋은 점수를 받으리라고는 생각 못 했어. 정말 도서관에서 취미로 수학 공부를 한 거 맞아?"

현수는 비로소 안도한 표정을 지었다. 랍스터 버터구이는 성훈이 좋아하던 요리였다. 송화는 갑각류의 집게발을 포크로 이리저리 굴려보며 생각을 정리했다. 문제는 결국 돈이었다. 현수가 야간 잔업까지 해서 태양광 모듈을 만드는 공장에서 받는 돈은 최저 임금을 겨우 넘겼다. 그마저도 모두 부모의 빚을 갚는데 대부분 들어갔다. 그런 그가 대학이라는 공간에서 새 출발을 할 수 있을까. 송화는 퇴직 후 받게 될 연금 계산을 하다 그만뒀다. 무의미한 돈 계산을 하며 즐거운 식사를 망쳐버리고 싶지 않았다.

불행은 기습적으로 찾아온다. 형태도 없고 냄새도 없다. 식사가 끝나고 빈 그릇들을 개수대에 옮길 때 초인종이 울렸다. 그들은 현수를 찾아온 불청객들이었다. 송화는 거실 유리창을 통해 마당을 가로질러 대문을 향해 내려가는 현수를 보았다. 열린 대문 틈 사이로 가로등 불빛을 받은 사람들의 그림자가 어른거렸다. 주말이 시작되는 금요일 밤이었기 때문에 낯선 이들의 예고 없는 방문은 불법추심으로 신고의 대상이 될 수도 있었다. 병원에 있는 동안 연체된 돈은 얼마나 될까. 밖으로 나간 현수는 꽤 긴 시간이 흐른 후에야 되돌아왔다. 그는 거실에서 기다리던 송화를 바라보며 걱정하지 않아도 된다고 짧게 말했다. 그는 주방으로 들어가서 고무장갑을 끼고 남은 설거지를 했다. 세제 거품을 씻는 그의 눈빛이 의외로 맑고 차분해서 송화는 그대로 그를 지켜보기만 했다.

잠들기 전, 송화는 침대에 기대어 앉아 안경을 쓰고서 주식 계좌를 확인했다. 주식을 매수하고 어느덧 11개월이 흘렀다. 1주당 8만 원에 산 주식이 18만 원, 37만 원은 96만 원, 18만 원은 33만 원, 12만 원은 43만 원이 되어 있었다. 송화는 학교에 입학하기 전부터 숫자와 노는 것을 좋아했다. 수와 연관된 게임을 하면 마음이 가라앉고 확신을 가질 수 있었다. 그러나 지금 휴대폰 화면으로 들여다보는 수는 그녀에게 불안을 가져왔다. 왜 숫자가 이렇듯 극적으로 변화한 것인지 그녀는 설명할 수 없었다. 상승 그래프의 내재적 수리 법칙을 찾아내는 것은 원칙적으로 불가능했다. 굳이 분석하면 무작위적이고 우연에 기초한 사회적 현상에 불과했다. 그녀는 친숙하다는 지극히 단순한 이유로 이웃한 회사들의 주식을 사들였을 뿐이었다. 부자가 된 것은 노력이라기보다는 우연이었다. 송화는 휴대전화를 내려놓고 베개에 얼굴을 파묻었다.

'이제 정말 부자가 된 것일까? 이 돈은 사랑과 행복을 살 수 있을 만큼 충분할까?'

평화로운 2주가 흘렀다. 깊은 새벽, 송화는 공기 속을 떠도는 열기와 한기를 동시에 느꼈다. 지하 무덤에서 올라온 듯한 냉기가 훅하고 덮쳤다. 그리고 온몸에 소름이 돋았다. 송화는 어둠 속에 우두커니 서서 광채를 번뜩이며 자신을 내려다보고 있는 존재를 인식했다. 유령은 아니고 환영도 아니었다. 송화는 광기에 휩싸인 눈동자에서 뿜어져 나오는 열기를 느꼈다. 그녀는 몸을 떨며 눈을 감고 귀를 기울였다. 청각은 보이지 않는 사물의 형태와 움직임을 인지하는 최후의 감각이었다. 안개가 걷히고 사물의 형체가 드러났다. 송화가 마침내 눈을 뜨고서 침입자를 올려다보았다. 현수였다. 그녀는 덮고 있던 이불을 양손으로 꽉 쥐었다. 심장이 빠르게 뛰었다. '이 아이가 왜?' 이해할 수 없었다.

"현수야."

송화는 침대에 누운 채 그를 올려다보며 말했다. 대답이 없었다. 송화가 자리에서 일어나며 현수의 팔을 잡았다.

"무슨 일이야?"

손바닥으로 전해져온 그의 체온은 바닷물에서 막 나온 사람처럼 차가웠다. 예전처럼 고열에 휩싸인 상태는 아니었다. 송화는 그를 끌어다 침대에 앉히고 담요로 그의 어깨를 덮어주었다.

"선생님, 무슨 일이세요?"

그의 목소리는 현실감이 없었다.

"엄마에게 무슨 일이라도 생겼나요?"

송화는 현수를 바라보았다. 그가 지칭한 엄마는 누구일까. 송화는 그의 어깨에 팔을 올려 감쌌다. 그는 이곳을 자신의 이층 방이라고 믿고 있는 게 틀림없었다.

"잠깐 여기 있어도 될까?"

그를 안심시키기 위해 송화가 말했다. 현수는 고개를 끄덕인 후 주위를 둘러봤다.

"불을 켤까요?"

송화는 그가 현실에 눈뜨게 될까 두려웠다. 침입자는 자신이 아니라 그였다.

"아니, 잠깐만 있으면 돼."

송화의 대답에 현수는 안심한 듯 짧은 한숨을 내뱉었다. 그 모습이 마치 링에서 두들겨 맞고 내려온 패배한 복서처럼 보였다.

"악몽을 꿨어요. 엄마가 병원 침대에 누워 화염 속에서 타들어 가는 꿈이었어요."

송화는 그의 꿈을 그려보려고 했다. 그러나 타인의 꿈속으로 진입하기란 불가능했다. 화장터에서 뼛가루가 된 남편을 앙상한 나무뿌리 밑에 파묻고 돌아온 날 밤에 그녀 역시 악몽에 시달렸다. 눈을 뜨자 뿌리에 온몸이 휘감긴 채 신음하던 성훈의 모습은 사라졌다. 처음으로 그녀는 현수의 내면에 깃든 고통의 무게를 실감했다.

"여기에 있으면 안 될까요?"

송화는 그의 질문에 대답할 수 없었다. 그가 무엇을 원하는 건지도 알 수 없었다. 그는 아직 꿈속을 배회하고 있었다.

"할 수만 있다면 어린 시절로 되돌아가고 싶어요. 그래서 병실에 갇힌 엄마에게 사랑한다고 말해주고 싶어요."

송화는 그에게 연민과 사랑의 감정을 느꼈다. 어둠 속에 웅크린 불행한 소년의 어깨를 안아줄 용기가 샘물처럼 솟아올랐다. 순간 그가 그녀의 가슴 품으로 쓰러졌다. 송화는 주저하며 그의 몸에 손을 올렸다. 청년의 흔들리는 등이 그녀의 마음에 깊은 파문을 일으켰다.

2부

나는 욕심이 많다고 생각하지만
돈에 대해서는 욕심을 내지 않습니다.
그렇지만 흥미진진한 삶에 대해서는 욕심을 냅니다.
- 데이비드 호크니

1

3월이 되어 새봄이 돌아오자 송화는 겨울옷을 정돈하듯 주
식 계좌를 정리했다. 심사숙고 끝에 바이오 주식 두 종목을
매도했다. 18만 원에 산 주식을 29만 원에 팔았고 12만 원에
매수한 주식은 32만 원에 팔았다. 지난해 증시를 뜨겁게 달
구었던 바이오업계의 대표 주자인 셀트리온과 녹십자 주식
이었다. 계좌에 남은 두 종목은 이차전지 대표기업인 에코프
로비엠과 LG화학이었다. 일주일 정도 여유를 두고 고민한
후, 송화는 미국의 대표적인 빅테크기업 주식을 샀다. 테슬라
와 엔비디아였다. 동학 개미가 서학 개미로 변신해 달리는 폭
주 열차에 그녀도 올라탄 것이다. 매수 가격은 테슬라가 700

달러, 엔비디아가 130달러였다. 매수 시점에 두 주식의 평가에 대해서는 애널리스트들의 분석이 엇갈렸지만 대체로 시장의 평가는 고점이라는 부정적인 시각이 지배적이었다. 미연준의 금리 인상 예고와 인플레이션 경고가 시작된 시기여서 매수 타이밍은 썩 좋지 않았다. 송화는 손해가 나더라도 후회하지 않겠다고 마음먹었다. 어차피 팔아버린 국내 바이오 주식으로 투자 원금은 확보한 상태였다. 잃어도 잃는 것이 아니라고 생각하자 마음이 편했다. 테슬라는 좌충우돌하는 일론 머스크 CEO 리스크라는 특이한 노이즈가 있지만, 거대한 미국 시장을 주도하는 전기차 완성업체라는 매력을 부인하기 힘들었다. 인공지능 컴퓨팅에서 최고의 기업으로 평가받는 엔비디아는 이 분야에 정통한 친척 엔지니어의 추천을 받아 선택한 종목이었다. 두 주식을 매수한 다음 날, 송화는 넷플릭스에서 SF 영화를 연이어 봤다. 톰 크루즈 주연의 〈오블리비언〉과 스티븐 스필버그 감독의 〈레디 플레이어 원〉을 보면서 미래 세계에 대한 이미지를 그려보았다. 전기차와 메타버스는 언젠가는 사람들의 생활에서 실현될 미래였고 두 회사의 몰락은 미국 경제의 총체적 몰락을 의미한다는 애널리스트의 평가에 그녀는 기꺼이 동의할 수 있었다. 그러나 주식 투자는 마음처럼 쉽지 않았다. 2021년 5월 중순 테슬라 주가는 비트코인 폭락과 동반 하락했고 500달러 대로 주저앉았다. 수익률이 -20%에서 -30% 사이를 오갔다. 이 시기에 송화는 중대 결정을 내렸다. LG화학의 물적분할이 예고되어 있어서 개인투자자들의 마음은 불안했다. 한국 기업들은 회사가 조금만 성장한다 싶으면 사업을 쪼개어 투자자들에게 손을 벌렸다. 이 과정에서 경영진과 최대 주주는 막대한 이익을 얻었지만 대부분의 개인 투자자들은 손실을 보았다. 송화는 주가가 최고점인 100만 원대에 이른 지점에서 주식을 처분하지 못한 것이 아쉬웠다. 하지만 바닥에 사서 상투에 파는 것은 신의 영역이었다. 송화는 82만 원에 미련 없이 주식을 던졌다. 지난해 3월, 37만 원에 산 주식이었다. 이차전지가 없는 LG화학은 껍데기만 남은 유령회사와 마찬가지였기 때문에 매도 이후 오히려 마음이 홀가분했다. 이후 송화는 밤잠을 설쳐가며 거실 소파에 앉아 휴대폰으로 미국 증시 상황을 확인했다. 매수가는 대략 600달러 초반대였다. 테슬라의 평균 매수 단가가 줄고 수익률도 -10퍼센트로 감소했다. 이른바 물타기였다. 전략이 성공할지 실패할지는 누구도 장담할 수 없었다. 송화는 물타기 이후 자신의 삶이 변곡점을 지났음을 느꼈다. 이제 자신은 규칙과 안정을 추구하는 소시민이 아니었다. 그동안 견지해온 규범적인 삶에서도 멀어졌음을 깨달았다. 그것은 어쩌면 맹렬하게 변하는 자본의 세계가 그녀에게 요구한 의무일지도 몰랐다.

적도에서 올라온 훈풍이 시베리아에서 내려온 차가운 고기압 전선을 끌어올리자 대기에는 봄기운이 완연했다. 그러나 온기를 품은 바람도 마음속 한기를 몰아내지는 못했다. 깊은 새벽 송화는 잠을 이루지 못한 채 담요로 몸을 감싸고 어두운 거실 소파에 앉아 있었다. 발밑에는 해리가 누워 있고 이층 침실에는 현수가 잠들어 있었다. 송화는 몸을 웅크린 채 커피 테이블에 놓인 핸드폰을 내려다보았다. 검지를 몇 번 움직이는 수고를 하면 현금 자산과 주식 자산이 들어 있는 계좌를 확인할 수 있었다. 밝게 빛나는 디지털 숫자는 자신의 미래였다. 질병과 죽음의 공포를 떨치기 위해서는 추상적인 숫자들, 정확히는 돈이 필요했다. 송화는 지난 몇 년 사이에 일어난 일들을 떠올렸다. 친정아버지와 시아버지, 그리고 남편의 죽음이 연속적으로 일어나는 과정에서 은행 잔고는 빠른 속도로 불어났다. 그녀는 이해할 수 없었다. 왜 그들의 죽음이 나를 부자로 만들었을까? 어린 시절 동화를 읽으며 처음 알게 된 유산이라는 단어는 상상 이상으로 강력했다. 송화는 소공녀의 결말을 통해 느꼈던 안도감을 기억하려고 애썼다. 동화에서 다락방 하녀 신세가 된 불행한 아이는 유산을 통해

지난날의 행복을 되찾을 수 있었다. 당시에 책을 읽었을 때는 자기 일처럼 무척이나 기뻤다. 그러나 막상 자신이 상속녀가 되고 보니 동화 속 이야기와는 다른 세계가 펼쳐졌다. 온전한 기쁨보다는 공허가 찾아왔다. 사랑하는 이들은 사라지고 혼자가 되었는데 무엇을 기뻐해야 하지?

송화는 핸드폰 옆에 놓인 인쇄물로 시선을 돌렸다. 현수에게서 받은 그의 월급명세서였다. 잔업과 휴일 수당을 합친 청년 근로자의 한 달 급여는 긴 노동 시간에 비해 초라했다. 급여의 대부분은 부모의 빚을 청산하는 데 쓰였다. 법정 최소 생계비를 제하고 그가 마음대로 처분할 수 있는 돈은 없었다. 소위 가처분소득은 0원이었다. 왜 주위 어른들은 아이가 부모의 빚을 상속받지 않도록 조치를 취하지 않았을까. 송화로서는 알 수 없는 일이었다. 현수는 과거에 대해서는 입을 닫고 있었다. 그를 도울 방법이 있을까? 불가능한 일은 아니었다. 대환 대출을 하듯 그의 빚을 갚아줄 수도 있었다. 그러나 자신에게는 그런 자비로운 마음도 무모한 용기도 없었다. 그런 기적은 동화에서조차 일어나지 않았다. 현수는 수십 년간 자신을 거쳐 간 수많은 제자 중 한 명에 불과했다. 그런데도 마음 한구석의 불안이 사라지지 않는 이유는 무엇일까. 송화는 월급명세서를 내려다보며 빠르게 계산을 마쳤다. 암산은 어린 시절부터 몸에 익힌 장기였다. 고가의 원피스를 사는 비용 정도로 수렁에 빠진 청년을 임기응변으로나마 도울 수 있었다. 여별의 원피스란 있어도 좋고 없어도 상관없다. 그렇게 생각하자 마음이 편했다. 그녀는 담요를 벗어 소파에 내버려둔 채 침실로 들어가 새벽잠을 청했다.

송화의 제안을 들은 현수는 믿기지 않는 기적과 맞닥뜨린 사람처럼 긴장했다. 평범한 사람들이 꿈꾸는 보통의 삶이 그에게는 실현 불가능한 기적이 되어버린 것이다. 그녀가 생각한 현실적인 복안은 두 가지였다. 첫 번째는 수능에 도전해서 국내 대학에 입학하는 것이다. 학비는 국가장학금으로 충당하고 생활비는 자신이 돕겠다고 했다. 두 번째는 곧바로 미국 대학에 지원해서 유학을 떠나는 것이다. 수학 분야에서 특출한 재능을 입증한다면 장학생으로 선발되는 것이 불가능하지 않다고 설득했다. 현수는 의심했지만 송화는 자신했다. 이전의 위상수학 증명을 정리해서 보내면 관심을 보일 대학을 찾기는 어려운 일이 아니라고 말했다.

"네가 할 일은 열심히 공부하는 거야. 우선은 입학이 중요해. 졸업 이후에는 더 많은 돈을 벌 수 있는 직장을 구할 수 있고 그때까지 내가 도와주겠다는 거야. 부자는 아니지만 그 정도라면 할 수 있을 것 같아."

송화는 그가 이 문제를 무겁게 받아들일까 봐 농담을 던졌다.

"난 너의 미래를 돈으로 사고 싶어. 네가 할 일은 꿀벌처럼 열심히 일해서 빚을 갚는 거야. 난 너를 위해 기다려줄 의향이 있고 그럴 능력도 돼. 네가 나중에 더 큰 수익으로 되갚으면 되는 거야. 이건 시장이 움직이는 하나의 방식일 뿐이야. 스타트업 신생 업체에 대한 적대적 인수합병을 방어하기 위한 백기사라고 생각해도 좋아."

그런데도 그가 목석처럼 침묵을 지키자 송화는 미국 대학에서 보내온 입학 안내문을 펼쳤다. 캘리포니아의 눈부신 햇빛이 쏟아지는 서부 대학들과 유서 깊은 건물로 둘러싸인 동부 명문 대학의 캠퍼스를 찍은 사진들이었다. 송화는 미소를 지으며 그를 바라봤다.

"이 정도면 모험을 걸어도 좋지 않을까? 행운을 걷어차는 어리석음을 젊음의 특권이라고 생각하지는 않았으면 좋겠어."

송화는 그를 설득하며 기다렸다. 어두운 터널을 빠져나온 사람들이 쏟아지는 한낮의 빛에 적응하는 시간은 의외로 짧다. 현수도 마찬가지였다. 일주일간의 긴 노력 끝에 제안을 받아들인 현수는 빠르게 움직였다. 그는 송화의 제안이 일생

일대의 기회임을 본능적으로 알았다.

　현수는 진천의 공장을 그만두고 송화와 함께 미래를 설계했다. 두 사람은 이제 임대인과 임차인이라는 표면적인 관계에서 벗어나 새로운 지평을 향해 나아갔다. 현수는 아침 일찍 책가방을 싸서 인근 도서관으로 향했다. 그는 도서관 열람실 의자에 앉아 수학 문제를 풀고 있는 자신이 믿기지 않아 가끔 고개를 들어 주변을 둘러보았다. 삶은 미스터리로 가득 차 있었다. 그는 낮 시간 대부분을 도서관에서 보낸 뒤 집으로 돌아갔다. 오전에는 토플 어휘와 독해에 집중하고 오후에는 수학 문제와 씨름했다. 수년간 교육 현장에서 진학 상담을 했던 송화가 효율적인 커리큘럼을 짰고 매일의 학습량을 부여했다. 이제 현수는 값싼 노동으로 연명하는 임금 노동자도, 외진 공터의 버려진 승합차에서 숙식하며 변방을 떠도는 아웃사이더도 아니었다. 그는 먼지로 덮인 차고에 잠들어 있던 낡은 자전거를 정비해서 타고 다녔다. 페달을 힘차게 돌리는 청년의 머릿속에는 그날 암기한 영단어와 고차원 방정식 해법이 떠올랐다. 집에 도착하면 송화와 함께 저녁 식사를 준비하며 휴식을 취했다. 어느 날 저녁 송화는 현수에게 독서 목록과 함께 읽어야 할 책들을 책장에서 찾아 현수에게 건넸다. 『적과 흑』과 『감정 교육』, 『여자의 일생』, 『거꾸로』로 이어지는 일련의 프랑스 소설들과 『폭풍의 언덕』, 『두 도시 이야기』, 『젊은 예술가의 초상』, 『아들과 연인』과 같은 영국 소설들이었다. 두 사람이 얼굴을 맞대는 저녁 식탁에서는 자연스럽게 프랑스 대혁명과 산업 혁명에 대한 이야기가 오갔다.

영어 원문 소설에서 괴테에 대한 흥미로운 언급이 있었다.

'The German humanist with a Mediterranean inclination, one of the most sinister dotards in the whole of world literature ······'

현수는 번역 문장과 자신의 직역 번역을 비교하다 의문을 가졌고 답을 찾기 위해 구글 번역기를 돌렸다. 인공지능 번역은 보다 명료했다.

'지중해 성향의 독일 인문주의자, 세계 문학 전체에서 가장 사악한 명청이 중 하나'

소설을 쓴 작가는 프랑스의 미셸 우엘벡이었다. 괴테가 사악한 명청이라고? 현수는 처음으로 인문학이 폭로하는 삶의 모호함에 이끌렸다. 수학적 명료함이 결여된 논리에 불만을 품을 수도 있지만 그는 문학이 보여주는 다중적인 삶에 대한 해석에 매료되었다. 특히 질풍노도의 시대를 이끈 괴테에게는 양가적인 평가가 뒤따랐다. 젊은 시절 시인이었던 그는 바이마르의 고위직 행정가로도 이름을 떨쳤다. 이룰 수 없는 사랑을 염세적인 자살로 대체해버린 암울한 소설을 쓴 청년 작가는 이후 세속적인 성공 가도를 달리며 아름답고 젊은 여성들과 숱한 염문을 뿌렸다. 춥고 어두운 겨울 왕국에서 태어난 시인은 지중해의 온화한 기후와 이탈리아의 고전 문화를 동경했다. 아쉽게도 알프스와 이탈리아 여행에서 쓴 아름다운 산문과 작가의 스케치가 담긴 오래된 책은 서가에 꽂혀 있지 않았다. 도서관 직원에게 문의하니 대출 상태는 아니라며 아마 누군가 책을 읽고 있는 것 같다고 말했다. 현수는 그날 오후가 되어서야 우연히 한 책상 위에서 〈캄파냐에서의 괴테〉 표지 그림이 있는 『이탈리아 기행』을 발견했다. 그의 눈이 순수한 호기심으로 반짝였다. 때마침 점심 식사를 마친 책 주인이 되돌아왔다. 포니테일로 머리를 묶은 발랄한 젊은 아가씨였다. 그녀는 자신의 테이블을 막고 서 있는 낯선 남자를 경계의 눈빛으로 쏘아보았지만 현수가 인사를 건네자 이내 눈웃음으로 화답했다. 도서관은 문화의 상징성을 대표하는 책이 유통되는 공간으로 안전하고 우호적인 장소였다. 현수 곁으로 다가선 그녀는 책 표지 위에 손을 올린 다음 현수에게 질문을 건넸다. 마스크에 얼굴이 가려져서 정확한 인상은 드러나지 않았지만 기대 이상으로 예쁜 목소리였다.

"혹시 이 책을 찾고 있었으면 가져가서 보세요. 전 벌써 다

읽었어요.”

　예나는 진지하게 책을 읽는 남자들에게 끌렸다. 그러나 책을 읽는 매력적인 청년을 도서관에서 발견하기란 역설적이게도 쉽지 않았다. 둘의 우연한 만남이 있은 다음 날 아침, 예나는 도서관 입구 광장에서 자전거를 세우고 계단을 올라가는 현수의 뒷모습을 발견했다. 마른 몸매에 긴 팔다리가 눈에 띄었다. 그는 매일 예약한 지정석에 앉아 장시간 공부에 열중했다. 예나는 그에게 순수한 호기심을 품었다. 마스크 위로 드러난 남자아이의 눈동자는 차분했다. 점심시간에는 도서관 내 방역 소독이 실시되고 내방객들은 자리를 비워줘야 했다. 현수가 도시락을 들고 위층 휴게실로 올라가는 모습을 확인한 후, 예나는 그의 책상으로 다가가 펼쳐진 책들을 훑어보았다. TOEFL과 GRE 수험서와 전공 수학 원서들이었다. 노트에는 미적분 부호와 등식이 어지럽게 그려져 있었다. 추리는 어렵지 않았다. 수학을 전공한 졸업생이 대학원 진학을 위해 하루 8시간씩 강행군을 하고 휴식을 위해 가끔 괴테의『이탈리아 기행』과 르네상스 시대의 그림들을 들춰본다. 예나는 옆 책상들을 둘러보았다. 거의 모든 테이블에 공무원 수험서와 기술 자격증 수험서들이 놓여 있었다. 괴테가 우아한 포즈를 취한 표지를 바라보는 예나의 양 볼에 미소가 떠올랐다.

뭔가 신나는 일이 일어날 것을 예감한 소녀의 얼굴이었다.

둘은 호수공원 산책길에서 우연히 만났다. 봄기운이 완연한 포근한 날씨였다. 현수는 봄볕이 내리쬐는 벤치에 앉아 화창한 날씨와는 어울리지 않는 보들레르의 『파리의 우울』을 읽고 있었다. 눈앞에 예쁘고 날씬한 종아리가 들어오자 현수가 고개를 들었다. 고무줄을 푼 예나의 부드러운 머리카락이 봄바람에 찰랑였다. 무릎이 드러난 스커트에 밝은 니트 스웨터를 입은 예나는 마치 친구처럼 인사를 건넸다. 그들은 함께 인공호수를 가로질러 도서관으로 올라갔다. 대화는 가볍고 산뜻했다. 이후 그들은 같은 시각 같은 장소에서 우연을 가장한 만남에 기꺼이 동참했다.

우연이 연속적으로 일어나면 운명이 되는 게 아닐까? 토요일 오전, 늦잠을 자고 일어난 예나는 토스트와 우유 한 잔을 먹고서 산행에 나섰다. 그녀의 집은 호수공원에 인접한 49층 아파트의 펜트하우스였다. 부모가 새벽부터 제주도로 골프 여행을 떠났기 때문에 60평이 넘는 넓은 집안은 쥐 죽은 듯 조용했다. 예나는 온라인으로 주문한 새 레깅스와 등산화를 신었다. 이십 대 여성들의 등산 체험이 인스타그램에서 유행하고 있어서 예나도 포스팅을 올릴 작정이었다. 재킷 주머니에 생수 한 병과 아이폰을 넣은 그녀는 흥겨운 마음으로 집을 나섰다. 평소에도 빠른 걸음으로 걷는 그녀는 앞서가는 사람들을 쉽게 추월했다. 샛길을 타고 올라 목령산 정상에 도달하는 동안 기분 좋은 땀이 등에서 솟았다. 그녀는 산 정상에서 사방으로 트인 넓은 공간을 돌아보며 호흡을 가다듬었다. 그리고 잠깐 고민하다 북쪽 내리막길을 선택했다. 2차 산업단지를 크게 돌아 아파트로 돌아오는 코스로 초심자에게는 부담이 되는 거리지만 이왕 등산에 도전한 김에 인스타그램에 자랑할 만한 성과를 내고 싶었다. 가파른 경사 길을 내려가는 동안 천연색 봄꽃들이 눈을 어지럽혔다. 마침내 산에서 내려온 예나가 전원주택 단지를 통과하는 시각, 송화와 현수는 차고 문을 활짝 열어놓고서 막 도착한 현대 아이오닉5를 살펴보고 있었다. 지난 2월에 예약접수를 하고 운 좋게도 남들보다 빠르게 신차를 배정받아 송화는 기분이 좋았다. 그녀는 나란히 놓인 i30 해치백의 범퍼를 두드리며 현수에게 새 주인이 되라고 농담처럼 권했다. 우연히 길을 지나치던 예나는 차고의 현수를 발견하고서 반갑게 인사를 건넸다. 차고 그늘 속에 있던 현수는 등산복 차림의 젊은 여성이 예나임을 알아보고는 환한 웃음을 지었다. 두 사람이 이 우연에 놀라워하는 동안 송화는 흥미로운 표정으로 두 사람을 지켜봤다. 그녀가 해리와 함께 잔디 마당을 건너 집 안으로 들어가며 자리를 비켜주자 그들은 격의 없는 대화를 이어갔다. 반짝이는 신형 전기차가 둘 사이에 있어서 대화는 표류하지 않았다. 거리에는 포근한 봄바람이 불고 하늘에는 솜사탕 같은 구름이 떠 있었다. 의무감과 충동이 뒤섞인 상태에서 현수는 예나에게 데이트를 신청했다. 호수공원 인근 베트남 식당에서 저녁 식사를 함께하자는 제안이었다. 예나는 미소를 지으며 어깨를 으쓱였다. 집까지 데려주겠다는 현수의 제안은 거절했다. 그녀는 자신이 독립적인 여성임을 알려주고 싶었다. 예나는 뒷걸음질해서 전원주택을 올려다본 후 탄성을 내뱉듯 현수에게 말했다.

"엄마가 엄청 미인이네."

집으로 되돌아온 예나는 땀에 젖은 셔츠와 레깅스를 벗고 샤워기 아래에 섰다. 예정보다 긴 산행을 한 탓에 온몸의 근육이 온수에 기분 좋게 반응했다. 묘하게도 예전에 만났던 남친들의 얼굴이 떠올랐다. 코로나가 덮친 마지막 대학 생활은 우울과 불안으로 끝을 맺었다. 대학이 문을 닫자 예나는 어디로 가야 할지 몰랐다. 강의실은 물론, 도서관과 학생회관 모두 문을 걸어 잠근 채 학생들의 출입을 막았다. 오피스텔 자취방에서 예나는 노트북을 켜놓은 채 침대에 누워 천장을 바라보기만 했다. 졸업 이후의 삶을 생각하면 현기증이 났다.

아침에 우유 한 잔, 점심에는 배달 음식을 먹고 저녁은 대부분 걸렀다. 외부 활동이 줄어들자 불면증이 찾아왔다. SNS에 올린 화려한 삶은 모두 거짓이었다. 사랑은 가상 세계에서조차 존재하지 않았다. 모두가 진실을 숨긴 채 오직 장식적인 삶의 파편들만을 과시했다. 거리의 풍경으로 들어가면 미래에 대한 불안으로 초조했고 침대에 누워 눈을 감으면 불길한 침입자의 발걸음 소리가 들렸다. 동이 트기까지 예나는 이불 속에서 몸을 웅크린 채 인스타그램에 올라온 사진들을 쏘아봤다. 행복한 군중, 미소 짓는 친구들, 봄날의 꽃들, 여름 해변, 근육질 청년의 미소, 현대 소설의 멋진 문장들, 샤넬과 프라다, 테슬라와 일론 머스크, 비트코인과 이더리움, 코로나와 응급실, 이방카 트럼프와 김여정, 피임과 출산 ……. 며칠 후 병원을 찾았다. 정신과 의사는 코로나 블루라는 농담 같은 진단을 내리며 약을 처방해주었다.

대학에서 나는 무엇을 했을까? 불현듯 몽블랑 향수를 애용하는 남자아이와의 첫 데이트가 떠올랐다. 그의 곁에 서면 상쾌한 아침 바다 냄새가 났다. 그의 차는 랭글러 루비콘이었다. 배기량만 6000cc가 넘는 대형 SUV에 앉은 그는 닥터 드레와 스눕 독의 오래된 갱스터 랩을 흥얼거리길 좋아했다. 샌프란시스코에서 태어나 유년 시절을 외국에서 보낸 그는 영어와 독일어에 능통했다. 그의 부모는 직업 외교관이었다. 자기 아파트에서 그룹 과제를 하자는 제안을 받자 예나는 조금 망설였지만, 그와 정식으로 사귀고 한 달이 채 못 되어 함께 잤다. 스무 살 예나에게는 첫 경험이었다. 그와의 관계는 기말고사를 넘기지 못했다. 그는 얼마 지나지 않아 음대 소프라노 여학생을 조수석에 태우고 다녔다. 예나에게도 새로운 남자 친구가 생겼다. 공대생이었고 양친 모두 법조인이며 강남에 살았다. 그와 헤어진 이후로는 남자아이들에게 흥미를 잃었다. 그들은 부유한 부모가 설계한 외계 행성에 고립되어 겁에 질린 채 몸을 숨기고 있으면서도 타인과 외부 세계에 대해서는 가혹한 비판만을 늘어놓았다. 그들의 유일한 모험은 처녀지로 설정한 여자아이들의 몸을 정복하는 일뿐이었다. 예나는 자신의 대학 4년을 총체적 실패라고 결론지었다.

연애와 결혼은 자유로운 여성의 삶을 한순간에 무너뜨릴 수 있는 힘을 지니고 있었다. 현대 소설의 여주인공들이 낭만적인 감상에 젖어 사랑으로 무너지는 것을 확인하며 예나는 남자들과 거리를 두고 있었다. 그런데 예상치 못한 일이 일어났다. 도서관에서 우연히 만난 남자아이와의 저녁 식사를 앞두고는 이전과 달리 가슴이 설렜다. 거울 앞에 선 그녀는 꼼꼼히 얼굴을 확인했다. 색조 화장을 선호하지 않지만 핑크빛

볼 터치로 화장을 끝냈다. 아름다운 전원주택 차고에서 맡은 신차 냄새가 코끝에서 희미하게 감돌았다. 예나가 베트남 식당에 도착했을 때 현수는 창가 자리에 앉아 인공호수를 내려다보고 있었다.

이데올로기의 꿈이 무너진 시대를 사는 청년들은 근대국가의 이상에 매료되지 않았다. 프루동과 생시몽, 푸리에, 오웬의 공상적 사회주의와 차티즘, 국가사회주의, 사민주의, 아나키즘, 생디칼리슴, 마르크스주의 등 어떤 공동체적 이상주의 이론도 그들의 마음을 유혹하지 못했다. 밀레니엄을 전후로 태어난 청년들은 낡은 이념을 폐기하고 오직 돈과 직업이라는 실용적인 목표를 쟁취하기 위해 열정을 쏟았다. 사회학을 전공한 예나는 자신이 읽었던 책과 현실의 괴리에 익숙한 편이었다. 그녀는 주말 저녁 충동적으로 자신에게 데이트를 신청한 남자아이가 인문학적으로 무지하다는 사실에 놀라지 않았다. 자연과학도이고 난해한 미적분에 정통한 현수가 19세기의 혁명 사상에 지식이 없다는 것을 당연하게 받아들였다. 그러나 그가 정치적으로 백지처럼 무지하다는 사실에는 가벼운 충격을 받았다.

"내년에 대통령 선거가 있어?"라고 현수가 말하자 예나는 유쾌한 웃음을 터뜨렸다.

탐색에 들이는 시간을 줄일 수 있다는 점에서 이 만남은 유쾌했다. 식사가 끝날 즈음 그들은 어린 시절 이웃한 초등학교를 졸업한 사실을 알게 됐다. 잠깐이지만 그가 육상부에서 활동했다고 말하자 예나는 현장 학습으로 전국체전 응원을 나간 옛일을 기억했다. 어쩌면 당시에 짧은 반바지를 입고서 육상 트랙을 달리던 현수를 보았을지도 모른다고 생각하니 기분이 묘했다. 예나는 차고에서 보았던 그의 어머니를 떠올리며 유사점을 찾아보았다. 크고 지적인 눈이 닮아 보였다. 두 사람은 식사를 끝내고 호수 주변 산책길을 걸었다. 만개한 꽃들이 유혹하는 계절이어서 바람에는 꽃향기가 실려 있었다. 예나가 와인을 마시지 않겠냐고 제안하자 현수는 미소로 응했다. 커튼이 처진 안락한 방에서 테이블을 사이에 두고 앉고서야 그는 술은 마시지 못한다고 실토했다. 예나는 '뭐야, 시시하게'라며 불평하면서도 그에게 도전을 요구하며 호주 산 시라즈 와인을 따라주었다. 와인 바를 나왔을 때 호수 공원에는 늦은 밤 산책을 나온 이웃들의 모습이 드문드문 보였다. 현수의 손에는 바에서 남긴 와인병이 들려 있었다. 예나는 빠르게 걷다 멈춰 서서 언덕 위에 불을 밝힌 초고층 아파트를 올려다보았다. 때마침 부모가 주말여행을 떠났음을 떠올리자 그녀의 얼굴에 장난기 가득한 미소가 걸렸다. 예나는 지난밤 보았던 넷플릭스 영화를 기억하고 아직 그 결말을 보지 않았음을 기억했다. 반쯤 남은 와인과 결말을 기다리는 영화, 이처럼 상황이 완벽하기도 어려웠다. 야심한 시각 성인 남자를 집으로 데려가는 일은 처음이었다. 뒤따라온 현수가 현관문을 닫고 와인병을 주방 테이블에 올려놓았다. 실내를 둘러보는 그의 얼굴은 조금 굳어 있었다. 그것은 현수가 이제껏 경험하지 못한 중산층의 중심부였다. 규모 면에서는 송화의 전원주택이 더 크고 아름다웠으나 그곳은 사별의 아픔을 안고서 혼자 사는 중년여성의 집이었다. 제아무리 계절 꽃으로 치장해도 쓸쓸한 그림자를 지워낼 수 없었다. 그러나 예나의 집은 달랐다. 그곳엔 중산층 가정의 행복과 만족감만이 충만한 장소였다. 경제적 안정을 이룬 중년 부부가 예쁜 외동딸과 함께 살아가는 공간이었다. 재빠르게 화장실에 다녀온 예나가 말없이 그에게 다가섰다. 상쾌한 치약 향기가 그녀의 입술에서 터졌다. 그들은 와인을 비우지도 영화를 끝내지도 않았다. 침실은 안전했고 건강한 청년의 체온은 비정상적인 열기를 품고 있었다. 밤이 약속한 낭만적인 비밀 속으로 들어가자 이전에는 상상하지 못했던 감각적인 쾌락이 동시에 그들의 몸속 세포에서 깨어났다.

2

과천의 국립현대미술관을 방문하고 돌아오던 길에 현수와 예나는 고속도로 졸음휴게소에서 휴식을 취했다. 들녘을 물들인 노을이 사랑에 빠진 연인들의 가슴에 수채화 물감처럼 스며들었다. 두 사람은 지난 몇 달 사이에 일어난 마법과도 같은 순간들을 동시에 떠올렸다. 특히 현수에게는 이 갑작스러운 사랑의 출현이 혼란스러웠다. 그는 이 기적이 연기처럼 사라지지 않을까 두려웠다. 송화를 만나면서부터 달라진 삶은 그에게 새로운 모험을 요구했다. 그는 이제 일용직 노동자에서 벗어나 미래를 꿈꾸는 평범한 청년의 일상을 누릴 수 있었다. 상처만이 남은 과거는 잊고 싶었다. 고등학교를 졸업하고 처음 일을 시작했던 겨울에 터널 공사장에서 갇힌 적이 있었다. 축대가 무너져 내려서 함께 일하던 인부 세 명과 함께 붕괴 현장에 고립됐고 다섯 시간이 넘어서야 구조됐다. 그때 현수는 자신이 일을 하다가 죽을 수 있다는 걸 처음으로 알았다. 이듬해에는 제재소에서 일하다 파쇄기에 손가락이 빨려 들어가는 사고를 당했고 잘린 엄지를 신경에 접합하기 위해 세 차례 수술을 받았다. 지금도 왼쪽 엄지는 제대로 굽혀지지 않았다. 이 모든 지난한 과거를 그는 여자친구에게 솔직하게 털어놓지 못했다. 예나와 헤어지면 매번 후회했지만 다시 그녀를 만나면 일상적인 행복에 도취되어 그는 침묵했다.

송화는 i30을 처분하지 않고 자동차 열쇠를 현수에게 넘겨줬다. 조수석에 탄 예나는 나라면 사랑스러운 아들에게 새 차를 줬을 거라며 농담처럼 말했는데 현수는 웃을 수 없었다. 부모의 경제적 도움으로 대학까지 마친 예나는 젊은 세대가 미디어와 교육을 통해 주입받은 독립적인 삶이라는 모순적인 상황을 고민 없이 받아들였다. 그래서 그녀는 현수에게 필요 이상의 질문을 하지 않았고 남자친구가 시시콜콜한 가족사에 대해 질문하지 않는 것을 자연스럽게 여겼다. 그녀는 책에서 배운 독립적이고 주체적인 삶을 현실에 적용하는 것만으로도 시간이 부족했다. 예나는 현수가 노트에 휘갈겨 쓴 고차원 방정식을 보며 그의 개인사를 미루어 짐작할 수 있었다. 영리하고 진지한 현수가 대학원에 진학하는 일은 당연해 보였다. 반면 취업준비생으로 엄마에게 용돈을 받으며 생활하는 자신의 신세가 가끔은 초라해 보이기도 했다. '나도 대학원이나 준비할까?'라고 지나가는 말처럼 했는데 농담은 아니었다. 두 사람이 동시에 외국의 대학으로 유학을 떠나면 좋겠다는 생각이 머릿속에서 지워지지 않았다. 그렇게 하려면 결국 결혼해야 하는 것 아닐까? 일찍이 비혼주의를 선언한 예나는 그녀 나름의 진지한 고민에 빠져 있었다.

점심시간, 도서관을 나온 두 사람은 호수공원이 내려다보이는 카페에 앉아 텅 빈 하늘과 게으른 뭉게구름을 올려다봤다.

"넌 사는 게 지겹지 않아?"

샌드위치를 해치우고 오렌지 주스를 꿀꺽 마신 예나가 말했다. 현수는 질문을 이해하지 못한 채 그녀를 바라보기만 했다. 그에게 삶은 고통이지 권태는 아니었다.

"우리 이번 주말에는 오페라나 보러 갈까?"

그렇게 말한 예나는 빠르게 콘서트 예약 사이트를 검색한 후 실망한 표정으로 휴대폰을 내려놓았다. 코로나로 전국 대부분의 공연장은 임시 휴업 상태였다.

"뭐 신나는 일 없어? 사는 게 너무 따분해."

현수는 투정을 부리는 예나가 부러웠다. 문득 그는 왼손을 들어 산업재해로 장애 판정을 받은 엄지손가락을 그녀에게 보여주고 싶었다. 유통 창고에서 전기 공사를 하다 감전되어서 기절한 일과 골프장에서 일사병으로 쓰러진 후 응급실 신세를 졌던 일들에 대해서도 털어놓고 싶은 충동을 느꼈다.

"우리가 아직 어려서 세상이 따분하게 보이는지도 몰라."

"지금 혹시 나한테 시비 거는 거야?"

말은 그렇게 했지만 예나의 얼굴에는 예의 사랑스러운 미소가 걸려 있었다. 현수는 예나에게 사랑을 고백하고 싶었다. 그러나 그는 어린 시절 배스킨라빈스의 아이스크림 진열대 앞에 섰을 때처럼 마음의 결정을 내리지 못한 채 머뭇거렸다.

"결혼하면 사는 게 달라질까?"

예나의 말에 현수는 의아한 표정으로 그녀를 바라봤다.

"그렇게 겁먹은 표정 짓지 마. 너한테 결혼해달라고 애원하지는 않을 거니까. 다만 어젯밤에 제인 오스틴을 읽다가 잠들었는데 좀 궁금해졌어. 오스틴 소설 읽은 적 있어?"

현수는 고개를 가로저었다.

"가난한 여자 주인공이 부자에다 잘생긴 남자 주인공을 만나서 행복하게 오래오래 살았답니다, 로 끝나는 게 오스틴

소설이야. 19세기 여자들의 로맨틱 판타지지. 어떻게 생각해?"

"응?"

"사랑하는 연인들이 만나서 결혼하고 행복하게 사는 거 말이야."

"그건 좋은 거 아냐?"

예나의 눈동자가 장난기로 반짝였다.

"넌 미적분에만 매달리더니 감성이 메말라 버렸나 봐. 그리고 사회적 담론에 대한 고민도 없어 보여."

"사회적 담론?"

"응, 요즘 사람들이 무엇에 대해 고민하는지 관심이 없다는 거야."

"넌 요즘 뭘 고민하는데?"

"말했잖아. 어젯밤에 오스틴의 소설을 읽었다고. 이게 얼마나 모순적인 상황인지 넌 눈치도 못 채고 있잖아."

"모순?"

"어울리지 않는다는 거야. 말했지만 난 비혼주의자이거든. 비혼이 뭔지는 알지? 아무튼 난 결혼보다는 독립해서 혼자 자유롭게 사는 게 삶의 목표였어. 그런데 어젯밤에는 오스틴의 소설을 읽고 마음이 설렜다는 말이야. 이게 말이 돼?"

현수는 미소를 보였다.

"왜 결혼은 하지 않으려는 거야?"

현수의 질문에 예나가 눈을 크게 떴다.

"정말 몰라서 물어?"

현수가 고개를 끄덕이자 예나는 한숨을 가볍게 내쉬며 말했다.

"남자들이 멍청해서야."

"멍청하다고. 어떻게?"

"자식을 잃고서 단식하는 부모들 앞에서 폭식 투쟁을 하는 게 정상은 아니잖아. 여성가족부를 없앤다고 하니까 환호하는 것도 그렇고. 어떻게 그런 멍청한 생각을 할 수 있지?"

"남자라고 다 그런 건 아니야."

예나는 현수를 다정한 눈길로 바라보며 말했다.

"그래. 넌 확실히 그렇지 않아. 그래서 문제가 생긴 거야. 남자들이 모두 바보는 아니라는 거지. 널 보면 그런 생각이 들어."

"내가? 난 좀 멍청한 편에 속해."

"그건 맞아. 마르크스도 모르고 레닌도 모르잖아."

"그래도 〈오만과 편견〉이라는 영화는 본 적 있어."

"정말?"

"응."

"그래서 너의 결론은?"

"나의 결론? 그런 건 없어. 그냥 조금 이상하긴 했어. 남자 주인공이 미남에다 엄청난 부자라는 설정은 좀 과하다고 생각했어. 그냥 평범해도 좋지 않을까."

"너처럼?"

현수는 망설였다. '평범한'이라는 수식어가 자신에게 어울리는지 확신할 수 없었다.

"만약에 상황이 뒤바뀌면 어떻게 돼? 소설과는 반대로 남자주인공이 가난하고 여자주인공이 예쁘고 부자인 거야."

"뭐? 그건 좀 이상하지 않아? 굳이 안 될 것까지는 없지만 왠지 로맨틱하지는 않잖아."

"응. 좀 그렇긴 해."

현수의 빠른 수긍에 예나는 환한 미소를 보였다. 샌드위치도 사라지고 오렌지 주스도 바닥났다. 그들은 동시에 어깨를 으쓱이며 자리에서 일어났다. 카페를 나온 그들은 사이좋은 친구처럼 손을 잡고서 도서관을 향해 올라갔다. 빨랫줄에 걸려 있던 맑은 하늘의 뭉게구름이 신이 난 강아지처럼 그들 뒤를 졸졸 뒤따라왔다.

인도에서 최초 발견된 델타 변이 바이러스가 유럽 대륙을 덮친 여름, 감염병의 공포에 지친 사람들의 머리 위로 붉은 게 등껍질과도 같은 해가 눈부신 조명처럼 떠다녔다. 예나는 더위가 절정에 오르자 긴 머리를 잘랐다. 짧은 커트에 웨이브를 넣어 함박웃음을 지으면 마치 막 태어난 귀여운 레트리버처럼 보였다. 취업준비생과 대학원 입시생으로 만난 두 사람은 도서관이 일찍 문을 닫는 주말 저녁부터 본격적인 데이트를 했다. 도서관 휴관일인 금요일은 특별히 소중했다. 현수는 그녀를 위해 스물네 시간을 바쳤다. 극장과 동물원, 미술관, 박물관, 산성, 사찰, 바다 등 그녀가 원하면 어디든 달려갔다. 송화에게 빌린 i30은 연식에 맞지 않은 짧은 주행거리를 단번에 늘이며 전국의 고속도로와 국도를 누볐다. 예나는 운전석에 앉은 남자친구와 차창 밖으로 펼쳐진 아름다운 풍경을 번갈아 바라보았다. 거미줄처럼 얽힌 도시의 좁은 골목은 젊은 연인들에게 감각적인 쾌락을 선사했다. 예나는 현수를 마사지 숍에 데려갔고 네일아트 숍과 커플 스파에도 데려갔다. 그들이 함께한 최대치 도전은 은밀한 부위의 털까지 제거하는 브라질리언 왁싱이었다. 두 사람 모두에게 잊을 수 없는 자극적인 경험이었다. 그날 밤 그들은 시내의 모텔 방에서 서로의 벗은 몸을 확인하며 즐거운 비명을 질렀다.

현수는 예나가 자신을 오해하고 있음을 잘 알고 있었다.

그것은 빗나간 과녁이었다. 그는 지난해 송화와 함께 현대미술관에서 보았던 조각상을 떠올렸다. 사랑에 빠진 예나는 빛나는 크리스털 볼로 뒤덮인 예쁜 사슴을 보고 있다. 그 안에 죽어서 박제된 사슴이 잠복해 있음은 보지 못했다. 눈부신 크리스털이 본질을 가려버린 것이다. 외양을 장식한 크리스털은 크고 아름다운 전원주택이었고, 푸른 하늘을 향해 난 2층 테라스와 차고에 나란히 세워진 i30과 아이오닉5였다. 조금 작은 크리스털 구슬은 대학원 영어 수험서와 복잡한 등식으로 이루어진 미적분학 전공 서적이었다. 현수는 예나를 속일 의도가 없었다. 그러나 그녀가 보여준 사랑 앞에서는 무력해질 수밖에 없었다. 그는 매일 아침 도서관으로 가기 위해 차고에서 자전거를 빼면서 질문을 던졌다.

'나는 왜 다른 사람처럼 평범한 행복을 누려서는 안 된다는 말인가?'

"이번 주 금요일 시내에서 친구들을 만나기로 약속했어. 함께 간다고 했는데 괜찮지? 친한 고등학교 동창들이니까 부담 갖지 않아도 돼."

"응, 그렇게 해."

대답은 그렇게 했지만 그 자리에서 일어날 일들을 예상하자 마음이 무거워졌다. 평소 현수는 송화가 건네준 대학 전공

서적으로 공부했다. 예나는 자연스럽게 현수가 송화가 졸업한 국립대학 출신임을 미루어 짐작했다. 현수는 모른 척 지나쳤는데 초기에 둘의 관계가 이처럼 깊어지리라고는 예상하지 못해 일어난 오해였다. 금요일 오후 현수는 예나를 태우고 대학가로 향했다. 약속 장소는 네팔인이 운영하는 인도 식당이었다. 예나의 친구들이 먼저 도착해서 자리를 잡고 기다리고 있었다. 둘 다 비슷한 시기에 공무원 시험에 합격한 사회 초년생들이었다. 행정센터 사회복지과와 민원 창구에서 일을 시작한 그녀들의 얼굴에는 소박하지만 안정된 미래에 대한 확신이 엿보였다. 그들은 보수적인 가족공동체를 옹호하면서도 선거에서는 상대적으로 개혁적인 정당에 투표했다. 월급을 받으면 생활비를 제하고는 모두 적금통장에 돈을 넣는 생활인들이었다. 그녀들은 연애와 결혼에 대해서는 무지하고 단호했다.

"참 잘 생기셨어요. 아이돌을 해도 괜찮겠는데요."

예나의 고등학교 동창생들은 현수를 스스럼없이 대하며 웃음을 터뜨렸다.

"엄마가 미인이야. 수학 교사이셨는데 지금은 명퇴하셨어."

"벌써 엄마까지 만났어?"

예나는 의기양양한 웃음을 흘렸다. 현수는 묵묵히 난을 찢어서 카레에 찍어 먹었다. 이국적인 음식이지만 익숙해지는 데 어려움은 없었다. 동양의 가난한 나라에서 온 요리사가 만든 정갈한 전통 음식이라는 사실에 자신감을 얻은 것인지도 몰랐다. 현수는 세 여자의 일상적인 대화에 귀를 기울이며 자신이 예나에게 무슨 짓을 저지른 것인지 진지하게 생각했다. 그녀의 오해가 시작이었는지, 아니면 자신의 무의식적인 침묵이 시작이었는지 분간하기 힘들었다.

"서울에서의 학교생활은 어땠어요?"

질문이 현수에게로 넘어왔다. 세 여자가 동시에 눈동자를 반짝였다.

"따분했어요."

현수는 예나가 평소에 하던 말을 떠올리며 흉내냈다. 무성의한 대답처럼 들릴 수도 있었지만, 지방에서 대학 시절을 보낸 그녀들의 얼굴에는 안심과 만족감이 동시에 떠올랐다.

"대학 생활이 나 그렇죠, 뭐. 코로나가 우리 모두의 대학 생활을 망쳐 버렸어요."

현수는 동의한다는 듯 고개를 끄덕였다.

"유학을 준비하신다면서요?"

"네. 독일과 미국 중 어느 쪽이 좋은지 고민하고 있습니다."

허튼소리는 아니었다. 실제로 송화는 독일과 미국의 대학에 이메일을 보내며 입학을 타진하고 있었다.

"난 미국보다는 유럽이 더 좋을 것 같아. 왠지 더 낭만적이지 않아?"

예나의 말에 맞은편에 앉은 두 여자는 부러움을 담은 눈길로 그녀를 흘겨보았다.

"이번 선거에서는 누굴 찍을 생각이에요?"

예상 밖의 질문에 현수는 미간을 찌푸렸다. 정치에 대해서는 할 말이 없었다.

"전 이번에 최저임금을 더 높이는 쪽에 투표할 생각입니다."

그것은 마땅한 대답이 없어서 한 대수롭지 않은 대응이었다. 그러나 그의 대답은 뜻하지 않은 파문을 일으켰다. 두 여자의 눈이 동시에 커졌다.

"최저임금이 오르면 일자리가 줄어들 수밖에 없어요. 결과적으로 일하는 사람들에게 손해가 될 뿐이에요. 그보다는 회사가 더 많은 수익을 내도록 정부가 지원하는 쪽이 더 맞지 않나?"

현수는 묵묵히 사회복지사의 얼굴을 바라보았다. 그가 망설이자 예나가 두 사람을 번갈아 바라보고는 작정한 듯 진지한 표정으로 말했다.

"나는 현수 말이 맞는 것 같아. 그동안 보수정권이 낙수효과에 대해 선전했지만 실제로 이루어진 건 없잖아. 재벌들은 현금을 쌓아놓고는 법인세를 낮추라는 엉뚱한 요구만 하고 있어. 노동자와 기업 사이에서 중재를 맡은 정부의 역할을 생각하면 우리가 어느 정당을 지지해야 하는지는 분명하지 않을까?"

그것은 사회학을 전공한 예나가 비교적 친구들의 눈치를 보며 부드럽게 의견을 제시한 것이었다. 그러나 신입일지라도 공공서비스의 최전선에 서서 매일 같이 비정한 현실을 맞대하는 사회복지사는 물러서지 않았다.

"현 정권의 소득 주도 성장론이 실패한 건 예나 너도 알지? 그리고 보편적 복지라는 게 얼마나 허황된 헛소리인지 알게 되면 너도 깜짝 놀랄걸? 대부분 사람들은 가난한 사람들이 얼마나 무책임한지 잘 몰라. 그 사람들이 하는 일이라곤 복지 수당이 적다고 불평하거나 공무원들이 일을 하지 않는다고 민원만 넣는 것뿐이야."

예나는 울컥하고 올라오는 불쾌한 감정을 억눌렀다. 안정된 직장을 구한 친구들이 취업준비생인 자신을 대놓고 어린 아이 취급하고 있다고 느꼈다. 그때 탁자 밑에서 현수의 손이 그녀의 다리 위로 올라왔다. 다정하고 온기를 담은 손길이었다. 예나는 새삼스레 동창생 친구들의 얼굴을 바라보았다. 나이를 먹는다는 게 이런 걸까? 이제 그들은 서로 다른 지평을 향해 달려가고 있었다. 예나는 친구들을 이해하려고 노력했다. 그녀들은 다가올 찬란한 미래를 꿈꾸는 것만으로도 시간이 모자랐다. 동창생과의 정다운 모임에서 정치적 논쟁으로 시간을 허비하는 것은 어리석었다. 식사비용은 현수가 냈다. 지갑에는 오늘을 위해 준비한 오만 원권 지폐가 들어 있었다. 평소 현금을 쓰는 현수를 보며 예나는 의아해했지만 이제는 익숙해져 있었다. 현금을 받은 네팔인 요리사는 만족스러운 미소로 잔돈을 거슬러주었다. 요리사가 등진 벽에는 만년설로 덮인 히말라야의 고봉들이 늘어선 포스트가 걸려 있었다. 현수는 지구에서 가장 높다는 만년설 산을 올려다본 후 세 여자의 뒤를 따라 좁은 계단을 내려갔다.

커피와 초콜릿 무스도 현수가 계산했다. 그는 타인에게 친절을 베풀 수 있게 된 지금의 행운을 누리고 싶었다. 얼음을 간 아이스커피는 달콤했다. 현수는 스트로로 얼음 조각을 빨아들이며 옆에 앉은 예나의 하얗고 눈부신 허벅지를 보았다. 순간 초현실적인 그림 속에 들어온 듯한 어지럼증이 일었다.

세 여자 동창생이 저희만의 대화를 이어가는 동안 이층 창가에 앉은 현수는 거리 풍경으로 고개를 돌렸다. 대학가는 그에게 낯선 동네였다. 그는 엇비슷한 나이의 청년들이 활보하는 거리에서 이질감을 느꼈다. 미니스커트와 쇼트 팬츠를 입은 여자아이들의 건강한 다리가 햇빛에 반사되어 눈을 어지럽혔다. 그녀들 뒤로 남자아이들이 활기차게 걷는 모습이 보였다. 날렵하고 탄탄한 목선이 드러나고 넓은 어깨에 팔다리가 긴 청년들이었다. 자신이 이들 순수하게 무해한 군중과 뒤섞였다는 사실이 믿기지 않았다.

"어머, 예나야!"

하이톤 목소리에 창밖을 내려다보던 현수가 고개를 돌렸다.

"이모, 여긴 어쩐 일이야?"

자리에 앉은 모두가 그녀를 올려다봤다. 예나를 내려다보던 여자의 시선이 빠르게 이동하며 현수의 눈동자와 부딪쳤다. 그녀는 미세하게 미간을 찌푸린 후 이내 예나에게로 시선을 돌렸다. 예나가 자리에서 일어나 그녀에게 반가움을 표했다. 반면 현수의 몸은 굳어졌다. 그녀는 지난봄 몇 개월 동안 자신의 치료를 맡았던 대학병원 신경외과 전문의였다. 몇 차례 깊은 개인사까지 상담했던 터라 어떻게 보면 타인이라고는 할 수 없는 관계였다. 예나가 자신의 이모를 자랑스럽게 소개하면서 상황이 어수선하게 흘렀다.

"그럼, 잠깐 이야기하고 있어."

예나가 여의사의 팔짱을 끼고 비어 있는 다른 테이블로 이동했다. 그녀의 행동이 단순히 4인 이상 집합 금지 탓이었는지 아니면 우연히 만난 이모와 대화를 나누기 위해서였는지는 몰랐다. 심장이 두근거렸다. 컵에 담긴 얼음이 녹아서 물은 미지근했다. 예나가 자신을 이모에게 어떻게 소개할지 궁금했고 그 생각만으로도 속이 메슥거렸다.

예나는 여느 때보다 기분이 좋아 보였다. i30 조수석에 앉은 그녀는 라디오에서 흐르는 오래된 가요를 따라 부르며 흥얼거렸다.

'음 …… 불어오는 차가운 바람 속에 그대 외로워 울지만 나 항상 그대 곁에 머물겠어요. 떠나지 않아요.'

후렴구를 부르는 그녀의 볼은 상기되어 있었다. 예나는 '떠나지 않아요.'라는 절정 부분에서 마음껏 소리를 내지르고 만족스러운 미소를 지었다. 그녀의 쾌활한 모습을 보아 젊은 의사 이모는 조카에게 아무런 정보도 흘리지 않았음이 분명했다. 현수는 시내를 벗어나 외곽도로를 탔다. 도로 양옆으로 지역의 유명한 딸기밭이 펼쳐지고 밭두렁에는 고라니 한 마리가 어쩔 줄 모른 채 우두커니 서 있었다. 달빛에 비친 대청호는 거대한 화폭을 이 분할한 추상화처럼 보였다. 집으로 되돌아왔을 때 두 연인은 조금 지쳐 있었다. 예나는 '오늘 엄마 아빠가 또 여행을 떠났어. 자고 갈래?'라고 권하자 현수는 조금 망설이다 승낙했다. 엘리베이터가 49층을 향해 올라가는 동안 예나는 현수의 팔짱을 끼고서 그의 어깨에 머리를 기대었다. 그녀의 머리칼에서 상쾌한 여름밤 호수의 바람 냄새가 났다. 펜트하우스 거실 창 아래로 도시의 불빛들이 반딧불처럼 반짝였다. 샤워를 하고 나온 예나는 선풍기로 머리를 말리며 노래를 흥얼거렸다. 현수는 송화에게 짧은 문자 메시지를 보냈다. 잠들기 전 예나는 '엄마에게 뭐라고 했어?'라고 물었다. 현수는 대답하지 않고 웃기만 했다. 그리고 자신이 왜 이 기만적인 사기극을 벌이게 된 것인지 답을 얻을 수 있었다. 그는 예나가 송화를 자신의 엄마로 불러주는 것이 좋았다. '엄마'라는 보통명사에는 특별한 의미가 내재되어 있었다. 엄마가 수학 선생님이라면, 만약 진짜 엄마가 송화 선생님이라면 얼마나 좋을까. 그는 예나의 달콤한 목소리에 취해 잠을 청했다. 에어컨의 찬바람 탓에 두 사람은 이불 속에서 꼭 끌어안은 채 잠이 들었다.

다음 날 현수는 예나와 함께 대형 마트에 들렀다. 정육 판

매대에서 삼겹살과 목살을 두고 고민할 때 등 뒤에서 '현수!' 하는 어눌한 목소리가 들렸다. 현수가 고개를 돌렸다. 그는 파키스탄 이주 노동자로 두 해 전 겨울, 음성의 비닐하우스 농장에서 함께 일했던 동료였다. 놀라서 멈춰 선 현수를 보고 그가 다가와 덥석 끌어안았다. 언젠가 비닐을 씌우는 멀칭기 자동 트랙터에 발이 낄 뻔한 그를 구해준 적이 있었다. 그는 그 일을 잊지 않고 현수를 볼 때마다 고마움을 표했다. 두 남자가 반갑게 대화를 나누는 동안 예나는 호기심 가득한 표정으로 그들을 바라보았다. 독실한 이슬람 신자인 그는 생활비를 제외한 월급의 전부를 가족에게 송금하는 성실한 남자였다. 그와 헤어진 후 현수는 예전에 아르바이트할 때 알게 된 친구라고 말했다. '무슨 아르바이트?'라고 질문하자 현수는 두 해 전 농장에서 일한 경험을 말해줬고 예나는 흥미진진한 표정으로 이야기를 들었다. 사실에 부합하지만 정작 중요한 배경 정보는 생략된 불충분한 설명이었다.

홈플러스 주차장에서 예나의 집으로 이동하는 동안 현수의 머릿속은 비어 있었다. 교차로 정지선에 차를 멈추자 겨우 생각이 돌아왔다. 이대로 모른 척 넘어갈 수는 없었다. 그러나 어디서부터 어떻게 이야기를 시작해야 할지 몰랐다. 그 사이 아파트 주차장에 도착했고 예나는 마트에서 일어난 일을

까맣게 잊고 있었다.

"다음 주에 제주도에 갈까? 남들처럼 여름휴가를 떠나는 거야."

순간 현수는 가슴의 통증을 느꼈다. 예나의 들뜬 얼굴과 화산섬의 아름다운 파도 소리가 뒤섞이자 현기증이 났다. 그날 밤부터 본격적인 열대야가 시작되어서 한증막과 같은 열기가 일었지만, 펜트하우스 거실에는 잔 소름이 돋을 정도로 차가운 바람이 불었다.

청주 공항은 사람들로 북적였다. 제주도로 여름휴가를 떠나는 피서객들의 얼굴은 흥분과 기대로 들떠있었다. 전국적으로 델타 변이가 확산하고 있음에도 여행객들은 오직 일상으로부터의 탈출에 열중하고 있었다. 예나의 옷차림에서도 변화가 엿보였다. 그녀는 어깨가 드러난 니트 톱에 유행하는 플리츠스커트를 맞춰 입고 나타났다. 두 사람은 탑승 전 에어버스 A320이 보이는 대형 라운지 창 앞에서 셀카봉을 이용해 첫 사진을 찍었다. 예나는 사진을 인스타그램에 올렸다. 그녀의 SNS 계정에 남자친구의 얼굴이 공개된 것은 이번이 처음이었다.

안전벨트를 착용하고 비행기가 활주로에 진입하자 심장이 두근거렸다. 기체가 공중으로 떠오르자 현수는 눈을 감고 발밑으로 멀어지는 지상의 풍경을 머릿속에서 그렸다. 출퇴근길에서 이륙하는 제트기를 올려다보던 당시에는 지금과 같은 풍경의 역전은 그릴 수 없었다. 들판의 일용 잡역부로, 혹은 공장의 노동자로 지상에 발을 딛고 서서 공중으로 솟구치는 제트기를 올려다보는 것이 자신의 운명이라 생각했다.

여행 경비는 예나가 개설한 공동 계좌에서 나갔다. 각자 100만 원씩 넣었다. 더 이상 일을 하지 않는 현수에게는 큰돈이었다. 계좌에 남은 마지막 돈이었다. 그는 이틀 전 예나와 함께 제주도 여행을 떠나도 될지 허락받고 싶다고 송화에게 말했다. 황혼이 내려앉은 테라스에서 새우를 얹은 올리브 파스타로 저녁 식사를 할 때였다. 그의 뺨이 노을보다 더 붉어졌다. 차가운 하이네켄을 손에 쥔 송화가 미소를 지으며 말했다.

"현수야, 넌 시간에 대해서 어떻게 생각하니?"

"네?"

"내가 네 나이였을 때 시간은 내 편이라고 생각했어. 하루가 무척이나 길었어. 졸업이 가까워지고 임용고시에 모든 시간을 쏟아야만 했는데도 이상하게 시간이 느리게 흐르는 것처럼 느껴졌어. 내가 정말 어른이 되어서 직장을 갖고 결혼을 할 수 있을까, 아득하게만 보였어. 그런데도 초조하지는 않았어. 젊은 나이만큼이나 낙천적이었던 같아."

현수는 그녀의 스무 살 시절의 얼굴을 그려보았다.

"그런데 되돌아보니 어느덧 지금 이 나이까지 와버렸어. 지금에서야 내가 그때 잘못 생각했다는 걸 알게 된 거야. 시간은 우리를 기다려주지 않는다는 걸 몰랐던 거지."

담장 너머 숲의 바람이 그들이 앉은 테라스로 살며시 날아왔다.

"아버지는 일흔여덟에, 시아버지는 일흔일곱에 돌아가셨어. 그때 나는 남자들이 참 불쌍하다고 생각했어. 어머니와 시어머니는 여든을 넘기셨는데도 아직 살아계시니까. 그래서 자연스럽게 내게 아직 이삼십 년의 시간은 남아 있으리라 생각한 거야. 하지만 남편이 겨우 오십 대 중반의 나이에 말기 암으로 죽었어. 지금도 그 사람이 내 곁에 없다는 사실이 믿기지 않아."

현수는 그녀가 무엇을 말하려는 것인지 알 것 같았다. 이집으로 들어와 살게 되면서 자연스럽게 알게 된 체념의 분위기에 그도 익숙해져 있었다. 그녀는 노래하는 꽃처럼 웃고 있지만 그것은 드러난 세계의 일면일 뿐이었다.

"지금 나는 교사로서의 삶도, 아내로서의 삶에서도 실패했다고 느끼고 있어. 내가 이룬 것은 봄바람에도 무너지는 허약한 것들이었어."

"전 선생님을 좋아했어요."

현수는 칠판 앞에서 자신만만하게 기하학의 정의에 관해서 설명하던 수학 교사를 떠올렸다.

"그렇게 말해줘서 고마워. 하지만 그렇다고 진실이 뒤바뀌지는 않아. 예전에는 내가 가진 모든 것이 노력해서 얻은 결과물이라고 생각했어. 이 집과 가정, 직장이 나를 대변한다고 생각했어. 나라는 사람이 중요했고 중심을 잃지 않기 위해 최선을 다해야 한다고 믿었어. 그런데 되돌아보니 진실은 달랐어. 내가 지금 여기까지 오는 데에는 수많은 우연이 연이어 일어났던 것뿐이야. 가정도 직장도 사랑도 모두 우연의 결과물이었어. 그이가 암에 걸려 죽은 것도, 내가 학교를 그만두고 새로운 삶을 살기로 결정한 것도 모두 어떤 인과관계에 의해 일어난 일이 아니란 걸 알게 되었다는 거야. 난 그저 무한한 시간의 한순간에 서서 생겼다가 사라질 운명일 뿐이야. 너에게 시간에 대해서 어떻게 생각하느냐고 물은 건 이 이야기를 하고 싶어서야."

송화는 맥주잔을 손에 쥔 채 먼 하늘을 바라보았다.

"살아계신 어머니 두 분은 모두 지금 요양원에서 치료를 받고 계셔. 아침에 전화벨이 울리면 밤사이 안 좋은 일이 일어났을까 봐 몸이 떨려. 만약 내 곁에 그 사람이 아직 있다면 어떻게든 견뎌낼 수 있을 것 같은 기분이 들어. 그렇지만 난 혼자야."

현수는 그녀를 위로해줄 말을 찾고 싶었다.

"내가 뭘 할 수 있을까 고민을 많이 했어. 삶을 좀 더 풍요롭고 아름다운 것들로 채울 수는 없을까? 그건 내가 아주 어렸을 때부터 원하던 삶이었어. 뭔가 의미 있는 일이 세상에는 있으리라 믿었던 거야. 지금 난 네게 시간을 선물하고 싶어."

현수는 지난 몇 달 동안 그녀가 은행 계좌에 송금한 돈을 떠올렸다. 진천의 공장에서 일할 때 받은 월급에 해당하는 돈이 말일에 정확히 들어왔다.

"갑자기 여자친구가 생겨서 마음이 복잡할 거야. 하지만 조급해하지 않아도 돼. 내가 원하는 건 너의 성공이 아니야. 좋은 대학에 입학해서 새로운 삶을 사는 건 네가 앞으로 선택해야 할 인생의 한순간에 불과해. 내가 진짜 원하는 건 너의 행복이야. 난 그냥 아들의 행복을 응원하는 엄마처럼 널 기다려줄 거야."

현수는 '아들'이라는 단어를 놓치지 않았다. 어쩔 줄 모른 채 송화를 쳐다보는 그의 눈에 눈물방울이 맺혔다. 그는 눈물을 보이지 않으려고 노을이 번진 하늘을 향해 시선을 돌렸다.

SNS의 수많은 정보는 여행객들의 활동 범위를 오히려 좁히는 효과를 냈다. 함께 비행기를 타고 온 여행자들은 엇비슷한 여행 경로를 취한 탓인지 종종 이동선이 겹쳤다. 현수는 유명 관광지와 식당들, 숙소 근처에서 낯익은 여행자들과 부딪쳤다. 그럴 때면 서로 모른 척 해주는 게 세련된 매너였다. 예나는 지치지 않고 이동했다. 마치 여행 동안 화산섬의 모든 명소를 정복하겠다는 듯 의욕에 차 있었다. 유일하게 장시간 머문 곳은 여행 삼 일째 찾아간, 황금빛 모래가 펼쳐진 해수욕장이었다. 수영복을 입은 예나는 해변의 뜨거운 모래를 밟으며 즐거운 비명을 질렀다. 그녀는 태양과 물을 무서워하지 않았다. 그들은 동시에 바다로 뛰어들었다. 헤엄치기에 알맞은 수온이어서 겁도 없이 깊은 바다를 향해 나아갔다. 머리 위로 날개를 펼친 갈매기 한 마리가 저공비행을 하며 그들을 뒤쫓아왔다. 숨이 턱 밑까지 차오르고서야 물 밖으로 나와 모래사장에 쓰러졌다. 태양의 열기를 흡수한 모래는 훌륭한 침대였다. 순간 귓속으로 바람 소리가 들렸다. 서늘한 대나무 숲을 통과한 바람은 이끼 긴 계곡의 바위들을 어루만지고는 지상의 마을로 내려왔다. 예나가 얼굴을 가까이 맞대고서 속

삭였다.

"내 귀는 소라껍질, 그다음에 뭐가 나올지 생각해봐."

"내 귀는 소라껍질?"

"응. 장 콕토의 시야. 내 귀는 소라껍질, 그다음 시구가 뭘까?"

현수는 소금물에 젖은 예나의 속눈썹을 바라보며 말했다.

"내 귀는 소라껍질, 너의 목소리가 들려."

예나가 소리 내어 웃었다. 언제나 들어도 기분 좋은 웃음소리였다.

"제법인데? 하지만 틀렸어. 내 귀는 소라껍질, 바다 소리를 그리워하네. 멋지지 않아?"

현수는 말없이 그녀의 손을 잡으며 눈을 감았다. 긴 수영을 한 탓인지 예나의 심장이 빠르게 뛰었다. 그것은 이제껏 그가 한 번도 소유해본 적이 없이 소중한 것이었다. 만약 이 순간이 영원히 사라져서 되돌아올 수 없다면 나는 어떻게 되는 걸까? 그녀의 가슴에서 건너온 열기가 몸을 휘감자 그는 불멸의 사랑을 느꼈다. 이대로 숨이 끊어지는 편이 오히려 좋을 것 같다고 생각하며 현수는 그녀의 사랑을 기다렸다.

파라솔로 되돌아오자 예나는 의자에 비스듬히 누워 휴식을 취했다. 현수는 그녀가 누운 의자 곁에 털썩 주저앉아 뜨

거운 모래를 움켜쥐었다. 파라솔 그늘 아래라고 해도 해변의
열기는 그대로였다.

"수영은 좋았지?"

현수가 동의하며 고개를 끄덕였다.

"나 사실 발이 닿지 않는 깊은 바다에 들어간 건 처음이
야."

"정말?"

"네가 옆에 있어 줬기 때문이야. 만약 혼자였다면 시작도
못 했을 거야."

"실력이 대단하던데?"

"그거야, 뭐. 수영장에서 익힌 거지. 수영도 필수 스펙이잖
아. 필라테스도 해야 하고 요가도 해야 하고 정신없이 바쁘기
만 해. 어려서부터 온갖 학원에 쫓겨 살며 무언가를 계속 배
우면서 살아야 사람들이 인정해주잖아. 우린 왜 이렇게 사는
걸까?"

현수는 '우리'라는 단어를 생각하며 빙그레 웃었다.

"재미있는 이야기해줄까? 내가 아는 사촌 언니 이야기야.
언니는 대학에 입학하면서부터 자유로운 삶을 살기 위해 최
선을 다했어. 학점과 토익은 거의 만점을 받았고 동아리 활동
도 주도했고 운동도 꾸준히 했어. 지역 축제의 미인 선발 대

회에 나가서 우승할 정도로 미모도 뛰어났어. 한마디로 완벽한 스펙을 만든 거야. 영어와 중국어에 능통했고 방학이면 가방 하나만 들고 떠나서 여러 나라를 여행했어. 아프리카도 갔고 남미도 혼자 돌아다녔어. 졸업하자 곧바로 대기업에 취업해서 정점을 찍었지. 여기까지만 들으면 완벽한 삶이지 않아?"

"남은 뒷이야기가 있어?"

"응. 뭔지 궁금해?"

현수는 고개를 끄덕였다.

"자유롭고 충만한 삶을 꿈꾸던 언니는 지금 정신병원에서 요양치료를 받고 있어."

현수는 놀랐다는 표정을 지었다.

"진부한 이야기야. 남자를 잘못 만난 거지. 대학병원 의사였는데 결혼하고 얼마 되지 않아 이 남자가 언니를 때리기 시작했대."

예나가 한숨을 푹 내쉬었다.

"아빠는 늘 내게 언니 이야기를 늘어놓아. 아빠가 강조하는 교훈은 '여자가 남자를 잘못 만나면 인생을 망친다는 거야.' 끔찍하지 않아?"

현수는 잠깐 생각을 정리한 다음 말했다.

"그래서 비혼이란 걸 결심한 거야?"

예나는 미소를 지으며 현수를 내려다봤다.

"음, 그럴 수도 있고 아닐 수도 있어. 아까 수영을 해서 발이 닿지 않는 깊은 바다로 들어섰는데도 두렵지 않았어."

현수는 그녀를 뒤따르며 보았던 부드러운 스트로크를 떠올렸다. 마치 바다와 한 몸이라도 된 듯 힘찬 수영이었다.

"네가 곁에 있었기 때문이었어. 그런데 넌 날 때리지 않을 거지?"

현수는 놀란 얼굴로 그녀를 바라보았다.

"그럼 됐어. 넌 절대 그럴 사람이 아니라는 걸 알아. 그래서 요즘 새로운 고민이 생긴 거야. 날 때리지도 속이지도 배신하지도 않을 사람이 생겼는데 이제 어떻게 해야 할까. 내 말 이해했어?"

그때였다. 전화벨 소리가 울렸다. 플라스틱 라운지 의자에 다리를 뻗고 앉은 예나가 턱짓으로 스포츠 가방을 가리켰다. 가방 위에 핸드폰이 있었다. 현수는 손에 묻은 모래를 털고 휴대폰을 쥐었다. 그러나 통화 버튼을 누르기 전에 전화가 끊겼다. 현수는 망설였다. 의자에서 몸을 일으킨 예나가 말했다.

"뭐해? 다시 전화해봐."

"응. 별일 아니겠지. 나중에 전화할게."

"엄마 전화인 거 같은데 그래도 돼?"

현수는 핸드폰 화면을 내려다봤다. 부재중 전화와 발신인의 이름이 쓰여 있었다.

"그런데 엄마 이름을 선생님이라고 쓰는 건 조금 오버 아냐? 송송화 선생님이 뭐야?"

"응?"

현수는 어떻게 해명해야 할지 몰라 입을 다물었다. 예나가 비치타월을 젖히고 의자에서 벌떡 몸을 일으켰다. 선글라스를 벗고 마스크도 내렸다. 그녀의 얼굴은 환한 미소로 빛났다.

"마마보이들이 사랑하는 엄마라고 쓴 것보다는 나은 것 같은데? 나도 아빠 이름을 그렇게 바꿔볼까? 이준성 대령. 나쁘지 않은데."

그녀의 머리카락이 해풍에 살짝 날렸다.

"배고프지 않아? 우리 물회 먹으러 갈까? 근처에 유명한 집 알아놨어."

바닷가 식당에서도 함께 비행기를 타고 온 여행객을 만났다. 삼십 대 초반의 여성 여행객 두 사람이었다. 그들 맞은편에는 또래의 남자들이 앉아 있었다. 분위기로 보아 현지에서 즉석 만남을 한 것 같았다. 예나 역시 그녀들을 기억하고 있었는지 목소리를 낮춰 '비행기에서 본 사람들이잖아.'라고 말했다. 전복과 한치를 썰어 넣은 물회는 시원하고 고소했다. 예나는 맥주를 시원하게 마시며 윙크하듯 한쪽 눈을 찡긋해 보였다.

"그런데 엄마한테는 전화 안 해도 돼?"

"괜찮아. 별일 아니겠지 뭐."

"엄마와 사이가 좋다는 건 어떤 기분일까? 난 사실 요즘 엄마와는 거의 말을 하지 않거든. 특별한 일이 있었던 건 아닌데 그냥 그렇게 돼버렸어. 너 혹시 마마보이 아냐?"

그렇게 말해놓고 예나는 웃음을 터뜨렸다. 현수는 마주보며 함께 웃어주었다. 아닌 게 아니라, 조금 신경이 쓰이긴 했다. 왜 갑자기 선생님에게서 전화가 왔을까. 그때 테이블에 놓은 전화기가 울렸다. 현수가 빠르게 핸드폰을 잡았다. 예나에게 양해를 구하고 식당 밖으로 나가 전화를 받았다. 연이어 전화가 왔기 때문에 현수는 조금 긴장했다. 수화기 저편 선생님의 목소리가 미세하게 떨렸다.

"너한테는 알려야 될 것 같아서 전화했어."

현수는 집중해서 송화의 이야기를 들었다. 순간, 오십여 미터 떨어진 방파제 위로 너울성 파도가 덮치고 공중으로 큰

물보라를 일으키는 모습이 눈에 들어왔다. 등대 근처에서 사신을 찍던 관광객들이 순식간에 물벼락을 맞고 바닥으로 쓰러졌다. 현수는 본능적으로 파도가 휩쓸고 간 다음에 남은 사람들의 수를 세었다. 사람이 빠진 것 같지는 않았다.

"의사 선생님은 이게 해리를 위해서 최선이라고 말씀하셨어. 조금이라도 빨리 결정하는 게 고통을 줄이는 방법이라고."

눈앞에 펼쳐진 갑작스러운 위기 상황과 전화기를 통해 들어오는 비보에 정신을 차릴 수 없었다. 여행을 떠나는 날에도 대문까지 따라 나와 배웅해주었던 해리였다. 그런데 갑자기 안락사라니. 급성 탈장에 의한 복막염으로 수술은 불가능하다고 송화가 말했다.

"결정은 내리셨어요?"

"아니, 너한테 먼저 알려야 될 것 같아서 전화한 거야. 선생님 말로는 통증을 줄이기 위해서 진통제를 투여하는 방법밖에는 없다는데 …… 모두 내 잘못이야."

송화는 '이대로 두면 며칠을 더 살 수 있지만 강아지는 죽을 때까지 극심한 고통을 겪을 것이다.'라는 수의사의 말을 덧붙였다.

"현수야, 어떻게 하지? 정말, 나 혼자 이런 결정을 내려도 되는 건지 모르겠어."

현수는 목소리에 집중했다. 송화 선생님이, 폭풍이 몰아쳐도 사람들 앞에서 진두지휘할 것만 같은 선생님이 울먹이고 있었다. 송화와의 통화를 끝내고 현수는 곧장 방파제를 향해 달려갔다. 그가 도착했을 때 물에 흠뻑 젖은 사람들은 서로의 안부를 확인하고 안도의 한숨을 쉬고 있었다. 다행히 바다에 빠진 사람은 없었다. 그러나 소란은 진정되지 않고 귓가에서 불쾌한 소음을 일으켰다. 현수는 숨을 헐떡이며 주변을 둘러봤다. 멀리 해수욕장에서 떼를 지어 사람들이 뛰어다니는 모습이 보였다. 안전선 부표 너머 사이렌 경고를 울리는 해안경비대 구조 보트가 떠 있었다. 수면에 소용돌이치는 물거품이 한쪽으로 쏠려 배수구처럼 흐르고 그 위에 바다로 떠밀려 내려간 사람들이 손을 들어 구조를 기다리고 있었다. 이안류에 휩쓸린 사람들의 수는 대여섯 남짓이었다. 현수는 조금 전 죽음의 입구에서 돌아온 사람들과 함께 방파제 위에 서서 무력하게 그들의 구조를 지켜봤다. 그것은 그가 미술관에서 본 이해하기 어려운 그림들보다 강한 충격을 주었다. 삶과 죽음은 같은 시각, 같은 장소에 공존하고 있었다.

호텔로 들어선 예나는 월풀 욕조에 물을 받았다. 그녀는 현수에게 저녁 스케줄에 대해 알려주었다. 제주도에서의 마지막 밤을 위해 샴페인을 준비했고 이전보다 업그레이드된 방을 예약했다. 그녀는 로맨틱한 밤을 기다리며 욕조에 몸을 담근 채 콧노래를 흥얼거렸다. 예나에게까지 걱정을 끼치고 싶지 않아 송화와의 통화를 둘러댄 것은 실수였다. 현수는 라운지로 내려가 송화와 다시 통화하고 여행사 앱으로 공항 스케줄을 확인했다. 일곱 시에 출발하는 청주행 밤 비행기의 한 좌석이 남아 있었다. 빠르게 예약 버튼을 눌렀다. 공항까지 이동해 수속까지 끝내려면 시간이 빠듯했다. 방으로 되돌아오니 예나가 욕실에 서서 속옷 차림으로 거울을 바라보며 화장하고 있었다. 문손잡이에는 여행 중 한 번도 입지 않은 블랙원피스가 걸려 있었다. 현수는 그녀에게 자신이 지금부터 무엇을 할 것인지를 빠르게 털어놓았다. 볼 터치 솔을 든 예나의 얼굴이 미세하게 일그러졌다. 이 상황이 믿기지 않는 듯 눈을 동그랗게 뜨고 현수를 쳐다보며 말했다.

"그럼 나도 가야하는 거 아냐? 정말 혼자서 괜찮겠어?"

그것은 예상을 벗어난 반응이었다. 휴가의 마지막 밤을 망치려는 남자친구를 원망하리라 지레짐작했던 현수는 그녀의 눈동자에 떠오른 연민의 빛을 놓치지 않았다.

"네가 원하면 가지 않을게."

"무슨 소리야. 지금 엄마 혼자 계시잖아. 어서 빨리 가서 위로해 드려."

예나는 볼 터치 브러시를 내려놓으며 말했다. 순간 현수의 가슴에 아릿한 통증이 밀려왔다. 예나는 청바지와 티셔츠를 입고서 로비까지 내려와 택시에 오른 현수를 배웅했다. 그녀는 내일 아침 가장 빠른 비행기를 타고 뒤따르겠다고 했다. 택시가 출발하자 현수는 고개를 돌려 점점 작아지는 그녀의 모습을 한참 동안 지켜봤다.

밤하늘에서 내려다본 도시는 초콜릿 도넛에 뿌린 야광 스프링클처럼 반짝거렸다. 달빛에 반사된 에어버스 A320은 항공기 식별 조명과 야간 LED 조명을 따라 천천히 하강했다. 청주공항에서 오창 시내까지 진입하는 데는 십여 분이 조금 넘게 걸렸다. 택시에서 내리자 수의병원 간판 아래를 서성이는 송화의 모습이 보였다. 흰 면 반바지에 집에서만 입는 티셔츠와 슬리퍼 차림이었다. 현수를 발견한 송화가 다가와 그의 손을 잡았다.

"고마워, 네가 곁에 있어야만 결정을 내릴 수 있을 것 같았어."

수면마취제를 맞은 해리는 깊은 잠에 빠져 있었다. 현수는 손을 뻗어 그의 이마를 어루만졌다. 죽음을 앞둔 녀석의 체념과 공포가 손으로 전해져왔다. 작별 인사를 할 시간이었다.

송화는 해안도로에서 해리를 처음 보았을 때의 기억을 떠올렸고 현수는 야산 공터에서 차박을 하며 지내던 시절 자신을 찾아낸 영리한 강아지를 기억했다. 해리가 없었다면 함께 살자는 송화의 제안을 받아들이지 않았을지도 몰랐다. 준비를 마친 수의사가 주사기를 들고 다가왔다. 사십 대 중반의 여의사는 해리의 얼굴을 녹색 천으로 감싸고 앞발을 들어 바늘을 찔렀다. 호흡기를 억제하는 펜토바르비탈이 주성분인 약물이었다. 의사는 곁에서 마음을 졸이는 보호자들에게 위로의 말을 전했다.

"이제 해리는 고통 없는 천국으로 갔어요."

송화가 고개를 돌려 현수의 가슴에 얼굴을 파묻었다. 의사는 청진기로 심장박동을 확인한 후 최종 사망 시간을 확인해주었다. 현수는 송화가 쓰러지지는 않도록 그녀의 어깨를 꽉 쥐었다. 송화는 해리와 함께 뒷좌석에 앉았다. 현수는 아이오닉5의 시동을 켜고 천천히 차를 이동시켰다. 열대야로 밤잠을 설친 주민들이 호수 공원 주변에서 야간 산책을 하고 있었다. 외부와 차단된 차내에는 송화의 낮은 숨소리만이 들렸다. 차고에서 내려 집 안으로 들어가는 동안에도 송화는 해리를 현수에게 넘기지 않았다. 마침내 녀석의 보금자리에 강아지를 내려놓은 송화는 무너졌다. 그녀는 소파에 앉아 무릎에 얼굴을 파묻고 눈물을 삼켰다. 현수는 그녀 곁에 앉아 책장의 사진 액자를 바라보며 한 여자에게 영원한 사랑을 약속했던 남자의 얼굴을 쳐다보았다. 언젠가 송화는 남편의 장례를 수목장으로 치른 일을 떠올리며 아쉬워했다. 평생 사랑했던 사람을 그렇게 보낸 일을 후회한다고 했다. 현수는 눈을 감고 귀를 기울였다. 지하로부터 올라온 조종 소리가 밤의 침묵을 뚫고 그의 심장에 파문을 일으켰다.

4

현수는 송화와 함께 괴산의 한 야산으로 가서 해리를 묻었다. 볕이 드는 비탈에 뿌리를 내린 암갈색 밑동의 밤나무 아래였다. 고추밭이 들어선 낮은 산은 송화가 아버지에게서 물려받은 유산이었다. 이마에 맺힌 땀을 손등으로 닦으며 송화는 언젠가는 이곳에서 텃밭을 일구며 노후를 보낼 계획이라고 말했다. 집으로 되돌아오는 길에 그들은 읍내에 들러 장을 봤다. 때마침 장날이어서 모처럼 사람들이 많았다. 땡볕에 달구어진 아스팔트에 좌판을 놓은 시골 할머니들이 손짓으로 그들을 불렀다. 마스크 위로 드러난 노인들의 흙빛 얼굴에는 땀방울이 송골송골 맺혀 있었다. 송화는 그들에게서 산나물과

버섯을 필요 이상으로 샀다. 집으로 돌아와 각자의 방에서 짧은 휴식을 취한 후 두 사람은 이른 저녁을 먹었다. 산나물무침에 넣은 들기름 냄새가 집안에 가득했다. 그들은 별 대화 없이 올갱이 된장국과 비빔밥을 먹으며 텔레비전 뉴스에 귀를 기울였다.

식사를 마친 후 현수는 청주공항으로 향했다. i30 계기판에서 엔진오일 교체를 알리는 경고등이 떴다. 주변의 사물들이 정상적인 궤도에서 조금씩 이탈하거나 늦춰지고 있었다. 예나의 전화기는 비행모드 상태였다. 비행기는 30분 연착했고 현수는 도착 출구에서 예나를 기다렸다. 여행 가방 탓인지 그녀는 늦게 나왔다. 그녀가 달려와 현수의 품에 안겼다. 마치 먼 나라에서 돌아온 사람들의 재회처럼 뜨거운 포옹이었다. 조수석에 앉은 예나는 해리의 안락사와 매장 이야기를 들으며 눈물을 훔쳤다.

그녀를 진정시키고 올려 보낸 후 현수는 호수 공원 주차장에서 49층 아파트를 올려다보았다. 거리가 멀어서 예나의 방에 불이 켜졌는지는 확인할 수 없었다. 그는 한동안 고개가 아플 정도로 콘크리트 건물을 올려다보았다. 그토록 높은 곳에 예나가 산다는 것이 새삼 믿어지지 않았다. 중산층 가정들이 모여 사는 평범한 아파트에 불과한데도 자신은 왜 여자친

구의 집을 바라보며 위화감을 느끼는 걸까. 그녀를 사랑하기
위해서 어떤 결심을 내리고 어떻게 행동해야 하는지 확신이
들지 않았다. 모두가 인정하듯 솔직한 고백만이 유일한 해결
책일까? 그렇게 해서 사랑이 끝나 버리면 나는 어떻게 되는
것일까?

　새벽부터 비가 내렸다. 송화는 꿈속에서 다정했던 남편을
만났다. 그의 목소리는 여전히 부드럽고 자신감에 차 있었다.
잠이 깬 그녀는 상념을 떨치기 위해 주방으로 나가 커피를 끓
였다. 힘찬 여름비가 유리창을 두드렸다. 흐린 창 너머 익숙
한 형체가 보였다. 늦잠을 잘 수 있는 주말 아침임에도 일찍
일어난 현수가 차고 처마 밑에서 잔디에 뿌려지는 비를 바라
보며 서 있었다. 송화는 커피와 삶은 달걀, 샐러드, 토스트로
아침을 차리고 현수를 불렀다. 젖은 머리칼을 쓸어 올린 현수
가 식탁으로 다가와 맞은편 의자에 앉았다. 그들은 말없이 뜨
거운 커피를 마셨다. 커피포트에서 두 번째 커피를 따랐을 때
마침내 현수가 입을 열었다.

　"선생님, 저도 다른 평범한 사람들처럼 누군가를 사랑해
도 되는 걸까요?"

　송화는 머그를 든 채 그를 물끄러미 바라보았다. 흔들리는
눈동자에서 감정적 동요가 일고 있었다. 송화는 그것이 꿈속

에서 죽은 남편을 만날 때마다 자신이 겪는 동일한 혼란임을 알아차렸다. 송화는 그를 위로하고 싶었다.

"우리 함께 사고 실험을 해볼까?"

뜻밖의 제안에 현수는 미소를 지었다. 송화는 노트에다 직사각형 방과 인간의 형태를 묘사한 그림을 그린 다음 설명을 이어갔다.

"여기 방안에 한 사람이 있어. 이 남자는 미국인이고 중국어를 이해하지 못해. 그림에서 보이듯이 마주한 벽에는 두 문이 있어. 입구와 출구, 또는 인풋과 아웃풋으로 생각하면 돼. 방안에 홀로 남은 미국인 앞에는 중국어를 조합할 수 있는 책이 놓여 있어. 중국어로 된 질문과 답이 쓰인 책이야. 인풋 문에서 어떤 사람이 중국어로 된 질문지를 넣어. 그러면 방 안의 미국인이 그 질문지를 가지고 중국어책에서 답을 찾아내는 게임이야. 중국어를 몰라도 할 수 있는 일이야. 답을 찾은 미국인은 메모지에 정답을 찾아내어 작성해서 아웃풋 출구로 메모를 넘기는 거야. 그러면 아웃풋 출구에 있던 사람이 중국어로 된 질문과 그에 대한 답을 얻게 되는 거야. 여기서 우리에게 의문이 생겨. 이 시스템이 정상적으로 작동하면 방안에 있는 미국인은 중국어를 이해하는 걸까?"

현수는 골똘히 생각을 집중한 다음 말했다.

"AI에 대한 질문인가요?"

"맞아. 존 설이라는 심리철학자가 앨런 튜링의 인공지능 테스트를 논박하기 위해 고안한 '중국어 방 Chinese Room'이라는 유명한 사고실험이야. 존 설은 그 방에 있는 미국인은 중국어를 이해하지 못한다고 결론 내렸어."

"하지만 시스템은 정확히 작동하는 거죠?"

"맞아. 이걸 너의 상황에 적용해서 가정해볼까? 넌 마침내 네가 찾던 사랑의 대상을 만났어. 그러나 넌 사랑에 대한 확신이 없어. 그런데 네 앞에는 사랑에 빠진 연인들이 일반적으로 하는 행위들이 적힌 책이 놓여 있어. 여자친구가 너에게 질문지를 넣어. 그럼, 너는 답을 적어서 다른 문으로 내보내. 그 아이가 원했던 답이야. 그럼 인풋을 넣고 아웃풋을 넘겨받은 그 아이는 어떻게 생각할까? 여기서는 네 마음이 중요하지 않아. 상대의 생각이 중요해."

현수는 머릿속을 정리하고 말했다.

"그 친구는 사랑을 주고받았다고 생각할 겁니다."

"맞아. 그런데도 방안에 홀로 남은 너는 여전히 사랑을 모르고 있어. 지금 네가 두려워하는 상황일 거야."

집중해서 이야기를 듣는 현수는 깊은 생각에 잠겼다.

"〈중국어 방〉 사고 실험은 과학자들과 철학자들이 논쟁

할 문제니까 이제 그 문제는 잊어버리자. 중요한 건 우리가 지금 방 안에서 혼란을 느낀다는 거야. 넌 사랑을 이해하지 못하고 난 죽음을 이해하지 못하고 있어. 그런데도 인풋이 들어오고 우리는 주어진 책에 의지해서 아웃풋을 내고 있어. 이게 평균적인 인간의 삶이야. 우리가 삶이라 부르고, 일상이라고 명명한 공간인 거야."

"내가 어떻게 받아들이는가, 내 마음이 어떤 결정을 내리는지가 중요하다는 말인가요?"

"그럴 수도 있고 아닐 수도 있어. 앞서 말했지만 우리가 아는 건 제약되어 있어. 넌 사랑이 무엇인지 확신하지 못하고 있잖아."

"이런 경우 선생님은 어떻게 하시겠어요?"

이번에는 질문을 받은 송화가 생각에 잠겼다.

"난 이걸 '마음의 방'이라고 생각해. 내 마음이 어떻게 작동하는지는 나도 잘 몰라. 하지만 늘 새로운 질문지가 들어오고 나는 그 답을 찾아서 바깥 세계에 되돌려줘야 해. 이 규칙을 피할 수 있는 사람은 없어."

"혼란을 줄이려면 정확한 답이 있는 책이 있어야겠네요."

"맞아. 그런데 우리가 살아가기 위해서는 중국어만 알아서는 해결되지 않거든. 요리하는 법도 배워야 하고 운동하는 법과 타인과 대화하는 방법도 배워야 해. 이렇게 따지기 시작하면 우리에게 필요한 책은 무한대로 늘어날 거야."

"사랑에 관한 책도 있어야 하고요."

"응. 어쩌면 제일 중요한 책일지도 몰라. 난 예전에 네가 한 이야기를 기억하고 있어. 넌 수학적 면모로 세상을 보고 싶다고 했어. 수학을 전공한 나로서는 무척 멋진 이야기였어. 내가 있는 방에는 이 책이 이미 있거든. 그래서 난 이 책을 너에게 주고 싶었어. 우린 각자 다른 방에 홀로 있지만 동일한 책을 가짐으로써 서로를 더 잘 이해할 수 있게 된 거야. 내가 사랑했던 남자는 세계를 역사로 이해했어. 난 그의 도움으로 질문에 답할 수 있는 유용한 책 한 권을 더 가질 수 있었어."

그 순간 성훈의 목소리가 곁에서 들리는 것 같아 송화는 눈을 감았다 떴다.

"내가 내린 결론은 단순해. 우린 정답을 알지 못해. 다만 우리 앞에는 질문에 답할 수 있는 유용한 수단, 은유적인 책이 존재할 뿐이야. 삶을 좀 더 풍요롭게 만들기 위해서 내가 할 수 있는 일은 이 공간 속에 더 많은 책이 들어올 수 있도록 방을 넓히는 거야. 방이 좁아서 필요한 책이 들어오지 못하면 실패하는 거지."

"마음의 방을 넓힌다는 건가요?"

"응. 우리가 마주한 혼란을 줄이기 위해서는 마음의 크기를 키워야 해. 세상이 혼탁해지는 건 마음의 크기가 작은 사람들이 많아질 때야. 역사가 그걸 증명하고 있어."

"최근에 선생님 방에 들어온 새 책을 물어봐도 될까요?"

"아마 가장 중요한 질문은 코로나 팬데믹이 가져온 생활의 변화가 아닐까? 그리고 지구온난화와 전쟁, 부의 양극화, 젠더 갈등, 세대 간의 불평등 정도? 아무튼 내가 감당하기 어려운 골치 아픈 문제들이 놓여 있는 것 같아."

"질문에 답을 하려면 정말 큰 방이 필요하겠네요."

"맞아, 이 모든 질문에 답할 수 있는 스마트한 인공지능이 있다면 전 재산을 주고도 사고 싶은 심정이야."

송화는 그에게 솔직해지고 싶었다.

"앞선 질문들이 거시적인 환경의 변화라면 개인적인 질문도 생겼어. 요즘은 자본과 자산, 주식, 부동산, 연금 …… 이런 부류의 책들이 내 방으로 들어오고 있어. 젊은 시절에는 잘 몰랐고 의식적으로 외면했던 것들인데 명퇴를 하면서 자연스럽게 이런 책들이 필요했어."

"그게 도움이 되고 있나요?"

송화는 코로나 팬데믹을 통과하면서 불어난 자신의 현금 자산을 떠올리며 답했다.

"아직은 그런 것 같아. 정답은 아닐지라도 지름길이 보이는 것 같아. 고령화 사회의 생존법이랄까, 아무튼 내게 필요한 책들이야."

송화는 현수를 진심으로 돕고 싶었다.

"사랑이라는 걸 지금 당장 규정짓지 않았으면 좋겠어. 네 방을 넓히고 더 많은 책들이 들어오도록 노력해봐. 우리가 할 수 있는 일은 그것뿐이야. 사랑에 대한 너의 감정은 그때 더 분명해지지 않을까?"

현수가 웃음을 보였다. 두 사람은 약속이라도 한 듯 동시에 창밖으로 고개를 돌렸다. 힘찬 장대비가 쏟아지는데도 늦여름의 열기가 서서히 공간 속으로 번져갔다.

계절이 바뀌어 가을이 왔다. 제주도 여행 이후로 현수는 예나를 피해서 주로 읍내 도서관을 이용했다. 소강상태에서 만남을 줄이는 게 필요하다고 현수는 생각했다. 그는 예나에게 상처를 주고 싶지 않았다. 그러나 악의는 없을지라도 그의 회피는 동시에 비겁한 행동이기도 했다. 늦은 밤 예나에게서 장문의 메시지가 왔다. 그녀는 화가 나 있었고 혼란스러워했다.

주말 아침 일찍 송화는 독서클럽 회원들과 함께 경주로 1박 2일 사적지 답사를 떠났다. 현수는 홀로 아침을 먹은 후 예나의 집으로 갔다. 며칠 얼굴을 보지 못했을 뿐인데도 그녀의 얼굴은 눈에 띄게 달라져 있었다. 여름에 자른 짧은 머리는 목을 덮을 만큼 길어 있었다. 가을을 타는지 살도 빠지고 피부도 거칠어 보였다. i30 옆자리에 앉은 그녀는 낯선 사람처럼 데면데면하게 굴었다.

"어디 가는 거야?"

"응, 집에."

예나는 대답 대신 그를 물끄러미 쳐다보았다.

"걱정하지 않아도 돼. 선생님은 안 계셔."

"선생님? 엄마 말이야?"

현수는 대답하지 않고 정면을 응시했다. 그리고 예나를 이렇게 떠나보내고 싶지 않다고 생각했다. 붙잡을 수만 있다면 붙잡고 싶었다. 만약 그녀가 진심을 알아준다면 불가능한 일도 아닐 것 같았다. 거실에 들어선 예나는 안심과 불안이 교차한 눈빛으로 주변을 살폈다. 마침내 그의 사적인 공간으로 초대받았다는 안도감과 함께 집안을 떠도는 이질적인 분위기를 감지한 것이다. 거실은 집주인인 송화가 독점적으로 점유하는 사적인 공간이었다. 그리고 또 한 사람, 사진 속의 중년 남성이 남긴 과거의 흔적이 남아 있는 공간이기도 했다. 현수는 주방에서 홍차를 끓였다. 소파 중앙에 앉은 예나는 담벼락에 오른 고양이처럼 보였다. 그녀의 예민해진 감각이 공기를 타고 이동했다. 현수는 미리 준비한 사진 한 장을 탁자 위에 올리며 말했다.

"지금부터 내가 하는 말은 모두 사실이야. 널 속이려는 의도는 없었어."

예나는 미간을 좁혀서 탁자 위의 오래된 사진을 내려다봤다.

"이분들이 진짜 내 아빠와 엄마야. 모두 오래전에 돌아가셨어."

집중해서 이야기를 듣는 예나는 숨을 가쁘게 쉬었다. 현수는 그녀가 가장 큰 충격을 받은 지점이 어디인지 자신할 수 없었다. 고등학교를 졸업하고 일용직 노동자로 일했다는 부분인지 아니면 엄마가 정신병동에서 사망했다는 부분인지 불분명했다. 다만 그녀가 예상보다 더 큰 충격을 받은 것은 확실해 보였다. 어느 순간 눈물이 후드득 떨어졌지만 이내 말라버렸다. 실핏줄로 충혈된 눈과 간헐적으로 떨리는 손이 내면의 분노를 여과 없이 보여주었다.

"그럼 넌 왜 이 집에서 사는 거야?"

현수는 세입자 신분이라고 말하려 했으나 적절한 답은 아니었다.

"왜 날 속였어?"

그는 오랫동안 같은 질문에 대한 답을 찾고 있었다. 고백이 길어진 건 그 탓이었다.

"속이려 했던 건 아냐."

"그럼, 나 혼자 착각했었다는 거야."

현수는 답하지 못했다.

"정말 나 혼자서 그렇게 오해했다는 거야?"

현수는 머뭇거렸다. 거짓말을 한 사람, 실수를 한 사람은 자기였다. 왜 처음부터 진실을 털어놓지 못했을까. 자리에서 일어난 예나가 현관문을 향해 걸어갔다. 그 모습을 바라보던 현수가 뒤늦게 정신을 차리고 그녀를 뒤따랐다. 그가 대문을 열고 나왔을 때 예나는 이미 도로 앞까지 나가서 지나던 택시의 문을 열고 있었다. 주인과 함께 산책을 나온 이웃집 도베르만이 현수를 향해 짖어대며 앞발을 들어올렸다. 목줄을 잡고서 쩔쩔매는 주인은 그와도 가끔 눈인사를 주고받는 여학생이었다. 현수는 사납게 짖는 개를 바라보다 해리의 부재를 인식했다. 녀석이 있었으면 이처럼 일방적으로 당하지는 않았을 거라는 생각이 들었다.

적막이 내려앉은 한밤중, 갈증에 잠이 깬 현수는 아래층 주방으로 내려와 냉장고 문을 열었다. 한기가 얼굴을 덮치자 소름이 돋았다. 그러나 얼음장처럼 서늘한 공기의 진원은 냉장고가 아니었다. 뒤를 돌아다보니 식탁에 낯선 남자가 우두커니 앉아 있는 모습이 보였다. 그는 이쪽 세계에서는 더는 존재하지 않는 남자였다. 더부룩한 머리숱에 깡마른 체격의 중년 남자는 회한에 젖은 눈빛으로 현수를 바라보았다. 현수는 남자의 눈을 피하지 않았다. 아름다운 집과 젊은 아내를 남겨두고 죽은 남자다. 사랑하는 사람을 돌보지 못해 불안에 떠는 것일까. 현수는 그가 이승을 떠도는 이유에 대해서 질문하고 싶었지만 입술이 떨어지지 않았다. 정신병동 침대에 묶인 채 불타 죽은 엄마가 아들의 꿈속을 배회하는 것과 같은 이유일 것이다. 악몽은 마음의 토양에 씨앗을 내린 채 사람들의 꿈을 지배했다. 언젠가 송화는 꿈속에서 죽은 자들을 만나는 것은 그리움 때문이라고 말했다. 아내가 그를 놓아주지 않아서 유령이 된 그가 홀로 이 집을 서성이고 있는지도 몰랐다. 현수는 그를 홀로 내버려 둔 채 생수병을 들고 이층 방으로 올라갔다. 잠들기 전 현수는 도서관 계단을 오르내리는 예나의 모습을 떠올렸다. 문제는 자신에게 있었다. 자신이 그녀의 낭만적인 꿈을 무참히 짓밟았음을 깨닫자 통증이 밀려왔다. 선잠에 빠진 현수는 예나에게 사랑을 고백하는 꿈을 꿨다. 마치 결혼이라도 한 듯 두 사람이 송화의 집에서 함께 살고 있었다. 그런데도 송화의 모습은 보이지 않고 집안에는 두 사람뿐이었다. 식탁에는 누가 만들었는지 불분명한 에그 스크램블과 토스트, 커피, 오렌지 주스가 놓여 있었다. 헐렁한 면 반바지에 스누피의 샐리 브라운이 그려진 티셔츠를 입은 예나가 잠이 덜 깬 표정으로 커피를 홀짝였다.

"왜 내게 사랑을 고백하지 않는 거야?"

질문을 받은 현수는 혼란스러웠다.

"여름에 했었잖아. 기억 안 나?"

예나의 눈이 조금 커졌다. 현수는 그녀에게 기억을 상기시켜주고 싶었다. 제주도의 푸른 바다에서 수영을 했던 날, 파라솔 그늘 밑에서 예나가 '엄마를 왜 선생님이라고 불러?'라고 따갑게 질문했다. 그날 어쩌면 사랑을 고백하지 않았을까.

"넌 내가 필요할 때 말도 없이 사라졌어. 호텔 방에 나만 혼자 남겨두고."

"그날 밤 해리가 죽었어. 경황이 없었어."

예나는 현수를 물끄러미 응시하다 에그 스크램블에 케첩을 잔뜩 뿌렸다. 현수는 마음속 결정을 내리고 말했다.

"널 좋아해."

갑작스러운 고백이었다. 예나의 얼굴에 거짓말처럼 탐스러운 환한 미소가 피어올랐다.

"나도 네가 좋아. 그런데 왜 그 여자를 못 잊는 거야? 이상하지 않아?"

"그 여자? 그 사람이 누구야?"

"그걸 꼭 말해야 해? 네 마음속에 있는 사람을?"

"무슨 소리인지 난 모르겠어."

"좀 비겁하지 않아?"

현수는 무심코 고개를 끄덕였다. 식은 커피에서는 쓴맛이 났다.

"근데 언제부터 날 좋아했어?"

"처음 봤을 때부터."

예나가 얼굴을 붉히며 말했다.

"거짓말. 좀 더 구체적으로 말해봐."

"예뻤어. 그렇게 예쁜 사람은 처음 봤어."

이번에는 현수가 얼굴을 붉혔다.

"너 좀, 많이 달라졌어."

"맞아. 난 예전의 내가 아닌 것 같아."

"마치 그레고르 잠자처럼?"

예나는 식탁에 놓인 카프카의 『변신』을 흘낏 내려다보며 말했다. 선생님이 읽던 책일까?

"맞을지도 몰라."

"그런데 왜 갑자기 이런 고백을 하는 거야?"

"그래야 한다고 생각했어. 이걸 하지 않으면 후회하게 될 것 같아서."

"그래서 앞으로 어떻게 되는 거야?"

"그건 나도 모르겠어. 다만 …… 우리가 잘될 것 같지는 않아."

"당연하지. 난 너와 사귈 생각은 없어."

현수는 말문이 막혔다.

"이유가 뭔지 물어봐도 돼?"

예나는 웃음을 터트렸다.

"뭘 그런 걸 물어. 너무 당연하지 않아? 날 좋아한다면서도 넌 항상 다른 사람을 생각하고 있어. 그런 사람과 사랑하면 나만 불행해질 거야."

"우린 …… 이미 키스도 하고 잠도 같이 자는 사이야."

예나는 미간을 찌푸리며 나이프를 든 손으로 머리를 긁적였다.

"맞아. 하지만 지난날은 잊어줬으면 해. 그때는 내가 생각해도 너무 충동적이었어. 붉은 노을을 바라보는 널 보니 심장이 막 두근거렸거든."

"사랑이라는 감정이 충동에서 시작되는 게 자연스러운 거 아닐까?"

"너무 진지하게 그러지 마. 난 너와 이렇게 싸우지 않고 헤어지는 것에 만족해. 물론 네가 다른 여자를 좋아한다는 걸 알게 되고는 좀 어이가 없었는데 …… 이젠 됐어."

현수는 그녀의 말을 해석하려 했지만 실패했다. 내가 다른 여자를 좋아한다고? 억지였다.

"내가 고아이고 가난하기 때문이잖아."

현수의 목소리는 떨렸다. 그는 49층 아파트에서 사는 중산층 외동딸을 무심히 바라보았다. 스크램블을 뒤적이던 예나는 포크를 내려놓고 현수를 빤히 쳐다봤다.

"맞아. 솔직히 말하면 난 자신 없어."

현수는 고개를 끄덕였다. 예나가 솔직하게 말해줘서 다행이라는 생각이 들었다.

"근데 난 너에게만 이런 생각을 하는 건 아냐. 솔직히 말해서 난 남자들이 어떤 생각으로 살고 있는지 별로 궁금하지 않아. 그들이 내 삶을 책임져줄 거라고 믿지도 않고. 그래서 흥미를 잃은 거야. 너만 차별적으로 대하는 건 아니라는 거지."

"남자 없이 혼자 살겠다는 거야?"

"모르겠어. 깊이 생각해본 적은 없어. 그냥 별로 불편하지 않고 지금 이 상태의 자유가 좋을 뿐이야."

"사랑도 없이?"

그의 질문에 예나 특유의 귀여운 미소가 입에 걸렸다.

"너 정말 많이 변한 것 같아. 예전에는 날 어린아이 취급해 놓고선 지금은 사랑 타령이잖아."

"말했잖아. 지금 고백하지 않으면 후회할 것 같아서 그런 거야."

"그런데 네가 날 좋아한다는 건 어떻게 알 수 있는 거야? 정말 확신할 수 있어? 사랑이 변하지 않는다고?"

"그건 나도 잘 모르겠어. 하지만…… ."

현수는 망설였다.

"솔직하게 말해도 돼. 자신 없지? 어쩌면 넌 날 좋아한 게 아니라 내가 살고 있는 세상을 동경했던 건 아닐까. 내가 돈 걱정 없이 살아가는 평범한 여자아이라는 것에 끌렸던 것인지도 몰라. 네가 고백했듯이 지금 내가 사는 이곳은 네가 꿈꾸지 못하는 세상이잖아."

현수는 처음으로 화가 났다. 그러나 감정을 드러내면 실패한다는 것을 그는 알았다.

"널 보면 그냥 좋아. 이 세상이 아닌 다른 세상에 와 있는 듯한 기분이 들어."

예나의 눈동자가 커지더니 이내 그윽해졌다. 그러고는 다시 장난기를 띠었다.

"넌 확실히 변했어. 내가 네 여자친구가 되어준 덕분이야."

"나는 미래에 대한 계획을 세우고 성실하게 사는 평범한 사람들을 모두 미워했어. 근데 넌 좀 달랐어. 널 보고 있으면 증오심이 사라져버려."

"근사한 고백이야. 멋져. 근데 좀 다른 건 없어. 좀 더 구체적인 거."

현수는 그녀의 눈동자가 사랑스럽게 반짝이는 것을 놓치지 않았다.

"그리고 널 보면 발기가 돼."

"발기?"

"응."

예나는 아랫입술을 살짝 깨물고는 말했다.

"그건 취소해야겠다. 여자한테 그런 말을 하면 성희롱이야. 너도 알지?"

"응, 취소할게. 그냥 솔직하게 말한 것뿐이야."

"그럼, 지금도 그 상태야?"

"아니. 그 정도로 비정상적이지는 않아."

"뭐야, 시시하게. 그럼 거짓말이잖아."

현수는 미소로 답했다. 두 사람은 오렌지 주스를 마시고 토스트와 에그 스크램블을 모두 먹어 치우고 자리에서 일어났다. 현수가 설거지하는 동안 예나는 거실 화분에 물을 주었다. 기름기 묻은 접시가 세제 거품에 의해 깨끗하게 씻겨 내려가는 모습이 새삼 신기하게 느껴졌다. 현수는 이 꿈이 영원히 지속될 수 있으면 얼마나 좋을까, 라고 생각했다. 거실로 나오니 예나가 이곳을 방문했다는 흔적은 지워져 있었다. 송화 선생님도 해리도 보이지 않았다. 혹시나 하고 그는 집안 곳곳을 돌아다녔다. 그러나 영원히 이 집을 떠돌 것 같은 유령의 모습마저도 사라졌다. 잠이 깼을 때 그는 혼자였다.

3부

'단 한 사람이라도 도울 수 있는 사람은
인생의 목표를 달성하는 것이다.'
- 슈테판 츠바이크 『초조한 마음』

1

뜻밖의 방문이었다. 혜진은 선글라스와 마스크를 쓴 채 예나를 향해 손을 흔들었다. 그녀는 심플한 블랙 미니스커트에 트렌치코트를 걸치고 붉은 와인 빛이 나는 포르쉐 파나메라 GTS에 기대어 있었다. 눈부신 가을 햇빛이 그녀와 그녀의 자랑스러운 소유물을 스포트라이트 조명처럼 비춰주었다. 허리에 한 손을 올리고 날씬한 다리를 드러낸 포즈가 요염했다. 두 사람은 자매처럼 반가운 포옹을 했다. 그들은 손을 잡고서 승강기에 올랐다. 예나의 안내를 받아 펜트하우스로 들어선 혜진은 마치 부동산 중개업자처럼 집 안팎을 살폈다.

"시골에서 산다더니 공주였네?"라고 혜진이 말하자 예나는 웃음을 터트렸다.

"언제는 청주가 농촌이라고 해놓고선. 언니 말대로 여기서 조금만 더 내려가면 논밭이야."

거실 소파에 앉자 방문객은 가구와 인테리어를 주의 깊게 살폈다. 예나는 혜진의 그런 모습을 보며 과연 부동산 연구동아리 회장 출신다운 태도라고 생각했다. 그녀의 성공담은 학내에서 상당 기간 전설로 회자되었다. 무일푼에 갭투자로 시작해서 졸업 후 부동산 전문 투자사까지 창업한 그녀를 두고 무성한 소문이 뒤따랐다.

"어쩐 일이야? 이런 시골 동네까지. 회사 일로 바쁘지 않아?"

"응, 여기 잠깐 볼 일이 있어서. 방사광가속기 때문에."

방사광가속기? 예나는 고개를 끄덕였다. 지난 5월 과기부는 '다목적 방사광가속기 구축 사업' 부지로 충북 청주 오창이 선정되었다고 발표했다. 2028년까지 총 8천억 원의 예산이 투입되는 대규모 국책사업이다. 사업 선정 발표 이후 오창 거리 곳곳에 축하 플래카드가 걸리고 주변 아파트값이 들썩였다. 서울 사람들이 내려와 빈집을 싹쓸이한다는 소문이 예나의 귀에까지 들렸다.

"오전에는 충남 서산에 갔다 왔어. 거기도 호재가 있어서 집값이 많이 올랐거든. 오창 주변을 둘러보다 네가 여기 산다는 생각이 난 거야."

"매번 이렇게 직접 보러 와?"

예나의 질문에 혜진은 어이없다는 듯 웃었다.

"당연하지. 넌 그럼 물건을 보지도 않고 사니? 게다가 이건 옷이나 화장품 같은 소비재가 아니잖아. 일가족의 전 재산이 들어간 부동산이야."

예나는 혜진을 바라보며 뺨을 붉혔다. 겨우 세 살 차이인데도 혜진은 현실에 대한 실리적인 철학으로 무장하고 있었다. 그녀에 비하면 자신은 천진난만한 아이였다.

"취업 준비는 잘 돼?"

"취업은 포기했어. 대학원에 가려고."

"대학원? 응시는 했어?"

"이제부터 준비하려고."

예나가 답하자 혜진은 다시 한 번 실내를 둘러보더니 한탄하듯 말했다.

"너다운 선택이네."

그건 마치 중산층 외동딸다운 호사스러운 선택이라는 비난처럼 들렸다. 예나는 알 수 없는 패배감에 입술을 살짝 깨물었다. 혜진이 환하게 표정을 바꾸며 말했다.

"나가자. 오랜만에 사랑하는 동생을 만났는데 맛있는 거 사줘야지. 뭘 먹을까?"

그때였다. 예나의 얼굴에 기막힌 생각이 떠올랐다는 듯 묘한 미소가 피어났다. 핸드폰을 여니 부재중 전화가 들어와 있었다. 예나는 망설이지 않고 통화 버튼을 눌렀다. 신호음이 몇 번 울리지 않아서 현수의 목소리가 들렸다.

포르쉐 파나메라의 뒷좌석은 다리가 긴 현수에게는 좁았다. 예나가 좌석을 당겨 공간을 확보해주었는데 현수는 무심히 차창 밖을 응시할 뿐이었다. 오창 IC에 진입해서 고속도로에 오르자 길 양옆으로 진홍빛 노을에 물든 가을 들녘이 보였다. 청주와 과학단지 오창 사이에 놓인 안전지대와 같은 농경지였다.

"여기 땅값도 만만치 않겠는데."

운전대를 잡은 혜진이 혼잣말처럼 중얼거리자 예나는 미소를 지었다. 아름다운 들녘이 땅값으로 치환될 수 있다는 사실에 예나는 가벼운 흥분을 느꼈다. 머릿속을 정리하기도 전에 그들은 서청주 IC를 빠져나와 현대백화점 주차장에 도착했다. 평일 오후여서 백화점 내부는 한산했다. 그들은 마스크를 쓴 채 지하 주차장에서 승강기를 타고 6층 식당가에서 내렸다. 예나는 일행을 일식당으로 데려갔다. 가족과 오면 자주

들르는 곳이었다. 혜진이 홀로 앉고 예나와 현수가 맞은편에 앉았다. 혜진은 등지고 앉은 창밖을 향해 뒤돌아보고 한참 동안 바깥 풍경을 살폈다. 그리고는 다시 몸을 돌려 예나를 쳐다봤다.

"저게 뭐야?"

예나는 창밖의 거대한 직사각형 박스와 같은 건물을 확인한 다음 말했다.

"뭐긴 뭐야. 공장 건물이지."

백화점과 쇼핑몰이 밀집한 상가 건너편에는 SK하이닉스 제3공장이 있고 그 옆에는 시멘트 공장이 있었다. 이들 공장 건물 뒤로 오랜 역사를 지닌 청주 공단이 들어서 있었다. 혜진은 상업지구와 산업공단지구가 대로를 사이에 두고 맞대고 있는 모습이 신기하다는 표정으로 말했다.

"저기 옥상 건물의 연기는 뭐야?"

"응. 나도 잘 몰라. 넌 알아?"

예나가 질문의 답을 현수에게 넘겼다.

"반도체 공장에서 나오는 수증기입니다."

현수가 짧게 답하고는 입을 닫자 화제를 돌리듯 혜진이 말했다.

"여기 샤넬도 있어?"

예나는 몇몇 외국 브랜드 매장을 본 기억이 났지만 정확하지는 않았다. 물 주전자를 든 여종업원에게 질문하자 그녀는 당황한 기색으로 얼버무리며 지배인에게로 달려갔다. 되돌아온 그녀는 1층에 편집숍이 있다고 대답했다. 그녀의 말에 혜진은 아쉬운 표정을 지으며 재스민차를 홀짝였다.

"봐둔 가방이 있거든. 요즘 통 쇼핑할 시간이 나지 않아서 계속 미루고만 있네."

예나는 그런 혜진을 바라보며 쓴웃음을 지었다. 신입생 시절에 만났던 그녀는 후배들에게 사치품에 돈을 쓰는 건 어리석은 일이라고 잘라 말했다. 그럴 돈이 있으면 청약 통장에 돈을 넣으라고 윽박지르던 선배였다. 현수는 초밥 대신 돈가스 정식을 시켰다. 두 여자가 대화에 열중해서 웃고 떠드는 동안 현수는 묵묵히 그릇을 비웠다. 식사를 끝낸 그가 화장실에 간다며 자리를 비우자 혜진이 말했다.

"정말 어떤 사이야?"

"말했잖아. 내 남자친구야."

현수를 태우기 위해 전원주택단지로 가는 동안 예나가 솔직하게 현수와의 만남을 털어놓았을 때 혜진은 믿을 수 없다는 표정을 지었다.

"너 정말 무섭지 않니?"

"뭐가?"

"뭐라니? 대학도 가지 않고 공장에 다녔다며. 우리와는 다른 사람이잖아."

예나가 이맛살을 찌푸리자 혜진은 정색하며 말했다.

"신도시를 개발할 때 제일 문제 되는 게 뭔지 알아? 임대 아파트가 어디에 들어서는가가 최고로 뜨거운 이슈야. 극빈 층과 이웃해서 사는 걸 반기는 사람은 아무도 없거든. 서글픈 현상이지만 이게 현실이야. 이쪽 계통 일을 하면서 정말 다양한 계층의 사람들을 만나봤는데 저런 눈빛은 항상 조심해야 해."

"저런 눈빛?"

"전체적으로 너무 어두워. 이런 경우에는 피하는 게 제일 좋아. 사람들이 왜 임대 아파트 주민들을 싫어하는지 추적해 보면 답은 의외로 간단해. 그들의 삶이 불확실해서 함께 살기 가 불안한 거야. 불확실하다는 건 곧 공포의 다른 이름이야. 이해돼?"

예나는 뭐가 뭔지 모르겠다는 표정으로 혜진을 바라봤다. 현수가 사실을 털어놓은 후 며칠 동안 예나는 마음의 갈피를 정하지 못한 채 방황했다. 무엇보다 그가 이토록 오랫동안 진실을 말하지 않은 것에 화가 났다. 그러나 한편으로는 그가 이해되기도 했다. 먼저 오해를 한 것은 자신이 아니었을까? 그는 자신의 정체를 숨겼지만 그가 보여준 사랑과 다정함은 거짓이 아니었다. 그 정도를 분간하지 못할 정도로 어리석지는 않았다. 혜진을 만나면서 예나는 자기 모습을 객관적으로 볼 수 있었다. 자신은 경제적 여유가 있는 집안의 아들을 선택해서 사랑한 것은 아니었다. 현수를 바라보는 시선에 담긴 혜진의 불안감은 자신에게는 없었다.

"그건 그렇고 언니는 어떻게 마음을 정했어? 여기에 투자할 거야?"

"응? 아, 오창. 글쎄 아직은 잘 모르겠네. 방사광가속기 이슈가 얼마나 갈지 확신이 서지 않아. 그리고 주변 시세도 만만치 않아서 끌리지 않네. 아무래도 타이밍을 놓친 것 같아."

"그래?"

"응. 장기전이 될 것 같은데 지방이라는 점을 고려하면 리스크가 커. 단기적으로는 수도권 쪽이 확실하거든. 너 혹시 이쪽에 관심 있니?"

"응?"

"이번에 수도권 남부 지역에 공급이 확대될 거야. 너만 좋다면 이번에 너도 끼워줄게. 투자금은 생각만큼 많이 필요하지 않아. 아직은 은행 대출이 살아 있으니까 이번이 마지막 기회가 될 수도 있어. 내년 상반기에 정부가 가계대출을 조인다는 소문이 파다하니까 결정은 최대한 빨라야 해. 무슨 말인지 알지?"

예나는 미소를 지으며 고개를 끄덕였지만 그녀의 이야기에 집중할 수 없었다. 신입생 시절 동아리에서 토론할 때의 기억이 되살아났다. 그곳에서 부는 뺏고 빼앗기는 전리품이었다. 예나는 숨을 들이마시며 가슴을 진정시켰다. 화장실에서 돌아온 현수가 유령처럼 소리 없이 다가와 옆자리에 앉았다. 문득 예나는 고개를 돌려 그의 눈을 바라봤다. 혜진의 말처럼 그의 눈빛이 사람들에게 두려움을 줄 정도로 어두운지 확인하기 위해서였다. 예나는 물끄러미 그를 쳐다보다 혜진에게로 시선을 돌렸다. 그의 눈동자에서 예나가 본 것은 공포가 아니라 무력한 슬픔이었다.

혜진은 호수공원에 두 사람을 내려주고 손을 흔들며 사라졌다. 예나는 포르쉐가 시야에서 사라질 때까지 서 있었다. 그녀의 모습이 보이지 않자 예나는 자신의 대학 시절이 끝났음을 실감했다. 현수는 한걸음 물러선 자리에 서서 밤하늘에 떠오른 달을 올려다보고 있었다. 결심을 내린 예나가 말했다.

"이제 우리 이야기를 해야 하지 않을까?"

고개를 돌린 현수는 그녀를 바라보며 묵묵히 고개를 끄덕였다.

"먼저 알고 싶은 게 있어. 진실을 말해줬으면 좋겠어."

현수는 다시 고개를 끄덕였다.

"선생님과의 관계 이야기야. 아무리 생각해도 잘 이해가 되지 않아서 그래. 정말 두 사람 사이에 아무 일도 없는 거야?"

현수는 질문을 제대로 이해하지 못해서 답하지 못했다.

"집주인과 임차인 사이라는 형식적인 대답 말고 진짜를 원하는 거야. 누가 먼저 함께 살자고 제안했고 성인 남녀인 두 사람이 왜 같은 집에서 살게 되었는지 알고 싶어."

현수는 예나의 눈을 바라봤다. 달빛에 비친 눈동자는 흔들리지 않았다. 현수는 피할 수 없다고 생각했다. 그는 지난 가을 송화가 시 외곽의 버려진 공터로 찾아온 기억을 떠올렸다.

"선생님은 겨울을 걱정하셨어. 내가 얼어 죽을까 봐 겁을 먹었던 것 같아."

"그러니까 왜 그런 곳에서 혼자 살았던 거야? 날씨가 추워지면 원룸을 구하거나 호텔을 빌리면 되잖아."

예나의 표정이 지나치게 진지해서 하마터면 웃음이 터질 뻔했다.

"나도 그러고 싶었어. 하지만 돈이 없었어."

"돈은 왜 없는데? 매일 일했다며?"

"말했잖아. 빚이 있다고."

"도대체 그 빚은 왜 생긴 거야? 유산상속을 거부했으면 됐잖아."

빚에 대해서라면 이미 모든 것을 솔직하게 털어놓았다. 현수는 이 이야기를 다시 꺼내어 지하에 묻힌 부모를 비난하고 싶지 않았다.

"좋아. 그렇다고 해. 그럼 그 빚은 일하면 갚을 수 있는 돈이야?"

빚의 총액에 대해서는 생각해본 적이 없었다. 그저 막막하고 현기증이 날 뿐이었다.

"비교해보니 혜진 언니가 처음 갭투자를 해서 번 돈과 거의 일치해. 그 정도면 노력해서 어떻게 할 수 있지 않을까?"

난데없는 이야기에 깜짝 놀란 현수가 미간을 찌푸렸다.

"갭투자가 뭐야?"

"뭐야, 그런 것도 몰라? 그냥 돈 없이 아파트를 산다고 보면 돼."

"돈 없이 집을 살 수 있어?"

"그냥, 그런 게 있어. 궁금하면 나중에 알아봐. 내가 말하고 싶은 핵심은 이거야. 일만 해서는 빚을 갚을 수 없어. 대신 머리를 써야 해. 남들도 다 그렇게 하고 있으니 못할 것도 없 잖아. 어차피 잃을 것도 없으니까."

현수는 어리둥절했다. 지난 며칠 사이에 예나에게 무슨 일이 일어난 걸까. 현수는 이별 통보를 각오하고 있었다. 예나가 집에서 뛰쳐나가 자신을 버리고 도망쳤을 때 이미 예정된 일이라고 생각했다. 그런데 지금의 대화는 예상치 못한 방향을 가리키고 있었다.

"우리 집 아파트도 벌써 세 배 가까이 뛰었어. 꽤 오래 걸리긴 했지만 아무튼 이 방법이 제일 확실해. 무조건 아파트를 사야 해. 그것도 가능하면 수도권에."

"난 신용불량자야. 집 같은 건 살 수 없어."

"알아. 그래서 너 대신 내가 산다는 거야."

순간 현수는 예나의 얼굴에 떠오른 기묘한 미소를 보았다. 도서관에서 처음 만났을 때 보았던 호기심을 품은 순수한 눈동자가 기이한 광채를 발하고 있었다.

"나와 결혼하면 돼. 무슨 말인지 알아?"

전기충격이라도 받은 듯 현수는 얼어붙은 채 예나를 보았다. 가을밤 보름달이 그녀의 얼굴을 비추고 있었다. 달이 뜨면 제정신을 잃고 늑대로 변해버리는 인간들이 어딘가에 살고 있다고 했다. 현수는 한참을 예나를 보았다. 늑대인간이 아니라면 그녀는 무엇일까. 예나는 호수의 수면 위에 반사된 달빛을 내려다보다 갑자기 현수의 팔짱을 꼈다. 그들은 그렇게 공원 주변의 산책길을 걸었다. 광장에는 밤을 잊은 아이들이 뛰어놀고 있었다. 현수는 아이들과 부딪치지 않으려고 조심해서 걸었다. 아무리 생각해도 그는 여자들은 이해할 수 없었다. 특히 송화와 예나가 그랬다. 무엇 때문에 그들은 자기를 관대하게 품어주는가. 어쩌면 이 여자들은 연민과 사랑을 혼동하고 있는 것은 아닐까. 마치 그의 생각을 읽기라도 하듯 예나가 말했다.

"나 집에서 나올 거야. 너도 선생님 집에서 나와. 그래서 함께 새롭게 시작해보는 거야."

2

시야가 트인 왕복 4차선 도로를 미끄럼틀을 타듯 내려오자
어느새 증평군 중심지가 나왔다. 송화는 읍내로 진입하는 다
리를 건너며 보강천의 키 큰 미루나무 가지들이 바람에 흔들
리는 모습을 보았다. 이태리포플러 종이라고 알려진 나무들
은 언제 보아도 멋졌다. 읍내를 벗어나 한적한 국도를 타고
얼마 되지 않아 내비게이션에서 목적지 도착을 알리는 안내
음이 울렸다. 정문 입구에 지그재그로 놓인 바리케이드가 길
을 막고 있었다. 송화는 기둥 벽에 신종 코로나바이러스 확산
방지를 위해 외부인의 출입을 금한다는 안내문을 읽었다. 일
명 흑표부대라 부르는 제13특수임무여단 사령부였다. 송화

는 호흡을 가다듬고 시동을 껐다. 마스크를 쓰고 차에서 내리자 특전사 개인화기 소총을 견착한 젊은 요원이 그녀를 향해 다가왔다.

이진성 대령은 군에서 이골이 난 사내처럼 보였다. 넓게 벌어진 어깨에 눈매가 매서운 직업군인으로 중키에 운동선수처럼 짧은 목을 지녔다. 군복 아래로 드러난 손은 권투 장갑을 낀 것처럼 뭉툭했다. 짧고 뻣뻣한 검은 털이 손등을 덮어서 언뜻 보면 유인원의 손이 연상됐다. 겉모습만으로는 날씬한 체형에 피부색이 밝은 예나와 유전적 연결 고리를 발견하기 어려웠다. 코로나로 외부인의 부대 출입이 금지되어 있어 그들은 각자 차를 타고 읍내로 나왔다. 4차선 대로 너머 보강천 미루나무 숲이 정면으로 보이는 전망 좋은 카페였다. 밝은 자연광 아래에서 보니 정년을 앞둔 군복 차림의 사내는 제 나이보다 늙어 보였다. 송화가 커피를 주문하는 동안 자리를 잡은 이 대령은 두 다리를 벌리고 앉아 창밖 풍경을 무심히 응시했다. 그는 피곤하다는 듯 눈을 껌벅이며 큼직한 양손으로 마른 손 세수를 했다. 지난밤 통화에서 들었던 친절하고 부드러운 목소리와는 대조적인 외양을 지닌 남자였다. 그는 '예나 엄마가 무척 내성적이며 수줍음이 많은 사람'이라고 소개하며 양해를 구했다. 부대 훈련 일정상 위수 지역을 벗어나지 못하니 증평까지 와줄 수 있느냐며 부탁했다. 송화는 차라리 잘된 일이라고 생각했다. 지금까지 파악한 바로는 무남독녀인 예나는 엄마보다는 아빠의 사랑과 통제를 받는 아이였다. 집을 나서기 전 송화는 화장대에서 옅은 화장을 하고 V넥 실크 원피스를 꺼내 입었다. 겉에 트렌치코트로 몸을 감싸서 추위는 문제가 되지 않았다. 공개 수업을 하거나 교육부에서 파견된 장학사들과 접견하는 공식 자리에서 입는 옷차림이었다. 커피를 내밀자 그가 짤막하게 고개를 끄덕였다. 대화는 표류했다. 십여 분간의 탐색이 이루어지는 동안 이렇다 할 진전은 없었다. 송화가 지친 표정을 짓자 그가 화제를 돌리며 말했다.

"명퇴하셨다던데, 연금은 잘 나오고 있습니까?"

송화는 고개를 끄덕였다. 상대도 나름의 정보를 모으고 있음이 틀림없었다. 예나가 무작정 집을 나온 지 벌써 2주가 흘렀다. 그녀의 무모함은 보수적인 직업 군인인 아버지의 유전적 성향은 아닌 것 같았다.

"내후년에 저도 연금 생활자가 될 예정입니다. 그런 의미에서 선생님이나 저나 똑같은 처지 아니겠습니까? 좋습니다. 이제 서로 합의점을 찾아보시죠. 저희가 원하는 건 하나입니다. 예나를 집으로 돌려보내 주시죠."

대화가 쳇바퀴를 돌았다.

"말씀드렸듯이 제가 예나를 붙잡고 있지는 않아요. 그리고 전 예나에게 어떤 명령이나 제안할 위치에 있지도 않아요."

송화는 예나가 커다란 여행 가방을 들고서 현수의 뒤를 따라서 거실로 들어서던 모습을 기억했다. 예나는 놀랍게도 밝은 미소를 지으며 송화를 똑바로 바라봤다. 그리고는 '앞으로 잘 부탁드리겠습니다. 선생님'하고 명랑하게 인사를 건넸다. 아이의 얼굴에는 엉뚱하게도 여행자의 들뜬 기대가 떠올라 있었다.

"제가 예나를 설득할 수는 없어요."

송화는 솔직하게 말했다. 현수와 예나는 이미 법적인 성인이었다. 그들에겐 자신들의 삶을 선택할 권리가 있었다. 이진성 대령이 이맛살을 찌푸리며 말했다.

"아내에게서 이야기를 들어서 사정은 대충 알고 있습니다만, 그래도 전 잘 이해가 되지 않네요. 왜 선생님이 그런 녀석을 거두어서 함께 사는지 말입니다. 예나도 제대로 설명을 못했다는데, 누가 봐도 비상식적이지 않나요?"

송화는 그가 현수를 '그런 녀석'이라고 부른 것에 신경이 쓰였다.

"현수는 선생님이 생각하시는 그런 아이가 아닙니다."

"그건 선생님 생각이죠. 지금 그 친구는 예나를 꾀어서 납치하다시피 데려갔습니다. 집사람과 제가 받은 충격은 선생님이 상상하는 그 이상입니다. 아내는 지금 병원 치료를 받고 있을 정도입니다."

충분히 예측 가능한 상황이었다. 그러나 이 모든 일을 단순화해서 아이들의 어리석은 일탈 행위로만 규정지을 수는 없었다.

"두 사람은 육 개월 넘게 교제한 사이예요. 주말이면 함께 여행도 떠나고 매일 같이 도서관에서 만나 서로의 사랑을 확인했을 거예요."

"사랑이라고요?"

그가 어이없다는 듯 다시 손 세수를 했다.

"예나와 현수가 왜 이런 일을 벌이고 있는지에 대해서 저역시 고민이 많습니다. 그래서 아이들과 대화도 많이 하고 있고요. 다른 건 몰라도 예나의 의지가 확고한 것은 분명해 보여요. 아이들이 올바른 선택을 하도록 도와야 하겠지만 지금 당장 우리 어른들이 할 수 있는 일은 한계가 있다는 걸 느꼈어요."

이 대령은 커피를 한 모금 마시더니 침묵을 지켰다. 그리고는 결정을 내렸다는 듯 목소리에 힘을 실어 말했다.

"여자를 유혹해서 집 밖으로 끌어내는 건 제대로 교육받은 인간이 하지 않는 일입니다. 그건 저보다 교육자인 선생님이 더 잘 알고 계실 텐데요."

송화는 그를 자극해서 일을 망치고 싶지는 않았다. 군인들은 평화로운 시기에는 무용하지만 위기 상황에서는 누구보다 민첩하게 움직이는 사람들이었다. 그가 오판하면 이 문제는 심각하게 꼬일 가능성이 컸다. 송화는 현수와 예나의 사랑을 의심하지 않았다. 그러나 예나의 가출은 무모하고 즉흥적이었다. 교직에 있는 동안 가출한 아이들과 그들의 부모들과 상담한 경험이 많은 송화로서도 이해할 수 없는 경솔한 행동이었다. 분노에 찬 학부모들은 부지불식간에 가정에서 일어난 문제를 학교에 떠넘기려 했다. 이 중년남자도 마찬가지일까? 송화는 정년퇴직을 앞둔 남자의 광대뼈 위 근육이 시차를 두고 경련을 일으키는 모습을 놓치지 않았다. 에틸알코올 부작용일 수도, 영양부족일 수도 있었다. 어쩌면 단순히 퇴행성 질환일지도 몰랐다.

"제가 보기에 선생님은 아직 꿈을 꾸고 계신 것 같습니다."

뜬금없는 말에 송화의 미간이 좁혀졌다.

"왜, 그런 거 있지 않습니까? 모두 함께 노력하면 세상이 아름답게 변할 거라는 믿음 말입니다. 젊은 시절에는 누구나 이상에 도취되지만 나이가 들면서 사람들은 현실을 직시하게 됩니다. 세상이 비정하다는 것을 알게 되는 거죠. 선생님이 그 녀석을 감싸고 도는 게 제게는 어리석어 보입니다."

톤이 높지는 않지만 부대원들에게 지휘를 내리듯 권위적인 목소리였다.

"저는 부대에서 매일 젊은 부대원들을 상대하고 있습니다. 대부분 이제 겨우 스무 살을 넘긴 녀석들인데 집안은 내세울 게 없고 장래는 암담한 친구들입니다. 가진 거라곤 지나칠 정도로 건강한 몸뚱이뿐이죠. 이 친구들이 군대에서 세상을 알게 됩니다. 학교에서는 가르쳐주지 않는 삶의 진짜 모습이죠."

송화는 물컵을 움켜쥐었다.

"만약 선생님이 그 친구를 진심으로 돕고 싶거든 내버려두는 게 더 좋을 겁니다. 언제까지 선생님처럼 마음씨 고운 여자들의 치마폭에서 어리광을 피우며 살 수는 없다는 겁니다."

송화는 말문이 막혔다.

"선생님이 그 친구에게 뭘 해줄 수 있지, 잘 생각해보시죠.

우리가 해줄 수 있는 건 아무것도 없습니다. 세상은 평등한 곳이 아닙니다. 게다가 그 녀석은 예나에게 거짓말을 하며 접근했습니다. 저도 알아볼 건 다 알아봤습니다. 그 녀석이 선생님 아들이라고 예나를 오해하게 만든 것은 부정할 수 없죠. 이건 절대 사소하게 지나칠 수 없는 문제입니다."

그는 송화의 얼굴을 뚫어지게 바라보더니 뜻밖의 미소를 지었다. 자신이 상대를 설득했다고 생각하는 걸까. 송화의 마음이 급해졌다.

"잘못은 현수에게 있어요. 하지만 이 모든 일에 대한 책임은 결국 두 사람이 져야 할 문제예요. 우리가 나서서 할 일은 제한되어 있어요."

"선생님은 그 녀석의 가족이 아니니까 그렇게 말씀하실 수 있다고 봅니다. 그러나 전 예나의 아빠입니다. 딸아이가 스스로 미래를 망치는 걸 그냥 지켜볼 수는 없습니다."

송화는 아랫입술을 깨물었다. 이미 각오한 일이었는데도 막상 부딪치니 뼈아팠다. 그의 입장에서 보면 자신은 제삼자에 불과했다.

"현수는 지금 대학에 입학하기 위해 준비 중이에요. 전 현수가 교육받을 권리가 있다고 생각해요. 그 아이의 능력만 놓고 보면 충분히 실현 가능한 일입니다. 국내 대학뿐 아니라

외국 대학도 고려하고 있고요."

송화의 이야기에 그는 멈칫했다. 그리고 허망한 웃음을 지었다.

"그동안의 경비는 어떻게 하고요?"

이번에는 송화가 주저했다. 그러나 이미 엎질러진 물이었다.

"부족하지만 제가 도울 생각입니다."

그는 어이없는 표정을 짓더니 소리를 내어 웃었다.

"선생님, 선생님은 생각했던 것보다 더 큰 병에 걸리신 것 같군요. 도대체 왜 어렵게 모은 돈을 아무 의미도 없는 일에 쓰려고 하는 거죠? 전 선생님을 이해할 수 없습니다. 법적인 보호자도 아닌데 혹시 그 친구와 ⋯⋯."

그는 마치 자신의 실수를 알아차린 듯 말을 멈췄다. 그러고는 침묵을 지켰다. 송화는 순간 이 군복 차림의 예의 바른 남자가 어쩌면 도움이 될 수도 있지 않을까 생각했다. 외동딸의 돌발적인 가출에 화가 난 아버지이지만 그는 이성적인 판단을 내릴 수 있는 남자였다. 창 건너편 미루나무 숲에서 크고 흰 날개를 지닌 새가 날아올랐다.

"예나와 좀 더 깊은 이야기를 해볼게요. 지금 당장 제가 아이들을 설득할 수 있을지는 장담하지 못해도 조금만 더 기다려 주세요. 예나도 그렇지만 현수도 현명한 아이입니다. 그들도 우리와 같은 어른이에요. 어른으로 합당한 대우를 해 줘야 하지 않을까요?"

이진성 대령은 테이블 위에 반쯤 남은 커피를 오랫동안 내려다봤다. 눈에 넣어도 아프지 않은 자식을 빼앗긴 남자였다. 이 정도면 신사적인 행동이라고 볼 수도 있었다.

"좋습니다. 우선은 선생님의 제안을 받아들이죠. 그러나 생각만큼 긴 시간을 드릴 수는 없습니다. 선생님이 하지 못하면 그때는 제 방식대로 하겠습니다."

그는 탁자에 놓은 베레모를 집으며 말했다. 그가 자리에서 일어설 때 그의 눈이 우연히 송화의 가슴에 걸린 루비 목걸이에 꽂혔다. 송화는 시선을 피하지 않았다. 그가 모른척하며 빠르게 등을 돌렸다. 투박한 전투화가 타일 바닥을 짓누르는 소리가 텅 빈 실내에 울렸다. 송화는 그가 사라지자 미루나무 숲이 싸늘한 바람에 몸을 떠는 풍경으로 시선을 돌렸다. 방광에 압박이 가해지며 요의를 느꼈지만 송화는 자리에서 일어나지 않았다.

집에 도착해서 차고에서 나오자 현관문을 열고 달려오는 예나의 모습이 보였다. 청바지에 현수의 검은 후드티를 입은 예나를 바라보다 송화는 외출해서 돌아오면 늘 자신을 반겨

주던 해리를 떠올렸다. 강아지들은 왜 주인을 그토록 사랑하는 것일까. 그런데 왜 저 아이에게서 해리의 모습이 떠올랐지?

그날 밤 저녁 식사는 여느 때보다 유쾌했다. 송화가 스테이크를 굽는 동안 예나는 오리엔탈 드레싱과 샐러드를 준비했고 현수는 스파게티를 삶았다. 거실 스피커에서는 바그너의 오페라 〈트리스탄과 이졸데〉가 흐르고 있었다. 소금 간을 한 통후추 스테이크와 로즈메리를 얹은 허브 스테이크를 접시에 놓다가 송화는 평소와 다른 부조화에 눈을 떴다. 이 집안에서 바그너를 선곡할 사람은 아무도 없었다. 바그너는 역사의 진보에 회의를 품은 성훈이 말년에 낙점한 작곡가였다. 마르크스를 버리고 E. H 카를 버린 후, 니체마저 내던진 역사학자가 운명처럼 회귀한 무대가 바그너였다. 아이들은 마치 음악이 존재하지 않는다는 듯 즐거운 표정으로 일상적인 대화를 이어갔다. 저들에게는 사랑을 잃은 이졸데의 절규가 들리지 않는단 말인가? 송화는 새삼스레 아이들의 순진무구한 얼굴을 바라보았다.

점점 밝아지면서 광채를 내며
별빛에 싸여 하늘로 높이 오르는 것이

여러분들에겐 보이지 않나요?

죽어가는 트리스탄을 안고서 부르는 이졸데의 마지막 노래 〈사랑의 죽음〉이었다. 송화는 성훈의 손을 잡고서 오페라를 보았던 지난날을 어제 일처럼 떠올릴 수 있었다.

파도치는 물결 속에, 바다의 소리 속에
세계가 숨 쉬는 그 맥박 속에 빠져들어
나를 잊어버리려 합니다.
오! 다시없는 이 기쁨이여.

사랑하는 연인의 죽음 앞에서 왜 이졸데는 기쁨을 노래했을까. 송화는 역설을 이해할 수 없었다. 젊은 시절 바그너에 대해 찬사를 보내며 〈비극의 탄생〉을 썼던 니체는 이후 경건한 기독교인에 민족주의자로 변신한 바그너를 맹비난하며 공격했다. 송화는 바그너도 니체도 이해할 수 없었다. 어쩌면 막을 내린 결혼 생활 동안 나는 남편조차도 이해하지 못했던 것은 아닐까.

"선생님, 뭐 하세요?"

송화는 흠칫 놀라며 옆을 돌아다봤다. 현수가 골프장에서 처음 만났을 때처럼 미소를 지으며 자기를 바라보고 있었다.

"와인은 어떤 걸로 할까요?"

반대편으로 고개를 돌리자 현수의 후드티를 입은 예나가 레드와인과 화이트와인을 양손에 들고서 함박웃음을 짓고 있었다. 송화는 무심코 왼손을 뻗어 화이트와인을 가리켰다. 그 단순한 동작이 죽은 남편의 그림자를 지우는 행위임을 알아차린 아이는 없었다. 예술과 죽음이 성취한 유일한 공통점은 대중의 몰이해였다. 사람들은 예술을 알지 못했고 죽음도 알지 못했다. 송화가 유일하게 받아들인 것은 자신이 그들 무지한 대중의 한 사람이라는 불편한 진실 하나였다. 식탁이 차려지고 세 사람이 얼굴을 맞대고 앉자 거짓말처럼 음악이 멈췄다. 송화는 낮에 이진성 대령을 만난 사실을 말하지 않았다. 각자의 접시에 담은 스테이크가 반쯤 사라졌을 때였다.

"저 현수와 결혼하기로 결심했어요."

송화는 하마터면 들고 있던 나이프를 떨어뜨릴 뻔했다. 너무 놀라서 생각 없이 말이 먼저 튀어나왔다.

"아니, 왜?"

그녀의 반응에 아이들이 웃음을 터트렸다. 그러나 두 사람의 웃음에는 부조화의 간극이 있었다. 현수의 안면 근육이 굳어 있음을 송화는 놓치지 않았다.

"여기서 지내는 동안 생각해봤는데 방법은 한 가지뿐인 것 같아요."

예나의 눈동자는 땅거미가 질 무렵의 샛별처럼 푸른빛에 물들어 있었다.

"그게 무슨 말이야. 좀 더 자세히 말해봐."

"현수가 물려받은 빚 때문에 그래요. 두 사람이 일해서 번 돈으로는 그 돈을 갚을 수 없더라고요. 계산을 해봤는데 아무리 못해도 삼십 년 정도는 족히 걸릴 것 같아요."

송화 역시 그 정도 계산은 이미 해본 상태였다.

"그런데 두 사람이 결혼하면 문제가 해결되는 거야?"

예나는 현수를 힐끗 쳐다본 후 미소를 지었다.

"정부에서 도움을 받으려면 독신자보다는 신혼부부가 훨씬 유리해서 그래요. 대출도 싸게 받을 수 있고 각종 세제 혜택도 주어져요. 물론 청약을 받을 때도 일 순위가 될 수 있고요."

"청약? 아파트를 산다는 말이야?"

"네."

예나가 어깨를 으쓱이며 답했다. 송화는 어안이 벙벙했다.

"너희들에겐 돈이 없잖아?"

"대출을 받아야죠. 그리고 전세를 승계해서 살 수 있는 아파트를 찾으면 돼요."

"그게 무슨 소리야? 그런 게 가능해?"

"그래서 먼저 결혼해야 한다는 거죠. 현수는 신불자라서 아파트를 살 수 없으니까 제 이름으로 사겠다는 거예요."

갈증을 느낀 송화는 화이트와인을 마치 사이다처럼 벌컥벌컥 마셨다. 그리고 생각을 정리했다. 예나가 제안한 방법이란 것이 젊은 세대에서 유행한다는 이른바 갭투자임을 송화도 알았다. 신문 기사에 '영끌'이란 단어가 등장한 지도 오래되었다. 영혼까지 끌어모아 집을 사야만 하는 처지에 몰린 사람들 이야기였다.

"좋아 대충 이해했어. 그런데 왜 갑자기 그런 생각을 한 거야?"

"갑자기는 아니에요. 대학 시절에 잠깐이지만 부동산 투자 동아리 모임에서 활동한 적도 있어요. 그때 선배들의 말을 믿고 집을 샀으면 지금 서너 배 정도는 수익을 올렸을 텐데, 좀 아쉽긴 해요. 그럼 고민할 필요도 없잖아요. 집을 팔아서 현수 빚을 갚으면 되는 거니까요. 하지만 지금이라도 늦지 않은 것 같아요. 용기가 없어서 그랬지만 이제는 곁에 현수가 있으니까 모험을 해볼 생각이에요."

예나의 목소리에는 힘이 들어가 있었다. 허투루 하는 말이 아니었다. 그러나 정작 송화가 놀란 지점은 예나의 대범함이었다. 예나는 만약 자신에게 아파트가 있다면 그걸 팔아서 현수의 빚을 대신 갚아주겠다고 말했다. 분명히 그랬다. 하지만 왜? 송화는 이해할 수 없었다. 불과 몇 달 전에 만난 이 젊은 아가씨가 왜 남자친구의 빚을 대신 갚으려고 하는 걸까?

"잠깐, 예나야. 너무 앞서가지 말고 내 말 좀 들어봐. 네가 지금 말하는 갭투자라는 건 굉장히 위험한 거야. 무슨 말인지 알아?"

송화의 질문에 예나는 놀란 표정을 지었다.

"왜요? 대출 이자 때문에 그러시는 거예요? 그건 직장을 구해서 생활비를 아끼면 어떻게든 할 수 있어요. 힘들겠지만 그 정도는 참고 버텨야죠."

"생활비 이야기가 아니야. 정확히 말하면."

송화는 말문이 막혔다. 그러나 어떻게든 설명해야만 한다.

"대출금리가 내년에 오를 가능성이 커. 그렇게 되면 부동산 시장도 하락하게 될 거야. 정확히 말하면 집값이 떨어질 가능성이 크다는 말이야."

예나는 잠깐 멍한 표정을 짓더니 이해할 수 없다는 듯 빙그레 미소를 지었다. 곁에서 두 사람의 대화를 지켜보던 현수가 말했다.

"선생님, 이 집에서 사시는 동안 집값이 내려간 적이 있나요?"

송화는 현수의 얼굴을 보았다. 방정식의 요령을 모르는 아이들이 던지는 순수한 질문이었다.

"그런 적은 없어. 하지만 앞으로 그럴 가능성이 있다는 거야."

웃음이 터졌나? 그러나 아이들은 웃고 있지 않았다. 그들의 눈빛에는 호기심과 회의가 동시에 떠올랐다. 예나였다.

"저도 그럴 수 있다고 생각해요. 부동산 불패라는 걸 믿지 않지만, 그래프상으로는 우상향하고 있는 건 분명하잖아요. 경기가 나빠져서 시장이 단기간 얼어붙을 수는 있겠지만 결국 아파트값은 오를 거예요."

송화는 마음이 급했다.

"맞아. 그래서 갭투자가 위험하다는 거야. 우선 내년에 대출금리가 얼마나 뛸지 아무도 예측하지 못해. 그리고 부동산 시장이 하락하면 가장 먼저 전셋값이 떨어질 거야. 만약 세입자가 이사를 원해서 전세보증금을 요구하면 상황이 최악으로 빠질 수 있어. 두 사람이 일해서 번 돈으로는 감당할 수 없을 거야."

"지금 대출금리가 거의 바닥인데 올라봐야 얼마 되겠어

요? 그리고 신문을 보면 공급량이 부족해서 아파트값이 뛰고 있는데 전셋값이 내린다는 건 거의 불가능하지 않을까요?"

송화는 깜짝 놀랐다. 기세만 보면 이 아이들이 정말 불장난처럼 일을 저지를 것 같았다. 그런데도 송화는 적극적으로 자신의 의견을 내세우지 못했다. 내년에 금리가 오르고 경기침체가 닥치고 물가가 오를지 어떻게 장담할 수 있단 말인가. 예나의 말처럼 지금 당장에는 집을 소유하지 못한 사람들만 손해를 보고 있었다. 나는 집을 가지고 있는데 왜 그들에게는 집을 사지 말라고 해야 하지?

"예나야, 이 문제는 좀 더 신중하게 생각해보자. 네 말대로 갭투자를 해서 성공할 수도 있어. 집값이 또다시 두 배나 뛸지 어떻게 알겠어. 다만 내가 해줄 수 있는 말은 결정을 내리기 전에 심사숙고해야 한다는 말이야. 지금은 어쨌든 상황이 좋지 않아. 내 판단으로는 지금 아파트값이 최고점에 오른 것 같아. 만에 하나라도 내 말이 맞는다면 갭투자는 엄청나게 위험해. 자산을 관리할 때 가장 중요한 건 리스크 관리야. 경제에 대해서는 아는 게 없지만 지금은 아닌 것 같아. 내 말을 믿고 조금만 더 기다려보면 안 될까?"

말을 마친 송화는 예나와 현수를 번갈아 보았다. 예나는 여전히 의문 가득한 표정이었고 반면 현수는 안도하는 표정이었다.

"선생님은 저희 부모님과는 다른 분이시라고 생각했는데 조금 의외네요."

송화는 예나를 보았다. 이 아이가 지금 나를 공격한 걸까, 아니면 나에게 실망한 걸까?

"좀 더 자세히 설명해줄 수 있어?"

예나는 아랫입술을 살짝 깨문 후 현수를 쳐다보았다. 마치 지금 이 순간의 무례를 용서해달라는 표정처럼 보였다.

"전 솔직히 저희 부모님들을 이해할 수 없어요. 절 사랑한다고 말하면서도 제가 하는 일에 대해서는 항상 부정적이었어요. 그분들이 제게 원하는 건 그저 예쁜 인형처럼 가만히 있으라는 거였어요. 대신 학원과 학교에서 좋은 성적만 내길 기대하는 거죠. 그 외에는 모든 게 금지되어 있어요. 밤늦게 친구들과 어울려 술을 먹어도 안 되고 남자친구를 사귀어도 안 되고 심지어는 여행을 떠나도 안 된다는 거였어요. 물론 그 말을 모두 따르지는 않았지만 아빠의 이야기를 듣다 보면 내가 할 수 있는 건 아무것도 없다는 생각이 들곤 해요. 현수를 만났을 때 가장 좋았던 건 절 그냥 있는 그대로의 모습으로 봐줬다는 거였어요. 현수는 제게 뭔가를 요구한 적이 단한 번도 없어요. 오히려 제가 한다면 적극 응원해줬어요."

송화는 낮에 보았던 군복 차림의 중년 남자를 떠올렸다. 딸을 사랑하고 가정을 지키는 평범한 한 남자였다.

"아빠 앞에 서면 저는 늘 긴장해요. 아마 아빠는 이런 제 마음을 모를 거예요. 실망시키지 않으려고 지나치게 긴장한 탓에 매번 실수를 반복했어요. 아빠는 제 실수를 고쳐주면서 만족했을 테지만 저는 알게 모르게 상처를 입었어요. 이번에 집을 나온 건 일시적인 충동으로 저지른 일이 아니에요. 전현수와 앞으로 진지하게 미래를 함께하고 싶어요. 위험하다고 피할 생각은 없어요."

송화는 망설였다. 예나에게 들려줄 적절한 말이 떠오르지 않았다. 이 아이의 생각에 어떤 논리적 오류가 있는지 알 수 없었다. 기성세대는 부를 독점해놓고는 젊은 세대에게 가혹한 잣대를 들이밀며 비판했다. 나약하고 게으르고 불성실하다며 꾸짖었다. 영끌을 해서라도 집을 사야만 하는 젊은이들의 불안감을 이해하지 못한 채 그들의 투기 심리를 비난하기만 했다. 정작 투기를 한 다수의 사람은 금권과 권력을 틀어쥔 기성세대들이었다.

"선생님, 너무 걱정하지 마세요. 이 문제에 대해서는 예나와 함께 고민해보겠습니다. 그리고 사실 저 아직 예나에게 프러포즈도 하지 않았거든요. 결혼까지 가려면 아직 시간이 많이 남아 있어요. 그때 가서 금리가 올랐는지 전셋값이 내렸는지 확인하면 되겠네요."

아마 그것은 냉랭한 분위기를 환기하려는 현수의 노력이었을 것이다. 그를 바라보던 예나의 눈동자가 갑자기 그렁그렁해지더니 이내 굵은 눈물방울이 떨어졌다. 프러포즈와 결혼이라는 미래에 대한 막연한 두려움 때문일지도 몰랐다. 그러면서도 예나는 현수를 안심시키려는 듯 팔을 뻗어 그의 손을 잡았다. 송화는 추운 겨울밤 성훈이 꽃다발을 들고 자신을 찾아와 사랑을 고백하던 지난날을 떠올렸다. 그가 영원불변한 사랑을 약속했었던 걸까? 그때 그날 밤처럼 오늘 밤에도 철 이른 첫눈이 내렸으면 좋겠다고 송화는 생각했다.

예나가 온 첫날, 집안으로 따뜻하고 환한 빛이 함께 들어왔다. 마치 활짝 핀 팬지꽃 같은 여자아이라고 송화는 생각했다.

'저 선생님 별명이 뭔지 알아요. 노래하는 꽃, 송플라워라고 들었어요. 앞으로 잘 부탁드리겠습니다.'

부모 몰래 집을 나온 아이답지 않게 명랑한 목소리여서 송화는 웃음이 터졌다. 이후로 그녀는 이 무모한 두 아이를 설득하는 데 전력을 기울였다. 근처 원룸을 알아보겠다는 예나를 붙잡기 위해 송화는 이층 전체를 보여주었다. 이미 현수가 독점적으로 쓰고 있는 공간이었다. 넓은 방과 아담한 거실,

테라스를 둘러본 예나는 만족스러운 웃음을 지으며 '그럼, 당분간은 선생님 말씀에 따를게요.'라고 했다.

송화는 예나와 함께 살면서 세상의 변화를 새삼스레 깨달았다. 그것은 '딸의 변화였고 여자의 변화'였다. 예나는 자기 생각을 정확한 단어로 표현했고 타인의 도움을 받으면서도 굴종적인 모습을 보이지 않았다. 송화는 예나의 자신만만한 태도가 마음에 들었다. 아들보다는 딸이 좋다는 요즘 부모들의 말에 공감할 정도였다. 예나는 호기심이 많고 낙천적이었다. 그녀와 대화를 나누다 보면 학교에서 아이들을 가르칠 때는 알지 못했던 기쁨이 느껴졌다. 이런 여자아이의 마음을 얻은 현수가 대견해 보일 정도였다. 예나의 아빠에게 전화가 걸려 왔을 때 용기를 낸 이유도 이와 동일했다. 송화는 예나의 무모한 행동이 부러웠다. 그녀가 표현하는 적극적인 사랑의 방식을 자신은 알지 못했다. 송화는 남자들의 사랑을 기다리기만 했다. 반면 나를 표현하는 일에는 늘 소극적이었다. 그래서 송화는 예나를 지켜주고 싶었다. 현수의 보호자를 자처한 것과는 또 다른 선택이었다.

아이들이 이층으로 올라가자 송화는 남은 술을 들고서 남편의 서재로 들어갔다. 밤의 고요가 내려앉은 방에서는 깊은 물속처럼 공기의 압력이 다르게 느껴졌다. 송화는 성훈의 책장에서 미완성 번역 원고를 찾아내어 읽었다. 암세포가 다른 장기로 전이되기 전까지 남편은 존 루카치의 『부다페스트, 1900년』이라는 역사서 번역에 열중해 있었다. 성훈은 수학 교사 아내에게 못다 한 번역 작업을 유언처럼 남겼다. 중부 유럽의 문화사적 배경지식이 없는 송화에게는 어림없어 보이는 일이었다. 번역은 대략 절반을 넘긴 상태였다. 내가 이 작업을 끝낼 수 있을까? 송화는 책상에 앉아 고풍스러운 스탠드 불빛 아래에서 한글 원고를 읽었다. 문체가 지적이고 아름다웠다.

얼마나 지났을까? 송화는 눈을 비비며 자리에서 일어섰다. 망막을 자극하는 스탠드 불빛을 내리자 흥분된 마음이 진정되었다. 서재를 나와 냉장고에서 생수를 꺼내어 마셨다. 그녀의 머릿속으로 흑백 사진에 찍힌 창백한 얼굴의 청년들이 나타났다. 작가들은 세계의 변화를 가장 먼저 알아차린 예민한 사람들이었다. 빈에서는 슈테판 츠바이크가, 부다페스트에서는 크루디 줄러가, 프라하에서는 프란츠 카프카가 도시의 부패를 목격했다. 그들은 사람들이 잠든 밤, 흐릿한 불빛 아래에서 세기의 우울을 기록했다. 송화는 역사의 반복을 감지했다. 백 년이 지나 21세기 극동 아시아의 찬란한 역사를 지닌 세 도시가 부패하고 있다. 서울과 베이징, 도쿄를 잇는

트라이앵글의 부패가 정점에 달하면 세계는 파괴될 것이다. 팬데믹과 스태그플레이션 공포에 빠진 도시들은 위기에서 벗어날 수 있을까.

아이들은 늦잠을 잤다. 송화는 식탁에 아침 식사를 차린 다음 차고에서 아이오닉5의 엔진 스타트 버튼을 눌렀다. 거리에는 계절의 순환을 알리는 차가운 비가 내렸다. 도로를 범람한 빗물은 아스팔트의 마찰력을 약화하며 웅덩이 곳곳에서 수막현상을 일으켰다. 콘크리트 철근을 실은 화물차 바퀴가 젖은 바닥에서 미끄러지자 윈드실드 너머 장면이 다차원 공간의 벡터장처럼 휘어졌다. 트럭 뒤를 달리던 송화는 계기판에서 디지털 숫자를 확인하고 속도를 줄였다. 코로나 팬데믹이 끝나면 어떤 세계가 펼쳐질까. 송화는 막연한 두려움을 느꼈다. 그러나 진짜 공포는 불평등한 세계가 무한히 계속되리라는 예감이었다.

송화는 내비게이션 모니터에서 시간을 확인했다. 전화기로 들려온 신경외과 여의사의 목소리는 차가웠다. 그녀는 현수의 뇌를 검사한 의사였고 예나의 막내 이모였다. 대학병원 주차장에 도착하자 디스토피아적인 가을비는 거짓말처럼 사라지고 눈을 찌를 듯한 푸른 하늘이 보였다.

송화는 안경과 가운을 벗은 여의사를 알아보지 못했다. 송화를 먼저 알아본 다은이 다가왔다. 다은은 대학병원 건물 2층 카페로 송화를 데려갔다. 진료로 바쁜 오전 시간이어서 업장 내 손님들은 거의 눈에 띄지 않았다. 환자복 위에 검은 패딩점퍼를 걸친 여학생이 이어폰을 낀 채 홀로 창밖을 바라보고 있었다. 생과일주스를 가져온 다은이 맞은편 자리에 앉으며 마스크를 벗었다. 야간 근무를 마치고 퇴근하는 사람답지 않게 얼굴빛이 밝아서 송화는 조금 놀랐다. 옆자리에 놓은 가방으로 송화의 시선이 이동했다. 질기고 튼튼한 캔버스 재질의 에코백에는 새로 개장한 시립미술관의 로고가 찍혀 있었다. 같은 디자인의 가방을 송화 역시 가지고 있었다. 어쩌면 대화가 통할지도 모르겠다는 기대가 일었다.

"델타가 끝나면 더 센 놈이 올 거예요. 그러면 여기도 곧 전쟁터가 되겠죠. 하지만 너무 걱정하지 않으셔도 돼요. 감염력은 높지만 중증도는 낮을 거라는 게 일반적인 예상이에요. 결국 모두 감염되고 나서야 이 소동이 끝나겠죠. 형부를 만나셨다고요?"

송화는 고개를 끄덕였다.

다은은 흥미롭다는 듯 미소를 지으며 주스를 한 모금 마셨다.

"지난 추석에 형부를 잠깐 본 적이 있는데 이번 대선에 누굴 찍을 거냐고 묻더군요. 전 형부처럼 좋은 교육을 받은 사람들이 왜 엉터리 보수 정당을 지지하는지 이해할 수가 없어요."

다가올 대통령 선거는 근대 국가에서 반복되어 일어난 초현실적인 선거의 재판이 될 가능성이 높았다. 역사의 후퇴와 진보의 몰락, 대중의 정치 혐오와 이기심의 폭발. 송화는 정치 토론을 이어가는 것이 적절하지 않을 것 같아 입을 다물었다.

"결론이 어떻게 나든 이번 선거가 끝나면 우울증 환자들이 급증할 거 같아요. 의사들은 환자가 늘어 즐거운 비명을 지를지도 모르겠네요."

재치 있는 농담을 했다는 듯 다은의 얼굴에 만족스러운 미소가 피어났다. 송화는 곧장 본론으로 들어갔다. 집중해서 듣는 여의사의 단아한 눈썹이 미세하게 꿈틀거렸다. 송화가 이야기를 마치자 이번에는 다은이 자신의 상황을 설명했다. 예나의 가출로 언니와 형부의 결혼생활에 뜻하지 않은 위기가 찾아온 것 같다, 특히 언니가 받은 심리적 충격이 크다, 현수가 자신의 환자임을 안 언니 부부가 미리 알려주지 않은 사실에 실망했다, 등이었다. 송화는 다은의 배려에 감사했다.

"예나가 제 조카인 건 맞지만 현수 씨는 제 환자인걸요. 공과 사를 구별하지 못할 만큼 어리석지는 않아요."

그렇게 말하며 다은은 송화를 바라보았다.

"지난여름에 우연히 학교 앞 카페에서 예나를 만났는데 그때 현수 씨가 곁에 있는 걸 봤어요. 저도 깜짝 놀랐지만 아마 현수 씨가 더 놀랐을걸요. 그 일이 있고서 두 사람이 어떻게 되었는지 궁금했는데 갑작스럽게 언니한테 연락이 온 거예요. 전 직감으로 현수 씨라는 걸 느꼈어요. 음, 뭐랄까, 결국 벌어질 일이 벌어진 거라고 할까? 제 감상은 그랬어요."

송화의 의아한 표정을 확인한 다은이 말을 이었다.

"상담하면서 느낀 건데 현수 씨에겐 묘한 매력이 있어요. 나이도 어리고 경험도 부족하지만 현수 씨에겐 저와 예나와 같은 평범한 여자들이 동경하는 매력이 숨어 있는 것 같아요. 콕 집어서 설명하지는 못해도 그런 남자 앞에 서면 마음이 설레는 거죠."

송화는 그녀의 말을 들으며 어쩌면 자신도 그런 여자의 한 사람인지도 모르겠다고 생각했다. 공터의 버려진 승합차에서 생활하는 현수를 봤을 때 단지 동정심만을 느낀 것은 아니었다. 거친 환경 속에서도 미소를 잃지 않는 그의 태도에는 사람을 끄는 힘이 있었다.

"전 예나의 행동이 현수에 대한 연민으로 비롯된 것은 아닐까 걱정하고 있어요."

"그럴 수도 있죠. 연민과 사랑을 구별하는 건 쉽지 않으니까요. 그러나 전 예나의 행동이 단순한 연민의 감정은 아니라고 확신해요. 그건 우연히 카페에서 만났을 때 이미 확인한 사실이에요. 불행한 점은 언니와 형부에게는 이 단순한 진실이 전달되지 않는다는 거예요. 언니는 예나가 착해서 가난한 남자의 유혹에 빠졌다고 생각하고 있어요. 언니가 살아온 과정을 지켜본 저로서는 이해할 수 있는 지점이에요. 언니는 어렸을 때부터 늘 안정을 추구해왔어요. 그래서 형부와 같은 보수적인 직업 군인과 결혼했고요. 사실 언니는 제가 혼자 사는 것조차도 이해하지 못해요. 의사라는 좋은 직업을 가졌는데 왜 결혼하지 않느냐고 쏘아붙이죠. 나이 차이가 있어서 그런지 전 그런 언니가 이해되지 않을 때가 많아요. 왜 여자들이 안정적인 직업을 가진 남자들에게만 끌릴 거라고 단정하는지 이해할 수 없어요."

"그렇다고 그들을 비난할 수도 없지 않을까요?"

다은의 입가에 묘한 미소가 떠올랐다.

"제가 정말 궁금한건, 왜 선생님이 현수 씨를 보호하는 건가, 하는 문제예요. 저와 예나와의 관계와는 다르잖아요?"

송화는 질문을 피해서는 안 된다고 생각했다.

"다른 사람을 돕겠다는 거창한 생각은 없어요. 다만 현수가 내 곁에, 내 공간 속으로 들어왔기 때문이에요."

"단지 함께 생활한다는 이유 때문이라는 말씀이신가요?"

"다른 제자들처럼 다른 공간에 현수가 있다면 내가 나서지는 않았겠죠. 그러나 그 아이는 지금 우리 집 이층에 살고 있어요."

"단지 가까이에 산다는 이유만으로 선생님처럼 적극적으로 타인을 돕지는 않아요."

"그렇겠죠. 하지만 얼굴을 맞대고 함께 살고 있는 한 도와야죠."

"마치 독재자 게임의 결과 같네요. 최대 이익을 거부하는 사람들의 비합리적 선택처럼."

독재자 게임? 송화는 경제심리학에서 제안한 행동 실험 모형을 알고 있었다.

"제 행동이 독재자 게임의 결과처럼 비칠 수도 있겠네요. 그래서 사람들은 가능한 함께 같은 공간에서 살아야 하지 않을까요. 예나의 지금 행동도 마찬가지일 거로 생각해요. 사랑을 하면 비합리적인 선택을 해도 후회하지 않는 게 사람들의 마음이니까요."

생각에 잠긴 다은의 얼굴에 희미한 미소가 번졌다.

"이해할 수 있어요. 그럼 저도 선생님과 같은 처지네요. 현수 씨는 제가 보호해야 할 환자이기도 하니까요."

송화는 조금 망설이다가 말했다.

"그리고 전 개인적으로 현수에게 기대하는 바가 있어요. 그 아이의 수학적 재능에 대한 이야기예요. 전 어려서부터 수를 좋아해서 수학을 전공했고 직업도 수학 교사를 택할 정도였어요. 그런데 현수가 한 수학적 정리를 보고서 충격을 받았어요. 제도교육 내에서 이루어지는 틀에서는 나올 수 없는 묘한 정리였어요. 비록 거칠고 우격다짐처럼 보이지만 그의 수학적 상상력에는 관찰자를 끄는 매력이 있어요. 어쩌면 제가 현수를 돕겠다고 마음먹었다면 그날 받았던 인상 탓인지도 모르겠어요."

다은은 동의의 표시로 고개를 끄덕이며 말했다.

"가능성을 보고서 지나치기란 힘든 일이죠."

송화는 새삼 대화 상대가 신경외과 전문의임을 떠올렸다. 생존확률이 1퍼센트만 있어도 도전해야 하는 게 의사들의 숙명이었다.

"예나는 집으로 돌아갈 거예요. 예나 어머니께 꼭 이 말씀을 전해주세요."

오창으로 되돌아온 길에 송화는 자신이 처음 주식을 샀던 네 회사를 차례로 지나쳤다. LG화학 2공장 입구에는 물적분할이 예고된 'LG에너지솔루션'이라는 새 회사의 로고 교체가 진행 중이었다. 셀트리온과 녹십자는 전국적인 바이오 열풍이 식으면서 주가가 내림세로 돌아섰다. 결과적으로 이들 주식을 처분한 것은 현명한 선택이었다. 송화는 이차전지 양극 소재 1위 기업인 에코프로비엠에 대해서는 아직 기대를 품고 있어서 유일하게 이 회사의 주식은 온전히 가지고 있었다.

집으로 돌아온 송화는 서재에 틀어박혀 성훈이 남긴 미완성 번역 원고를 정리했다. 상념을 떨치기 위해서였다. 오후에는 월동 준비에 열중했다. 보일러를 시험 작동하고 비닐 포장해둔 온열 기구를 창고에서 꺼내 먼지를 털었다. 1층과 2층, 집 안 구석구석을 청소하다 문득 이제 이 큰 집을 포기하고 인근 소형 아파트로 이사를 해야겠다고 마음먹었다. 여자 혼자 살기에는 지나치게 넓은 집이었다. 차고의 문이 열리고 현수와 예나의 모습이 보였다. 마당으로 걸어오는 짧은 순간에도 예나는 현수의 팔에 매달려 함박웃음을 짓고 있었다. 사랑에 빠진 여자의 얼굴이었다. 내게도 그런 시절이 있었던가?

저녁은 미역국과 도미 조림이었다. 시내의 현대미술관에서 감상적인 데이트를 하고 온 뒤라 예나의 얼굴은 조금 상기되어 있었다. 식사를 들며 송화는 조심스럽게 이야기를 꺼냈다. 이진성 대령과 다은과의 만남을 설명하고 가족들, 특히 엄마의 걱정하는 마음을 전했다.

"엄마와는 전화 통화를 했어요."

"그래? 집으로 돌아가겠다고 말씀드렸어?"

예나는 아랫입술을 깨물며 옆에 앉은 현수를 쳐다보았다.

"제가 먼저 전화를 드렸어요. 이번 주말이 끝나면 예나가 돌아갈 거라고요. 죄송하지만 그때까지만 기다려주시길 부탁드렸습니다."

현수의 목소리는 힘이 있으면서도 부드러웠다. 송화는 사태를 이해할 수 있었다. 결국 예나를 설득할 수 있는 사람은 현수뿐이었다. 이야기를 듣는 예나의 눈에 또다시 그렁그렁 눈물이 맺혔다. 순간 송화는 충동에 휩싸였다. 주식 투자로 번 돈으로 현수의 빚을 갚고 그가 고등교육을 끝낼 때까지 경제적인 도움을 주면, 아니 법적으로 현수를 아들로 입양하면 이 모든 문제가 해결될 수 있는 건 아닐까. 나는 무엇을 망설이고 있는 걸까. 문득 송화는 가슴의 통증을 느꼈다. 그것은 자신이 뽑을 수 있는 선택지가 아니었다. 여기에는 현대를 살아가는 동시대인들의 암묵적인 합의가 있었다. 누구도 그런 비합리적인 선택을 하지 않는다. 이웃을 사랑하라는 신의 명령에도 경계가 있듯이 타인을 돕는 데에도 한계선이 있는 법이다.

"그래서 이번 주말에 예나와 함께 여행을 가고 싶은데 선생님도 꼭 함께 해주셨으면 해요."

"여행? 어디로?"

송화의 질문에 예나가 먼저 답했다.

"선생님이 원하시는 곳이면 어디든 상관없어요."

"내가 가면 어색하지 않을까?"

송화의 말에 아이들이 웃었다. 현수가 말했다.

"이건 선생님을 위한 여행이에요."

그렇게 해서 그들은 주말여행을 떠났다. 서해 태안반도로의 여행이었다. 여행에서 돌아온 다음 날 예나는 현수가 운전하는 i30을 타고 떠났다. 떠나기 전 예나는 마치 긴 이별을 앞둔 사람처럼 달려와 송화의 품에 안겼다. 그것은 뜻하지 않은 포옹이었다. 인간의 가슴이 이처럼 따뜻할 수 있다는 것이 기적처럼 느껴졌다.

3

예나가 되돌아가고 곧 겨울이 왔다. 현수는 평소와 다름없이 도서관으로 향했다. 달라진 게 있다면 예나였다. 예나는 필사적으로 구직 시장에 뛰어들었다. 현수가 도서관에서 미적분학 책을 펼쳤을 때 전화기에 메시지가 떴다. 현수는 화장실에 들러 거울을 보며 얼굴을 확인했다. 1층 로비로 내려가자 예나의 아버지가 기다리고 있었다. 빳빳한 군복 바지에 전투화 밑창에는 소보르 빵처럼 마른 진흙이 묻어 있었다. 이준성 대령은 한참 동안 현수를 노려보더니 답답하다는 듯 긴 한숨을 내쉬었다. 그는 현수를 어느 곳에도 데려가지 않았다. 그들은 그렇게 건물 로비에 서서 지극히 사적인 대화를 이어갔다. 현수는 예나의 아빠가 사관학교를 졸업한 엘리트 군인임을 상기했다. 평소 나라를 지키는 군인에 대해서 호감을 가졌던 현수는 우락부락한 인상의 중년 남자에게 친근한 인상을 받았다. 그가 자기를 식당이나 카페로 데려가지 않은 점도 마음에 들었다. 남자다운 시원시원한 목소리에서 그는 예나의 대범함이 어디에서 나온 것인지 추론했다. 현수는 특전사 지휘관의 질문에 핵심을 놓치지 않으면서 솔직하게 답했다. 그런 현수의 태도를 주시하며 이준성 대령이 오히려 과민한 반응을 보였다. 애당초 그가 현수를 찾아온 이유는 단 하나였다. 심하게 겁을 줘서 현수를 쫓아낼 생각이었다. 평소 부대원들은 그가 나타나면 오금이 저린 표정을 지었다. 그런데 현수는 아니었다. 긴장한 얼굴이지만 겁먹은 표정도 아니었다. 오히려 호기심 가득한 눈빛으로 상대를 보았다. '이 녀석은 군대가 어떤 곳인지 전혀 몰라서 이러는 거야.'라고 생각도 해봤지만 적절한 답은 아니었다. 군대가 아니어도 사람들은 자신의 덩치와 험악한 인상만으로도 경계심을 보였다. 현수는 헤어질 때 미소 띤 얼굴로 정중하게 허리를 숙여 인사했다. 그리고 예나에 대해서 너무 걱정하지 않으셔도 된다며 위로의 말을 전했다. 머쓱하게 인사를 받은 대령은 별 소득 없이 집으로 되돌아갔다.

이틀 뒤에는 예나의 엄마가 도서관으로 찾아왔다. 그녀는 도서관 위층 카페에서 현수를 기다렸다. 현수가 카페 문을 열자 그녀는 자신도 모르게 짧은 탄성을 터뜨렸다. 그녀는 소녀 시절 잘생긴 남자아이 앞에 섰을 때처럼 얼굴을 붉혔다. 인사를 나눌 때는 말을 더듬었다. 그녀가 우물거리며 어쩔 줄 몰라 하자 현수가 먼저 이야기를 꺼냈다. 그녀는 현수의 말을 귀 기울여 들으며 이상한 일도 다 있구나, 라고 생각했다.

그날 밤 부부는 오랜만에 마주 앉아 술잔을 기울였다. 성장한 딸이 이제 곧 곁에서 떠나갈지도 모르겠다는 감상에 젖어 술자리는 오래도록 이어졌다. 그들은 방에 틀어박혀서 나오지 않는 딸의 눈치를 보며 앞으로 어떻게 해야 할지 서로에게 같은 질문만을 던졌다. 대설이 지나 동지가 코앞임을 알아챈 부부는 올해도 팥죽을 먹을 것인지에 관해서 이야기하다 사소한 말다툼까지 했다. 예나가 팥죽을 싫어한다는 걸 지적한 아내에게 대령은 그렇게 아이를 키워서 딸이 제멋대로 된 거라고 괜한 역정을 냈기 때문이었다.

현수는 몽골 출신 이주 노동자인 우다야와 우연히 만났다. 우다야는 1톤 트럭에 타고 있었고 현수는 i30을 몰고 도서관으로 향하고 있었다. 교차로 정지선에 나란히 서 있는 동안 우다야가 차창을 내리고 현수를 불렀다. 그들은 갓길에 차를 세우고 내렸다. 우다야는 언덕 너머 제약회사 공장에 전기공사를 가는 중이라고 말했다. 그는 현수가 도서관으로 간다는 이야기를 듣고서 눈을 동그랗게 뜨고서 소리내어 웃었다. 우다야의 한국말은 능숙했지만 현수는 모든 정황을 그에게 말할 수 없었다. 자신이 왜 아름다운 전원주택에서 살며 대학입시를 준비 중인지 설명하기 어려웠다. 그날 밤 김태준 반장에게서 전화가 왔다. 태준은 전기공사 팀을 이끄는 30대 후반의 전기 기술자였다. 인력이 부족할 때마다 그는 현수에게 연락해서 임시 알바를 제안했는데 그날도 같은 목적으로 전화를 한 것이다. 현수는 우다야를 통해 전화번호를 알아낸 것으로 짐작했다. 현수가 시원한 답을 내놓지 않자 그는 대뜸 만나자고 했다. 태준의 집요한 성격을 아는 현수는 고민 끝에 일주일 정도는 도울 수 있다고 말했다. 다음날부터 현수는 도서관에 가지 않고 전기공사 팀에 합류했다. 송화와 예나에게는 말하지 않았다. 태준의 전기공사 팀은 외주업체의 재하청을 받아 플랜트 시공에 참여하고 있었다. 그의 팀은 총 일곱명으로 현수와 안면이 있는 노동자도 몇몇 있었다. 현장에서 일하는 동안에는 대화를 나눌 기회가 없었지만 이동과 휴식시간에 태준은 현수의 현 상황에 대한 정보를 취합했다. 일주일 뒤 공사가 마무리되자 태준이 따로 현수를 불렀다. 두꺼운

생삼겹살을 파는 식당이었다. 현수가 술을 마시지 않는 걸 잘 알고 있었으므로 그는 홀로 소주와 맥주를 섞어 마셨다. 마주 앉은 현수는 고기를 구웠다. 취기가 오르자 그가 본론을 꺼냈다.

"그러니까 넌 지금 로또를 맞은 기분이겠네?"

현수는 웃지 않았다.

"부자인 엄마와 예쁜 애인이 하늘에서 뚝 떨어진 거잖아. 내 말이 틀려?"

현수는 곰곰이 생각했다. 그가 그렇게 생각할 수도 있겠다는 생각이 들었다.

"미친 새끼, 얼굴값은 제대로 했네."

"네?"

"야, 형 말 고깝게 듣지 말고, 너 잘 생각해야 돼. 난 말이야. 꼴이 지금 이래도 꽤 많은 사람들을 만나봤어. 별 정신 나간 새끼들도 많았지. 아무튼 내가 너한테 해주고 싶은 이야기는 딱 하나야. 그 여자들을 완전히 믿어서는 안 돼. 무슨 말인지 알아?"

현수는 태준이 어떤 유형의 사람인지 알고 있었다. 그는 동물의 적자생존이 인간 사회에도 예외 없이 적용된다고 믿었다.

"너나 나나 솔직히 따뜻한 사무실에 앉아 펜대를 굴릴 형편은 안 되잖아. 대학은 뭐 아무나 가는 줄 알아. 그리고 지금 내 밑에 있는 애들도 대부분 대학 나온 애들이야. 너도 알지? 대학은 그냥 배부른 놈들이 시간 때우는 거야. 그러니까 집어치우고 내 밑으로 들어와. 여기 산단에 줄줄이 공장이 들어설 거야. 내 밑에서 몇 년간 뼁이 치다가 나처럼 조그만 회사라도 하나 세워봐. 절대 불가능한 일이 아니야. 형이 도와줄게."

현수는 미소를 지었다.

"새끼, 쪼개기는. 지금 한 말 농담 아냐. 솔직하게 탁 터놓고 말해보자. 너 그 수학 선생님인가 하는 아줌마가 언제까지 너를 도와줄 것 같니? 애인 사이라면 또 몰라도 세상에 공짜는 없는 거야. 넌 경험이 없어서 여자들이 어떤 인간들인지 몰라서 그래. 여자들이 원하는 건 오직 돈 하나야. 아닌 것 같아? 그리고 애인이라는 그 여자애가 널 얼마나 기다려줄 것 같니. 지금은 나이가 어리니까 잠시 너하고 놀아주는 거야. 좀만 나이를 먹어봐. 당장 조건 좋은 놈에게 달려갈 거야."

현수는 태준이 주장하는 이야기에 익숙했다. 현장 노동자들이 맹신하는 전형적인 밑바닥 인생론이었다. 그들은 자존심이 강했다. 정치적으로는 다수결에 의한 민주주의를 혐오했고 텔레비전 뉴스를 보면서는 오래전 무덤에 묻힌 독재자들을 그리워했다.

"눈 딱 감고 몇 년만 고생하면 돼. 요즘 애들은 인내심이 없어서 이 쉬운 걸 못 해. 넌 적어도 성실하잖아. 성실하게 일만 하면 이 바닥에서 낙오라는 건 없어. 몸뚱아리 건강하고 기술만 쌓으면 먹고사는 건 걱정하지 않아도 돼. 나도 이 바닥에서 꽤나 굴렀잖아. 그 덕분에 아파트도 샀고 적금도 넣고 있어. 내 자랑은 아니지만 사람은 이렇게 살아야 해. 다른 사람들한테 기대어 사는 건 기생충 같은 놈들이 하는 짓이야. 어디 남자가 할 일이 없어서 여자한테 빌어먹고 사냐?"

현수는 오랜만에 갈증을 느꼈다. 그러나 술잔에 손을 대지는 않았다.

"잔말 말고 내일부터 내 밑으로 와. 그래야 제대로 인간답게 사는 거야."

태준과는 노래방에서 2차까지 한 다음 헤어졌다. 집으로 가기 전에 현수는 24시 사우나에 들러서 목욕하고 깨끗한 옷으로 갈아입었다. 송화와 예나의 메시지가 들어와 있었다. 차례로 답장하고 i30 운전석에 앉자 울음이 터질 것 같았다. 그런데도 눈물은 나오지 않았다. 그렇게 그는 한참 동안 지하주차장에서 익숙한 어둠을 응시하며 앉아 있었다.

예나가 온라인으로 보낸 이력서는 모두 거절 편지로 되돌아왔다. 팬데믹으로 기업은 채용 규모를 줄이고 있었다. 유일하게 지역의 한 비즈니스호텔로부터 면접을 보러 오라는 통보를 받았지만 채용조건을 검토한 끝에 면접에 나가지 않았다. 호텔리어라는 화려한 이름과는 달리 신입사원이 받는 월급은 최저임금을 턱걸이하는 수준이었다. 그제야 예나는 왜 현수가 임시직 아르바이트를 선호했는지 이해할 수 있었다. 급료가 조금이라도 높으면 노동 강도가 배로 증가하는 구조에서 굳이 몸을 혹사해가며 일할 필요는 없었다. 고민 끝에 예나는 프랜차이즈 식당과 편의점 알바를 택했다.

일요일 오전 현수는 예나가 일하는 편의점으로 갔다. 알바생 작업복을 입은 예나의 모습을 보자 마음이 무거워졌다. 그녀는 현수를 안심시키려는 듯 별 이야기가 아닌데도 웃음을 지었다. 며칠 뒤 예나에게서 급한 연락이 왔다. 닭튀김 기름이 쏟아져서 주방 아주머니가 화상을 입었다는 이야기였다. 현수는 도서관에서 나와 응급실로 달려갔다. 예나를 보자마자 현수는 그녀의 팔을 잡고 이리저리 살폈다.

"난 괜찮아. 다친 사람은 아주머니야."

뜨거운 기름이 쏟아질 때 고무장갑을 끼고 있었고 피부에 눌어붙은 장갑을 제때 벗지 못해서 상처가 깊어졌다고 했다. 다음 날 예나는 병원비를 거부한 점주를 상대로 항의하다 그

자리에서 해고되었다. 흥분한 예나는 고용노동부 상담 부서에 전화를 걸었다. 담당 공무원은 예나가 피해 당사자가 아니므로 달리 방법이 없다고 했다. 예나의 해고에 대해서는 사용자의 권리일 수도 있다는 애매한 답변만 들었다. 전화를 끊고 몇 시간이 지난 후에야 예나는 때 늦게 겁을 먹었다. 강의실에서 읽었던 사회학 전공 서적들은 현실에서 아무런 도움이 되지 않았다. '불법 해고'와 '노동자의 권익' 같은 골치 아픈 이야기에 사람들이 무관심으로 일관한다는 사실을 깨닫자 갑자기 무서워졌다.

예나가 편의점으로부터 첫 월급을 받은 날 두 사람은 백화점으로 갔다. 평소 자주 가는 매장에서 커플 스웨터를 샀고 식당에서 저녁을 먹었다. 음식을 주문한 후 은행 계좌의 잔고를 확인한 예나는 허망한 웃음을 지었다. 현수는 그녀를 위로하려다 그만두었다. 애초에 값비싼 백화점에서 옷을 사는 게 아니었는데 그 점을 지적할 수는 없었다.

"백화점이 아니면 어디서 옷을 사?"

순진무구한 표정으로 질문하는 예나에게 현수는 적절한 답을 하지 못했다. 대신 자신이 그동안 고민해서 내린 결심에 대해서 말했다.

"이제 선생님 집에서 나올 생각이야."

예나가 놀란 표정으로 현수를 쳐다보았다.

"왜?"

"그렇게 해야 할 것 같아서."

예나의 표정을 읽은 현수가 말했다.

"널 잃고 싶지 않기 때문이야."

"그게 무슨 말이야?"

"지금 이대로의 생활은 아무리 생각해도 비정상인 것 같아. 선생님의 도움을 받는 것도 그렇고 네가 너무 서두르는 것도 나 때문인 것 같아 마음이 불편해. 그리고 무엇보다 다른 사람의 도움 없이 내 힘으로 살고 싶어."

"이해가 안 돼. 넌 지금도 네 힘으로 살고 있는 거야."

"아냐, 선생님과 너의 도움을 받고 있잖아."

"그건 도움이 아니라 사랑이야. 선생님도 그렇고 나도 그렇지만 이걸 자선 행위라고 생각하지는 않아. 왜 그렇게 생각해?"

현수는 말문이 막혔다. 사랑, 정말 이게 사랑일까.

"아침에 일어나면 가끔은 내가 지금 있는 이곳이 동화의 한 장면처럼 느껴질 때가 있어."

"동화?"

"응. 개구리였던 내가 왕자님으로 변신한 느낌이 들어."

"개구리 왕자? 그건 좋은 거 아냐? 저주에 걸린 왕자가 개구리가 된 거잖아. 그렇다면 네가 원래 왕자였다는 의미야."

"이야기가 그렇게 되나? 아무튼 내가 기억하는 동화는 개구리를 혐오한 공주가 개구리를 죽이기 위해 벽에 던져버리는 거야. 맞지?"

예나는 눈동자를 굴리더니 고개를 끄덕였다.

"그러니까 넌 내가 너를 벽에다 던져버릴까 봐 겁먹은 거야?"

현수는 미소를 지었다. 이야기가 엉뚱하게 흘렀다.

"바보, 그런 건 걱정하지 않아도 돼. 넌 동화를 제대로 이해하지 못하고 있어. 공주가 개구리를 벽에 던지자 왕자의 마법이 풀리고 깜짝 놀란 공주는 그날 밤 잘생긴 왕자와 같은 침대에서 잠을 자는 걸로 동화가 끝나. 조금 야하지만 무척 만족스러운 해피엔딩이란 말이야."

"그럼 개구리 왕자는 잊어버리자. 다른 건 뭐가 있을까? 아무튼 난 지금 꿈을 꾸듯이 동화 속에 있는 것 같아. 잠이 깨버리면 이 동화가 지속되지 않을 거라는 걸 알고 있어. 내가 하고 싶은 말은 이 말이야. 이 동화가 이어지기 위해서는 내가 뭔가를 해야 한다는 거야."

"그게 뭔데?"

"일을 해야지."

"일? 무슨 일?"

"일을 해서 돈을 벌고 싶어. 이런 마음은 처음이야. 난 단 한 번도 기쁘게 일한 적이 없어. 그런데 널 만나면서 처음으로 일하고 싶어졌어. 너와 행복하게 살고 싶어서 일하고 싶은 거야. 돈을 많이 벌고 싶어."

"지금 이거 프러포즈야?"

예나의 눈이 그윽해졌다. 그녀는 탁자 위로 팔을 뻗어서 현수의 손을 잡으며 말했다.

"고마워, 그렇게 말해주니까 내가 정말 동화 속의 공주가 된 느낌이야. 하지만 선생님 집에서 나온다는 말은 아직 하지 마. 넌 아직 마법이 풀리지 않은 상태잖아. 음, 흉측하지는 않지만 아직 개구리에 가깝다는 말이야."

"맞아. 난 개구리야."

"정확히 말하면 예쁘고 귀여운 개구리지."

맞장구를 칠 수 없어서 현수는 웃었다. 백화점 주차장을 빠져나올 때 그들은 각기 다른 상념에 빠져 있었다. 현수는 더는 미뤄서는 안 된다고 생각했고 예나는 그를 동화의 세계에 붙잡아 둘 방법이 없을까 고민했다.

송화는 이전보다 말수가 준 현수를 바라보며 마음을 졸였다. 공부는 꾸준히 하는 것 같은데도 눈빛은 딴 생각을 하는 듯 텅 비어 있었다. 송화는 일상적인 대화를 유도하며 유쾌한 농담을 건네기도 했다. 그런데도 그의 얼굴에 드러난 우울한 그림자는 지워지지 않았다. 주말 아침, 일찍 일어난 현수는 가벼운 후드 티셔츠 차림으로 홀로 마당에 쌓인 눈을 치웠다. 후드 모자를 뒤집어쓰고 색 바랜 얇은 청바지 차림으로 넉가 래를 미는 그의 모습이 낯설게 느껴져서 송화는 선뜻 밖으로 나가지 못했다. 대신 커튼 뒤에 몸을 가리고서 그를 지켜보기 만 했다. 전날 밤 미국 대학에 함께 입학 응시 지원서를 작성 하면서도 그는 옅은 미소를 보였을 뿐이었다.

송화는 안방 벽장에 넣어둔 카메라를 찾아서 거실로 돌아 와 렌즈의 초점을 맞췄다. 마당에 눈이 쌓여서 해야 할 일이 생긴 것은 다행스러운 일이었다. 상념을 떨치려면 반복적인 육체노동이 최선의 수단일지도 몰랐다. 송화는 숨을 멈춘 채 카메라 버튼을 눌렀다. 거실 통유리창이 가로막이 되어 피사 체의 윤곽은 흐릿했다. 그러나 그것이 노동하는 한 인간을 찍 은 사진이라는 진실은 사라지지 않았다.

송화는 거실 소파에 앉아 현수의 모습을 찍은 사진을 오랫 동안 내려다보았다. 마당에서는 여전히 현수가 눈 치우기에 열중하고 있었다. 사진 속의 피사체와 마당에 있는 청년은 각기 다른 존재일지도 모른다는 생각이 들었다. 골프장에서 잔디를 깎던 그와 예나에게 사랑을 고백한 그는 어쩌면 전혀 다른 사람이었을지도 몰랐다. 건강하고 아름다운 여자를 만나 제주도로 여행을 떠난 청년의 모습도 사라지고 없었다. 파편화된 조각들 속에서 그의 진짜 모습은 무엇일까. 송화는 그를 도와주고 싶다는 열망에 휩싸였지만 방법을 몰랐다.

그날 밤 두 사람은 식탁에 앉아 서로를 바라보았다. 송화는 의식적으로 깊은 대화를 피했다. 그녀는 부드럽게 익힌 생선찜을 접시에 들어 내밀었다. 식탁에는 차가운 와인이 놓여 있었다. 현수는 거의 처음으로 잔을 내밀며 술을 받았다. 그가 한 모금 들이마셨다. 입가에 수줍은 미소가 번졌다.

"선생님 전 이제 수학을 배우고 싶지 않아요."

송화는 그를 바라보았다.

"공부보다는 내가 지금 할 수 있는 일을 찾고 싶어요."

"하고 싶은 일이 있어?"

"네."

송화는 기다렸다.

"기회가 주어진다면 환경 분야에서 일하고 싶어요."

"환경?"

"네. 지난번 바다에 갔을 때 하늘을 올려다보았는데 무척 아름다웠어요. 저 하늘이 영원히 지속되었으면 좋겠다고 생각했어요."

"좋아. 그럼 대학에서 환경 분야를 공부하면 되겠네?"

현수는 송화를 바라보며 웃었다. 지난밤에 내린 눈처럼 순백의 깨끗한 미소였다.

"앞으로 어떻게 살아야 할지 모르지만 우선은 먼저 자립하고 싶어요."

송화는 말문이 막혔다. 마침내 올 것이 왔다는 느낌이 들었다. 그는 이 기묘한 동거를 끝내기로 작정한 것이다.

"환경 단체에서 일하려면 전문성이 필요해. 정부 기관도 마찬가지고 민간 단체도 사정은 비슷할 거야. 예전에 그린피스에서 일하는 사람들의 면면을 살펴본 적이 있는데 대부분 전문적인 지식을 가진 사람들이었어. 꿈을 실현하려면 그에 합당한 준비를 해야 하는 것 아닐까?"

송화는 자신의 목소리가 떨리고 있음을 알아차렸다. 반면에 현수는 미소를 지우지 않은 채 그녀를 응시했다.

"제가 하려는 일은 그런 거창한 일이 아니에요. 그냥 아름다운 하늘 밑에서 살고 싶은 마음만 있을 뿐이에요."

그는 와인 잔을 들어 향을 들이마시며 말했다.

"청포도 향기가 좋아요, 선생님."

성탄절을 앞둔 주말 오후에 현수는 가방을 꾸렸다. 처음이 집으로 들어올 때와 비교하면 가방의 부피가 조금 불어나 있었다. 그래봐야 아이오닉5의 트렁크를 채우지도 못한 짐이었다. 송화는 그가 당분간 거주하기로 한 기숙사로 데려다주었다. 전기공사 팀의 직원들이 함께 사는 구 읍내의 오래된 아파트였다. 18평 아파트에 모두 다섯 명의 기술자가 함께 살았다. 숙식이 제공되는 조건이어서 송화는 비용을 핑계로 그를 붙잡을 수 없었다.

"그래도 공부는 계속할 거지?"

"네, 그래서 제 개인적인 물건들은 그대로 이층 방 벽장에 넣어뒀습니다."

그것은 이별의 슬픔을 줄이기 위한 현수 나름의 배려였다. 헤어질 때 현수는 송화를 향해 힘차게 손을 흔들어주었다. 집으로 되돌아온 송화는 비어 있는 2층으로 올라갔다. 짐을 빼면서 보일러를 내렸는지 바닥이 얼음장처럼 차가웠다. 온기가 사라진 방은 임시 수용시설처럼 깔끔하게 정리되어 있었다. 오리털 이불과 베개는 침대 위에 잘 개어져 있고 책상에는 볼펜 한 자루 보이지 않았다. 책꽂이에는 서재에서 가져온 몇 권의 책들이 꽂혀 있었다. 그 외 개인적인 용품은 보이지 않았다. 벽장문을 열자 서너 벌의 낡은 외출복이 보였다.

그 밑에 백화점 쇼핑백과 큼직한 종이 상자가 반듯하게 놓여 있었다. 쇼핑백 전면에 포스트잇으로 '송송화 선생님께'라는 메모를 붙여 놓았다. 쇼핑백을 여니 여성용 니트 스웨터가 보였다. 감청색 스웨터는 부드럽고 가벼웠다. 스웨터를 펼치자 그 사이에 넣어 둔 편지 봉투가 바닥으로 떨어졌다. 편지가 작별 인사임을 예감했기 때문인지 한참을 망설이다 편지를 집었다. 가슴이 아파서 송화는 셔츠 앞섶을 움켜쥐었다. 울컥하고 눈물이 솟았는데 그가 추운 겨울날 떠났기 때문인지 아니면 자신이 또다시 홀로 남게 되었기 때문인지 알 수 없었다.

송화는 2022년 새해를 현수를 그리워하며 보냈다. 그를 처음 만났던 골프장을 방문하고 그와 우연히 만난 지하차도 공사장 현장을 어슬렁거리기도 했다. 저녁 8시 시 외곽으로 향하는 통근 버스 정류장에서 야간 근무를 떠나는 노동자들을 몰래 쳐다보며 현수가 그들 무리에 있는지 살폈다. 야속하게도 현수는 안부 메시지와 전화만 걸어왔을 뿐 집으로 찾아오지 않았다. 헤어질 때 그는 다짐받듯이 말했다.

'선생님을 만나면 마음이 약해질 거 같아요. 자리를 잡을 때까지 기다려주실 수 있죠?'

송화는 그런 무모한 약속을 한 것을 후회했다. 왜 이처럼 가까운 거리에 있는데도 만날 수 없는 걸까. 송화는 이해할 수 없었다.

새해가 되자 국제우편물이 차례로 도착했다. 수학에 재능을 지닌 흥미로운 청년을 환영한다는 대학의 입학허가서였다. 그중 절반은 거절의 편지였다. 주인을 잃은 편지는 화장대 서랍에 차곡차곡 쌓였다. 송화는 잿빛 어스름이 깔리면 테라스에 나가 한참을 서성였다. 당장이라도 대문을 열고 나타난 현수가 걸어 들어와서 자신을 올려다볼 것 같은 기분이 들었다. 노동으로 힘든 하루를 보낸 그를 위해 예전처럼 따뜻한 저녁밥을 지어주고 싶었다. 송화는 홀로 겨울을 견뎠다. 달의 마지막 금요일에 은행 앱 알림 메시지가 울렸다. 입금된 금액은 백만 원이었고 송금인은 현수였다. 그것은 자신을 찾지 말라는 단호한 목소리처럼 들렸다. 송화는 그날 밤 테라스에서 싸늘한 겨울 달을 바라보며 슬픔을 억눌렀다.

현수는 군청색 작업복 점퍼를 입고서 예나를 만났다. 가슴에 '오창전기'라는 회사명이 노란색 실로 박혀 있었다. 현수는 예나에게 자신이 누구인지 정확히 알려줄 생각이었다. 눈치 빠른 예나는 그의 의도를 알아차렸지만 못 본 척 넘어가려고 했다. 다만 그의 말투와 행동이 이전과는 달라진 것에는 의문을 가졌다. 현수는 야근과 잔업 근무를 핑계로 만남을 미루었다. 처음에는 바쁘게 일하는 남자친구를 걱정했지만 시간이 지날수록 의심이 들기 시작했다. 휴일 오전 편의점 아르바이트를 하기 위해 집을 나선 예나는 일식 덮밥 전문점 식당 창가에 앉아 우동을 먹는 현수를 보았다. 맞은편에는 화사하게 꾸민 젊은 여자가 앉아 있었다. 그녀는 인근 골프장의 로고가 찍힌 유니폼을 입고 있었다. 지난밤 메시지에서 현수는 휴일 근무가 있어 만날 수 없다고 했다. 그런데 보란 듯이 집 근처 상가에서 젊은 여자와 밥을 먹고 있었다. 예나는 망설였다. 어떻게 해야 할까. 당장이라도 달려가서 따져 묻는 게 그녀다운 해결 방식이었다. 그러나 예나는 그렇게 하지 않았다. 가로수 뒤에 몸을 가리고서 그들을 지켜보기만 했다. 식사를 끝낸 여자는 리본으로 머리를 묶고 골프 캡을 썼다. 자리에서 일어난 현수는 계산서를 가지고 걸어갔다. 잠시 후 두 사람은 사이좋게 어깨를 맞대고서 식당을 나왔다. 여자의 얼굴에는 만족스러운 웃음이 가득했다. 밝은 햇살 속에서 보니 여자의 나이는 조금 더 많아 보였다. 삼십 대 초중반? 그들은 도로변에 주차해 놓은 차에 올랐다. BMW 소형 해치백 시리즈로 색깔은 밝은 자주색이었다. 조수석에 오르기 전 현수는 고개를 돌려 주변을 둘러보았다. 가까운 거리임에도 그는 가로수 뒤의 예나를 발견하지 못했다. BMW는 경쾌한 엔진 소음을 내며 빠르게 그녀의 시야에서 벗어났다. 그제야 예나는 참았던 숨을 길게 내쉬었다. 골프 잡지의 모델처럼 생긴 젊은 여자는 골프장에서 알게 된 직장 동료임이 틀림없었다. 그런데도 왜 흥분된 가슴이 진정되지 않는지 예나는 이해할 수 없었다.

예나는 편의점 알바를 그만두었다. 모든 일이 무의미하게 느껴졌다. 시간은 더디게 흐르고 공기는 무거워졌다. 전화 통화에서 들리는 현수의 목소리는 차갑고 건조했다. 횃불처럼 타오를 것만 같았던 사랑의 감정이 벌써 식은 걸까? 예나는 이유를 몰랐다. 이유를 안다면 이처럼 답답하지는 않을 것이다. 현수가 또다시 주말 근무를 한다고 통보한 금요일 저녁에 예나는 혜진이 연 파티에 참석하기 위해서 서울행 시외버스에 올랐다. 파티 장소는 강남의 한 호텔이었다. 부동산 동아리 출신들의 소모임이라고 생각했는데 막상 가보니 제대로 얼굴을 아는 사람이 거의 없었다. 혜진 선배가 운영하는 회사의 투자설명회가 끝난 다음 가벼운 칵테일파티가 열렸다. 지방 출신인 예나는 강남이라는 지역적 특성과 마주하면 몸이 긴장했다. 그곳에는 결코 동화될 수 없는 기묘한 분위기가 흘렀다. 이곳에서는 속물적인 욕망이 세련된 매너로 둔갑하고 지성적인 태도는 고리타분한 구습으로 공격받았다. 예나는 파티 구석 자리로 밀려나서 홀로 달짝지근한 칵테일을 홀짝거렸다. 파티에 초대받은 이들은 대부분 이번 부동산 활황 장세에서 이득을 올린 승자들이었다. 그들은 서울 외곽의 낡은 아파트와 경기도 신도시 아파트를 사들여서 100퍼센트 이상의 고수익을 올렸다. 예나는 왜 자신이 남의 집 잔치에 와서 시간을 낭비하고 있는지 이해할 수 없었다. 막차 버스 시간이 아직 남았음에도 예나는 서둘러 돌아가려고 했다. 그때 혜진이 한 남자의 손을 잡고 예나에게로 다가왔다. 혜진은 유쾌한 농담과 함께 남자를 소개했다. 예나는 순진하게도 머리를 숙여 남자에게 인사했다. 청바지에 낡은 나이키 운동화를 신고 패딩 점퍼를 걸친 자기 모습이 어떻게 보일까 걱정이 될 정도로 남자는 패셔너블한 슈트를 입고 있었다. 그는 스노비즘을 묘사한 그림 속에서 튀어나온 인물처럼 보였다. 시계는 스위스, 자동차는 독일, 와인은 프랑스와 같은 도식적인 소비 형태를 개성적인 미적 감각으로 착각하는 남자였다. 그는 대학 병원의 페이 닥터라고 자신을 소개하며 명함을 내밀었다.

"자유롭게 살고 싶어서 앞으로도 제 이름의 병원은 갖지 않을 생각입니다."라고 말했다.

평소 같았으면 적당한 핑계를 대고 자리를 빠져나왔을 것이다. 그러나 그날은 조금 달랐다. 예나는 서른두 살의 연상 남자에게 관심을 보이며 그의 이야기에 귀를 기울였다. 그는 여자들이 어느 지점에서 경계심을 푸는지 정확히 파악하는 남자였다. 열기를 느낀 예나는 두꺼운 패딩 점퍼를 벗었다. 대화가 끊이지 않고 이어졌다. 정신을 차렸을 때는 이미 청주행 막차 시간이 훌쩍 지나 있었다.

사랑은 불완전하다. 불완전하기 때문에 사람들은 사랑에 이끌린다. 불완전함이 내포한 공백 속에서 사랑의 꿈이 자라난다. 그러나 사랑은 부조화의 혼란 속에서 태어나 심연의 어둠 속으로 추락한다. 2022년 새봄이 찾아오자 현수와 예나는 서로 각자 다른 길을 걸었다. 사랑의 상실로 무너진 사람은 없었다. 세계가 붕괴되지도 않았다. 사라진 것은 오직 미완성의 사랑뿐이었다.

4

송화는 꿈에서 남편 성훈을 보았다. 그는 서재에 앉아 책을 읽고 있었다. 그에게 다가가려는 순간 전화기 벨소리가 울렸고 송화는 잠에서 깼다. 새벽에 울리는 전화는 언제나 불길했다. 막내 시누는 시어머니가 돌아가셨다는 비보를 전하며 울음을 터뜨렸다. 송화는 전화를 끊고서도 한동안 자리에서 일어나지 못했다. 꿈속의 남편이 어머니를 데리고 간 것일까? 고향의 이름난 여학교를 졸업한 시어머니는 관대하고 친절한 어른이었다. 남편과 사별하고 기력을 잃어가던 중 장성한 아들의 죽음을 맞아 마음의 병을 얻고서 쓰러졌다. 요양 병원은 자식들에게 신세를 지고 싶지 않다는 그녀의 고집스러운 선택이었다. 송화는 외부인의 출입이 금지된 요양병원 정문에서 불 켜진 창을 올려다보았다. 시어머니가 마지막 파고를 무사히 넘기를 기도하며 며칠을 보냈다. 병원의 암울한 분위기와는 달리 세상은 리오프닝 준비로 바쁘게 움직였다. 정도의 차이가 있지만 대부분의 감염자들은 일주일의 자가격리 기간이 지나면 회복이 되어 일상으로 되돌아왔다. 그러나 지병을 앓는 노인들에게 오미크론은 가혹했다. 요양 병원의 봉쇄가 해제되던 날 시어머니는 고비를 넘지 못하고 숨을 거두었다. 공식적인 사인은 급성 폐렴이었다. 다행히 장례식에 대한 엄격한 대응 지침이 무력화된 시점이어서 평소와 다를 바 없이 상을 치를 수 있었다. 장례식장은 전국에서 온 친인척과 조문객으로 붐볐다. 시어머니는 시아버지의 무덤에 함께 묻혔다. 아직 꽃망울이 터지지 않은 이른 초봄이었다.

고인이 남긴 유서가 개봉되었다. 송화는 고인이 친필로 쓴 유서를 담담히 읽었다. 형제간에 우애를 지키고 평생 다복하게 살기를 바란다는 짧은 유언이었다. 망자의 유산은 세종시의 소형 아파트와 친부에게서 물려받은 보은의 야산, 시아버지가 생활비를 위해 아내 앞으로 남겨 놓은 주택가 상가 건물이었다. 시어머니는 자식들의 도움 없이 시아버지가 남긴 연금과 상가에서 나오는 임대 수익으로 생활했다. 그녀는 현금

수익이 있는 상가 건물을 며느리인 송화에게, 보은의 야산은 큰딸에게, 세종시 아파트는 막내딸에게 넘긴다는 유언을 남겼다. 민감한 사안이어서 송화는 가족들에게 유산 분배를 재조정할 수도 있다고 말했다. 두 딸이 원하지 않을 경우 유산 상속을 포기할 생각이었다. 홀로 남은 며느리에게 유산을 남긴 시어머니의 다정한 마음만 받아도 기뻤기 때문에 여한은 없었다. 그날 밤 유족은 고인이 말년을 보낸 아파트 거실에 앉아 맥주를 마셨다. 망자의 혜안보다 나은 다른 방법은 없어 보였다. 자식들이 마음을 다치지 않도록 공평하게 재산을 배분한 원칙은 겸양을 우선시하는 집안의 평등주의가 낳은 정신적 유산이었다. 두 딸은 똑똑하고 마음씨 고운 엄마를 추억하며 다시 눈물을 흘렸다. 서로의 어깨를 감싸 안고 우는 그들을 지켜보다 송화도 울음이 터졌다.

장례를 마치고 집으로 돌아온 날 송화는 이층 테라스로 나가 밤공기를 들이마셨다. 시어머니에게서 받은 상가 건물은 예기치 못한 선물이었다. 송화는 상가를 어떻게 처리해야 할지 몰랐다. 집안의 대를 잇지 못한 불효를 저질렀는데도 시어머니는 며느리에게 재산을 넘겨주었다. 어른의 관대한 처사에 감사의 마음을 갖는 것으로 책임을 다하는 것인지 송화는 자신할 수 없었다. 친정아버지와 시아버지, 남편, 시어머니가 차례로 세상을 등질 때마다 그녀의 재산은 불어났다. 부모에게 거액의 빚을 상속받은 현수와 비교하면 그녀는 다른 세상에 살고 있었다. 송화는 꽃샘추위에 스며든 봄의 징후를 예감하며 몸을 떨었다. 밤하늘에 떠오른 별과 은빛 원반처럼 커다란 보름달이 광채를 흩뿌리며 지상의 무기력한 적막을 물들이고 있었다. 불현듯 현수의 냉담한 미소가 떠올랐다. 죽은 부모로부터 물려받은 빚에 의해 그의 영혼은 조각조각 찢겨 있었다. 현수에 대한 연민은 새로운 삶에 대한 희망이었는지도 몰랐다. 참호에 몸을 웅크린 겁 많은 병사가 부상당한 전우를 지키기 위해 용기를 내듯 송화는 현수가 되돌아오길 기다렸다. 연민, 오직 사람들에 대한 연민만이 세계를 재창조할 수 있다.

막내 시누에게서 전화가 왔다.

"언니는 괜찮아? 우리 집은 남편, 아이들 할 것 없이 모두 감염됐어."

전화를 끊고서 송화는 약국에 들러 자가진단키트를 샀다. 3차 백신 접종 예약을 불과 일주일 앞둔 시점이었다. 인원수 제한 없이 조문객을 받으며 장례를 치를 때부터 각오한 일이었다. 송화는 거실 소파에 앉아 독서 안경을 쓴 채 꼼꼼히 설명서를 읽었다. 핵심은 비강 끝까지 면봉을 집어넣어 검체를 채취하는 데 있었다. 눈물이 찔끔 날 때까지 면봉을 콧구멍 속으로 찔러 넣었다. 그런 다음 시약이 담긴 튜브에 면봉을 넣고 노즐캡을 씌웠다. 검사용 디바이스에 서너 방울 떨어뜨린 후 15분을 기다렸다. 나타난 붉은 줄은 한 줄, 음성이었다.

이른 저녁을 먹고 잠을 청했다. 저녁 열 시에 잠들어 아침 다섯 시에 일어나는 것이 정상적인 생활 패턴이었다. 장례식 동안 일어난 불가피한 일로 어긋난 생활 리듬을 되찾는 것이 중요했다. 그러나 송화는 새벽 두 시에 눈을 떴다. 정신을 차리고 보니 가슴을 움켜쥔 채 격한 기침을 내뱉고 있었다. 화장대 서랍에 넣어 둔 체온기를 이마에 대었다. 체온은 37도를 조금 넘는 미열이었다. 목이 따끔거리고 가래가 걸렸다. 주방으로 나가 생수병을 따서 미리 준비해둔 감기약과 해열진통제를 물과 함께 삼켰다. 커튼을 치지 않은 거실은 밤의 요정들이 흩뿌려 놓은 빛에 반사되어 마치 동화 속의 겨울 호수처럼 보였다. 현수가 떠난 뒤 집안의 공기는 변질되었다. 세계는 느리지만 확고하게 변하고 있었다. 그녀는 바이러스가 혈관을 따라 흐르며 정상 세포를 공격하는 초현실적인 감각을 느꼈다. 순간 격렬하게 기침이 쏟아져 실내화가 벗겨진 것도 모른 채 화장실로 달려갔다. 그것은 확실히 실존의 구토가 아니었다.

병원에서 PCR 검사를 받기 위해서는 친족 내 확진 여부가 필요했다. 송화는 막내 시누이의 확진 메시지를 보여주고서야 검사를 받을 수 있었다. 병원을 나와 식료품 마트에 들렀다. 일주일의 자가격리를 대비하기 위해서였다. 마스크를 꼼꼼히 눌러썼지만 사람들이 가까이 다가오면 신경이 쓰였다. 그렇다고 대책 없이 집으로 되돌아갈 수도 없었다. 코로나 초기에 시행된 자가격리자에 대한 방역 당국의 지원은 끊긴 지 오래였다. 대유행 상황에서 시민들은 각자도생하는 법을 배워야만 했다. 빠르게 생필품을 구입한 후 송화는 집으로 되돌아왔다. 감기약이 효과가 있는지 기침과 가래는 진정되었다. 거실 텔레비전을 켜놓은 채 송화는 홀로 주방에서 삼계탕을 끓였다. 마땅한 치료제가 없는 현실에서 유일한 처방은 몸 상태를 최상으로 유지하는 것이었다. 평소에는 먹지 않던 탕에 넣은 인삼을 꾸역꾸역 씹어 먹으며 저녁 식사를 마쳤다. 설거지 후에는 발코니에 널어놓은 빨래를 걷고 늦은 집안 청소를 했다. 평소와 달리 저녁 산책을 하지 못해 선택한 대안이었다. 아직 확진 통보를 받진 않았지만 거리로 나가 사람들과 대면하는 것이 마음에 걸렸다. 집안일을 끝낸 후에는 식탁에 앉아 꿀을 넣은 생강차를 마셨다. 그리고 남편의 서재에서 가져온 노트를 펼쳤다. 말기 암 진단을 받은 성훈은 자신의 마지막 삶을 일기로 정리했다. 역사학자로서의 회고와 생활인으로서 체험이 뒤섞인 사적인 기록물이었다.

'다음 대통령 선거에서는 우파가 승리할 것이다. 우파의 복귀를 막을 수단은 없어 보인다. 그들은 복지정책을 폐기하고 공공기관의 민영화를 추진할 것이다. 기업에는 해고할 권리를 주고 법인세를 낮춰줄 것이다. 노조? 여론의 지지를 잃은 노조가 무엇을 할 수 있을까.'

성훈은 1990년대 프랑스 좌파의 몰락을 비교 분석하며 한국의 미래를 암울하게 전망했다.

'그런데도 나는 송화에게 한국의 대표적인 기업의 주식을 사라고 말했다. 양극화가 극심해질 세계에서 생존하기 위해서는 가진 자들의 편에 서야 하기 때문이다. 우리는 이기적인 프티부르주아 중산층에 편승해야만 한다. 죽음이 손짓하기 전까지 이 무의미한 행군을 멈출 수는 없다. 에피쿠로스의 세련된 쾌락과 평정이 지배하는 땅에서 우리는 끝까지 살아남아야만 한다.' 송화는 얼어붙은 채 식탁에 앉아 있었다. 그것은 바로 자기 내면에서 흘러나온 목소리였다.

밤 10시 20분, PCR 양성 확인 문자 통지서가 도착했다. '보건소에서 연락(문서 또는 유선)시까지 자가격리를 유지'하라는 통보였다. 이튿날은 자가격리 2일째였다. 송화는 토스트와 우유로 아침을 먹고서 마당에 나가 맨손체조와 스트레칭으로 몸을 풀었다. 일주일은 견디고도 남을 식료품이 냉장고에 보관되어 있었다. 낮 대부분은 번역을 하며 보냈다. 문학적 감성이 풍부한 수사를 선호하는 성훈 특유의 유려한 문체를 유지하기 위해 문장을 꼼꼼히 살폈다. 밤이 되자 간단히 저녁을 먹고 영화를 다운받아 보았다.

잠들기 전 송화는 침대에 누워서 자신 앞에서 근사한 미소를 짓던 현수의 얼굴을 떠올렸다. 남편 성훈의 얼굴이 희미해졌듯이 그의 얼굴도 세부적으로 기억할 수 없었다. 인간의 뇌는 늘 이 모양이었다. 사라진 것들에 대해서는 가혹할 정도로 냉담한 것이 기억이었다. 불만족스러운 뇌와 달리 몸 상태는 나쁘지 않았다. 송화는 코로나를 넘길 수 있으리라는 자신감이 들었다. 성훈이 번역 원고 밑에 자필로 쓴 문장이 여름밤 야구장의 전광판 불빛처럼 떠올랐다.

'단 한 사람이라도 도울 수 있는 사람은 인생의 목표를 달성하는 것이다.'

성훈이 직접 쓴 문장인지 아니면 어디서 읽은 부분을 기록해놓은 것인지는 알 수 없었다. 출처가 불분명한 문장은 지난밤, 그의 일기를 읽으며 느꼈던 당혹감을 상쇄해주었다. 마치 죽은 남편의 목소리가 곁에서 들리는 것처럼 위로받았다. '단

한 사람이라도 도울 수 있다면 ……' 송화는 불확실한 미래의
항로를 밝혀주는 등불을 발견한 것 같아 기뻤다. 그러나 동시
에 현수의 부재에 대한 상실감이 또다시 밀물처럼 밀려왔다.
그를 진심으로 돕고 싶었는데 그는 왜 나를 떠나버린 것일까.

자가격리는 삶을 되돌아볼 기회를 줬다. 인간은 고립 속에
서만 실존을 깨닫는 우둔한 존재였다. 학창 시절에는 부모와
교사가 설정한 목표에 부응하기 위해 살았고 성인이 되어서
는 아내의 책무를 다하기 위해 노력했다. 잘 짜인 역할극에는
관객이 원하는 대본이 있었다. 송화는 긴 세월 동안 자신이
훌륭한 배우가 되기 위해 발버둥쳤다는 사실을 깨달았다. 착
한 딸로, 사랑스러운 아내로 인정받기 위해 전략적으로 행동
했다. 총점 B+ 이상은 받을 수 있는 양호한 성적이었다. 그렇
게 믿고 싶었다.

그러나 그녀는 자신이 원하는 삶의 실체를 알지 못했다.
착한 딸 혹은 사랑스러운 아내가 무엇을 의미하는지 알지 못
했다. '내가 원하는 삶이 존재했을까?' 불타버린 잿더미 속에
는 회의라는 작은 불씨만이 남았다. 왜 무수한 선택지를 모두
날려버렸을까. 왜 모험과 도전을 회피한 채 안정에만 매달렸
을까. 그래서 얻은 것은 무엇인가. 송화는 자신이 실패했음을
깨달았다. 겉으로는 B+ 이상의 양호한 성적이라며 자위하고

있지만 정작 자기 내면에서 솟아오른 질문에는 어느 것에도 답할 수 없었다. 오직 질문만이 남았을 뿐이다.

자가격리의 고독한 시간이 흘렀다.

봄을 알리는 비가 내렸다. 지난밤 두통 증세가 있어 타이레놀 두 알을 삼키고 잠들었다. 아침에 일어나니 거짓말처럼 머릿속이 맑았다. 그러나 변종 코로나바이러스가 사람들을 어떻게 공격할지는 여전히 오리무중이었다. 온라인에서는 롱 코비드 후유증에 대한 갑론을박이 이어졌다. 마스크를 벗은 미국에서는 벌써 여름 대유행을 걱정하고 있었다. 델타에서 오미크론으로, 스텔스 오미크론에서 BA.5로 변이를 거듭하는 상황에서 미래 예측은 불가능했다. 집단 면역과 백신으로 위기를 돌파하리라는 낙관주의는 힘을 잃어가고 있었다. 미국의 인플레이션과 경기 침체에 대한 기사가 경제 뉴스를 뒤덮고 치솟는 원유가와 환율이 국내 증시에 악영향을 끼칠 것이라는 진단이 쏟아졌다. 그런데도 자신의 주식 자산은 큰 변동 없이 등락을 이어가며 우상향하고 있었다. 전문가가 보아도 깜짝 놀랄 완벽한 투자였다. 그러나 이 단기적인 성공은 세상을 수학적 면모로 바라보려는 자신의 냉정한 태도와는 무관했다. 송화는 모든 상황이 단순히 '초심자의 행운 beginner's luck'에 불과함을 깨달았다. 그녀는 공기에 스며든 불안을 본능적으로 감지했다. 위험자산을 모두 처분하고 현금을 확보해서 경기 침체 경착륙에 대비해야 할 때가 아닐까.

자가격리 5일째, 송화는 지쳐갔다. 고립감은 그녀를 괴롭혔다. 성훈의 부재를 이처럼 절실하게 느끼기는 처음이었다. 이렇게 혼자가 되어서 얼마나 견딜 수 있을까.

오후 3시 30분, 검은 연기가 하늘을 뒤덮었다.

송화는 발코니에서 세탁한 침대 시트를 건조대에 널다가 하늘로 솟아오른 연기를 처음 보았다. 햇볕이 정면에서 내리쬐어서 손 가리개를 하고 올려다보았다. 미간을 좁혀 집중해서 보아도 연기의 실체에 대한 확신이 서지 않았다. 산업단지에서 흔히 볼 수 있는 수증기와 굴뚝 연기와는 확연한 차이가 있는 오염물질이었다. 송화는 시트를 제대로 펴지도 않은 채 이층 테라스로 올라갔다. 그 사이 연기구름의 형태와 질이 변화되어 있었다. 부피는 커지고 검은 먹빛 농도는 덧칠한 듯 더욱 짙어졌다. 미풍이 부는 탓인지 연기는 북녘 하늘을 향해 꼬리를 펼치며 영토를 넓혀가고 있었다. 청옥을 연마한 듯한 창백한 하늘 위로 검은 실루엣이 펼쳐진 듯한 그로테스크한 풍경은 공포를 데려왔다. 고지대에서 막혔던 귀가 뚫리듯 요란한 사이렌 소리가 고막을 때렸다. '불이다!' 가슴이 덜컥 내려앉았다. 불이 난 진원지와 자신이 서 있는 장소가 비현실적으로 가까웠다. 거리를 추측하다 송화는 화재에 휩싸인 장소를 알아차렸다. 에코프로비엠 공장이었다. 에코프로비엠? 순간 송화는 주머니에 넣어 둔 핸드폰을 꺼냈다. 정확히 2년 전 3월의 검은 화요일, 주식시장 대폭락 장에 사들인 네 회사 중 유일하게 아직 매도하지 않고서 주식을 보유하고 있는 회사가 에코프로비엠이었다. 1억 원 매수금은 이미 4억 원을 넘어선 상태였다. '내가 보유한 주식 4억 원의 회사가 화염에 휩싸여 있다?' 송화는 반사적으로 매도 버튼을 눌렀다. 그러나 동시호가 장 마감을 알리는 알림 메시지가 떴다. 심장박동이 요동쳤다. 불길한 기운을 담은 먹빛 연기와 사이렌 소리는 점점 더 커지며 판단을 흩트려놓았다. 송화는 전화기를 손에 쥔 채 망연히 연기구름을 올려다보았다. 세상의 끝을 알리는 듯한 검은 장막이 납빛 하늘을 집어삼키고 있었다.

'공포는 기회다.'

주식 시장의 오래된 격언이 흥분된 마음을 진정시켰다. 어쩌면 지금은 주식을 파는 것이 아니라 공격적으로 매수해야 하는 시점일지도 몰랐다. '공포에 사서 탐욕에 팔아라. Buy the fear, sell the greed'라는 워런 버핏의 유명한 격언이 떠오르자 화재 공장의 연기에 대한 공포는 물러났다. 아래층 주방으로 내려온 송화는 텔레비전을 켜놓은 채 저녁을 차리기 시작했다. 언제까지 비현실적인 검은 연기를 바라보며 두려움에 몸을 떨 수는 없었다. 점심에 만든 된장찌개를 데우기 위해 가스레인지 불에 올렸을 때였다. 텔레비전 뉴스가 귀에 들어왔다. 송화는 젖은 손을 마른 수건으로 닦고 거실로 나갔다. 지역 방송국에서 송출하는 뉴스 프로그램이었다. 화면은 검은 연기가 피어오르는 공장 건물의 상층부를 확대해서 보여주었다. 안전모를 쓴 앳된 여기자가 생방송 중임에도 격한 탄성을 내지르며 화재 상황을 설명했다. 공장 주변 사거리는 도내에서 출동한 소방차와 경찰 차량이 뒤섞여 아수라장이 되어 있었다. 신입 여기자의 새된 목소리가 화재 현장의 위기 상황에 묘하게도 어울렸다. 그녀는 손에 쥔 휴대폰을 훔쳐보며 미리 준비한 원고를 읽었다. 목소리가 높아질 때마다 마스크가 코에서 흘러내렸다. 그녀는 불이 난 공장이 이차전지 양극재를 생산하는 제조업체이며 이번 화재의 여파로 자동차 배터리 생산에 차질이 생겨날지도 모른다는 전문가들의 우려를 전했다. 이어서 카메라는 특수방화복 차림의 소방관들이 소방 호스를 들고 분주히 뛰어다니는 장면으로 옮겨갔다. 리포터는 발화점이 건조설비실이 있는 건물 고층부여서 소방 당국이 화재 진압에 난항을 겪고 있다고 말하며 제조 공장의 특성상 화학물질 유출 우려도 있다고 덧붙였다. 그녀의 마이크를 통해 현장 소음이 생생하게 들려왔다. 그 순간 송화는 묘하게도 초현실적인 그림 속으로 빠져들었다. 내일 주식 시장이 열리면 화재가 난 회사의 주가는 폭락할 것이다. 현 상황에서 주가 하락을 예상하기란 어렵지 않다. 그러나 과연 그게 끝일까. 공포에 휩싸인 군중심리가 진정되면 상황은 반전될 것이다. 전기차 배터리는 4차 산업혁명의 핵심 분야 중 하나였다. 지난 세기 한국 반도체 산업이 일본과 맞붙어 승리를 거두었던 것처럼 K배터리 산업은 중국과 시장 점유율 전쟁에 돌입해 있었다. 이 상황에서 양극재 소재 분야 일등 업체가 우발적인 화재 사고로 추락하는 일은 거의 불가능하지 않을까? 송화는 그 순간 자신이 주식을 보유하고 있는 회사에 대해서 기본적인 정보조차 검토하지 않았음을 깨달았다. 한 회사의 미래 성장 가치? 그걸 도대체 어떻게 알 수 있지? 고도 자본주의 시스템에서 개인과 세계는 철저히 분리되어 있었다. 개인과 세계를 이어주는 유일한 끈은 돈이었다. 그녀는 정확한 이유도 알지 못한 채 기업의 주식을 사들였고 그로 인해 이득을 보았다. 손해를 본 경우도 있었다. 수익과 손실은 탐욕의 결과물이었다. 그것이 자본주의의 규칙이었다.

　수도권의 집값이 폭등하고 주식시장이 신고점을 경신했

을 때 사람들은 초현실적인 광장으로 몰려가서 이유도 모른 채 환호성을 질렀다. 북한이 대륙간탄도미사일을 쏘면 다음 날 방위산업체의 주가가 들썩이고 지진과 같은 자연재해가 발생하면 건설업체의 주가가 상승했다. IT 기업을 소유한 정치인은 대통령 선거가 있을 때마다 출마 선언을 해서 자신의 주식 자산 가치를 높였다. 도덕과 윤리, 법질서와 공동체 의식이 있으면 패배자가 되는 게임에서 구세계의 도덕적인 질서는 몰락했다. 오직 탐욕만이 존재의 당위를 설명했다. 해석은 사라지고 오직 자본 그 자체만이 유의미했다.

송화는 전략을 세웠다. 2년 전 봄에 경험한 성공을 재현할 기회가 눈앞에 와있었다. 그러나 당시와는 달리 현재는 투자할 여윳돈이 없었다. 주거래 증권사에서 빚을 내는 레버리지는 언제든 가능했다. 그녀는 VIP 고객이었다. 그러나 금리가 오르는 인플레이션 상황에서 대출은 시한폭탄처럼 위험했다. 대안을 찾아야 했다. 송화는 거실 벽시계를 올려다보았다. 자정이 가까워지면 미국 주식시장이 열린다. 그녀의 해외 주식 자산은 테슬라와 엔비디아 두 종목에 몰려 있었다. 수익률은 목표치를 넘어섰다. 내일 시장이 열리면 에코프로비엠의 주가가 폭락하리라는 예측은 불 보듯 뻔했다. -5%에서 -10%가 예상 하락 폭이다. 만약 10퍼센트가 빠지면 일억을 투자해서 천만 원을 벌 수 있다. 눈 깜짝할 사이에 거금을 벌 기회가 코앞에 와있었다. 테슬라와 엔비디아 중 어느 쪽을 파는 게 현명할까. 최근 이더리움 암호화폐 채굴 방식 변경으로 고성능 그래픽처리장치(GPU)를 찾는 수요가 급격히 줄어들고 있다는 뉴스가 심심찮게 흘러나왔다. 매도한다면 당연히 엔비디아를 팔아야 한다. 마음의 결정을 내리자 100미터 달리기 출발선에 섰을 때처럼 흥분으로 몸이 떨렸다.

'불이 시작된 것으로 알려진 공장 건조설비실에는 전기 배선 공사를 위해 투입된 직원들이 화재 현장에서 빠져나오지 못한 것으로 알려졌습니다. 이들은 모두 이 회사 직원이 아닌 설비 관리 하청업체 직원들로 현장에서 모두 다섯 명이 작업하고 있었고 그중 두 명의 직원이 짙은 연기에 의해 탈출하지 못한 것으로 알려져 안타까움을 사고 있습니다. 소방 당국은 실종자 구조를 위해 총력을 다하고 있으나 유독가스가 심해 진입에 어려움을 겪고 있습니다. 다행히 출구 쪽에서 작업하던 다른 세 명의 직원들은 무사히 현장을 빠져나왔습니다.'

송화는 여기자의 창백한 얼굴을 노려보며 숨을 들이마셨다.

"제 곁에는 당시 현장을 빠져나온 작업자 중 한 분이 계십니다. 당시의 긴박했던 상황에 대해서 자세히 들어보도록 하겠습니다.”

생방송으로 들리는 젊은 기자의 목소리는 이제 송곳으로 칠판을 긁어내리듯 갈라졌다. 카메라 앵글이 빠르게 이동하면서 화면이 흔들렸다. 햇볕에 그을린 초로의 사내가 나타났다. 주름진 피부 사이에 유독 흰자위가 두드러진 남자의 눈이 불안하게 흔들렸다. 왼쪽 눈이 붉게 충혈되어 있고 안전모 사이로 삐쳐 나온 흰 머리칼은 땀에 젖어 있었다.

“당시 탈출 상황을 알려주시죠!”

그는 질문하는 기자를 힐끗 쳐다본 후 카메라를 응시했다.

“우리 모두 불이 나자마자 현장을 나왔습니다. 문까지 몇 메다 되지 않아서 금방 나왔는데 현수 놈이 비상구 계단을 나와서는 우다야가 보이지 않는다고 소리를 질렀어요. 내가 늦었다고 팔을 잡았는데 뿌리쳤습니다.”

“아! 그럼, 작업자 한 명이 탈출하지 못한 다른 동료를 구하기 위해 되돌아갔다는 말씀인가요?”

“내가 아무리 부르고 말려도 소용이 없었습니다. 연기가 지독해서 숨조차 제대로 쉴 수 없었는데 순식간에 현수가 보이지 않았어요.”

초로의 사내는 고통스러운 신음을 토했다. 그 순간 텔레비전에서 나오는 소리가 들리지 않았다. 이명이 소리를 집어

삼켰다. 송화는 소파에 주저앉아 멍하니 텔레비전 화면을 응시했다. 사내의 일그러진 얼굴이 클로즈업되더니 갑자기 그가 공포에 질린 사람처럼 뒷걸음질을 쳤다. 마이크에서 멀어지자 그의 고통스러운 신음이 주변의 소음과 뒤섞였다. 카메라는 급하게 기자에게로 초점을 돌렸다. 현장의 돌발적인 인터뷰지만 그녀의 얼굴에는 특종을 잡은 흥분이 여과 없이 드러났다. 송화는 몸을 떨었다. 마이크를 쥔 여기자의 목소리는 이제 분해되어서 들리지 않았다. 송화는 정신을 잃지 않으려고 관자놀이에 힘을 줬다. 화면 하단에 긴급 속보 뉴스 자막이 떴다. '에코프로비엠 청주 공장 폭발·화재 사고 실종자 인적 사항. 강＊수(25세), 우＊야 라＊(몽골인, 33세)'

　가스레인지에 올린 냄비가 끓고 있었다. 주방으로 고개를 돌린 송화의 얼굴에는 핏기가 없었다. 눈동자의 초점은 흐릿했다. 탁자에 올려놓은 핸드폰이 울리자 송화는 진동하는 전화기를 내려다보았다. 발신인의 이름이 뜨지 않는 미심쩍은 전화는 받지 않는 것이 상식이다. 떨리는 검지로 통화 거절 버튼을 눌렀다. 그러자 외부 세계를 이어주는 연결고리가 끊어졌다.

　호흡이 불규칙했다. 송곳에 찔린 듯 가슴에 통증이 느껴졌다. 과호흡 상태인지도 몰랐다. 송화는 정신을 차리려고 애썼다. 자신에게는 해야 할 일이 있었다. 그러나 무엇부터 시작해야 할지 몰랐다. 화재 현장에서 탈출하지 못한 스물여섯 살의 젊은 작업자가 현수와 동일인인지 먼저 확인해야 하는 걸까. 송화는 알았다. 무서운 예감은 빗나가지 않는다는 사실을. 그 순간 진실이 고개를 들었다. 현수는 나를 구하기 위해 온 것이다. 그의 눈에 비친 여자는 남편을 잃고 상실감에 젖어 삶의 의미를 잃은 채 방황하는 중년 여자였다. 송화는 피자 가게 탁자에 앉아 자기를 정면으로 응시하던 청년의 눈을 기억했다. 그의 눈동자는 연민으로 차 있었다. 그가 처음 집을 방문했을 때 그는 아름다운 전원주택에 감탄하지 않았다. 현수는 자기를 보고 있었다. 송화는 비틀거리며 안방으로 달려가 화장대 서랍 깊숙이 숨겨놓은 약상자를 찾았다. 불면의 밤을 견디기 위해 모아둔 알약들이었다. 누구에게도 털어놓을 수 없는 나약한 마음이 그곳에 숨어 있었다. 현수는 이사를 온 다음 날 정원에서 발목까지 잠기는 긴 잔디를 깎았다. 그는 일에 열중하면서도 거실에 앉은 여자의 거동을 살폈다. 동료를 구하기 위해 불길 속으로 되돌아간 청년은 바로 그였다. 송화는 집안을 이리저리 돌아보았다. 그가 돌보지 않은 장소와 물건은 보이지 않았다. 그가 내 곁에 있었음을 알리는 흔적들이 고스란히 남아 있었다. 왜 여태 이 사실을 알아차리지 못했을까. 왜 나는 그를 도와준다는 만족감에 취해 진실을 외면했을까. 연민에 찬 눈동자로 나를 바라보던 슬픈 눈동자를 왜 잊고 있었을까.

송화는 자신이 자본이라는 유물론적 탐욕의 종교를 따르는 신도임을 부정할 수 없었다. 돈 없이 어떻게 살 수 있단 말인가. 돈은 그녀에게 전원주택과 전기차를 주었고 골프투어와 주말여행을 떠나게 해주었다. 돈은 노후에 닥쳐올 불확정적인 미래의 불안까지 제거해주었다. 그런데 나는 왜 이처럼 자비로운 신을 마음 한편에서는 미워하는가. 내가 보지 못한 것은 무엇일까? 발작처럼 뇌가 오작동을 일으키자 현수의 얼굴이 기억나지 않았다. 송화는 휴대폰을 열어 사진 앨범에서 그의 모습을 찾았다. 현수는 밤새 쌓인 정원의 눈을 홀로 치웠다. 그날 거실 커튼 뒤에 숨어서 그의 뒷모습을 몰래 찍었다. 살갗을 파고드는 차가운 대기 속에서 그가 내쉬는 숨이 멀리서도 보였다. 패딩 점퍼도 없이 털장갑도 끼지 않은 채 얇은 후드 셔츠와 낡은 청바지 차림이었다. 그 모습이 마치 벌 받는 아이처럼 보여서 마음이 아팠다. 그날의 일이 어제처럼 생생했다. 사진에서 눈을 뗄 수가 없었다. 얼굴은 보이지 않았다. 우수에 젖은 그의 눈동자와 근사한 미소는 어디로 사라진 것인가. 그를 처음 우연히 만났을 때도 그는 노동에 열중해 있었다. 돌이켜보면 현수는 언제나 일을 하고 있었다. 이층 방으로 이사 와서 함께 살기 시작한 후에도 그는 통근버스를 타고 일터로 나갔다. 공장에서 심야 교대 조 근무를 마치고 돌아온 새벽, 그는 피로에 지친 얼굴로 우유 한 잔을 마시고 잠들었다. 송화는 그를 방해하지 않으려고 안방에서 귀를 기울인 채 마음을 졸였다.

송화는 난간을 잡고서 이층으로 올라가 현수 방의 벽장을 열었다. 그가 남기고 간 박스가 구석 한편에 놓여 있었다. 송화는 방바닥에 주저앉아 상자를 열었다. 스물다섯 해를 넘긴 청년의 짧은 역사가 담긴 기록물이었다. 지퍼백에 담긴 구식 카시오 시계와 손때가 묻은 향나무 염주는 외동아들에게 거액의 빚을 떠넘기고 세상을 등진 부모가 남긴 유품이었다. 부모와 행복했던 시절에 찍은 유년 시절의 사진첩도 있었다. 운동선수처럼 머리를 짧게 자른 소년은 부모의 손을 잡고서 개나리꽃이 활짝 핀 정원에서 미소를 지었다. 앨범 맨 뒷장에는 자신과 함께 찍은 사진이 비밀스럽게 꽂혀 있었다. 미술관에서 찍은 기념사진에는 크리스털로 장식된 사슴 조각상이 보였다. 그들은 마치 어머니와 아들처럼 카메라를 향해 함박웃음을 짓고 있었다. 송화는 그제야 자신의 두려움이 어디로 향하고 있었는지 짐작할 수 있었다. 영리한 현수가 그 사실을 몰랐을 리 없었다. 송화는 이마의 진땀을 셔츠 소매로 닦고서 낡은 파일을 꺼내어 펼쳤다. 그의 개인사를 엿볼 수 있는 서류와 기록물들이 나왔다. 서류의 절반 이상은 그를 옭맨 부채와 관련된 계약서와 고지서들이었다. 1금융권에서 2금융권으로, 다시 사금융으로 채권이 이전되었음을 증명하는 서류들과 법원의 내용증명이 담긴 통지서들은 미생물체처럼 살아 꿈틀거렸다. 왜 이 끔찍한 자료들을 버리지 않고 그대로 간직한 것인지 이해할 수 없었다. 파일 뒤쪽에는 학교에서 받은 기록물들이 채워져 있었다. 초등학교와 중학교 졸업장 그리고 각종 상장들이다. 송화는 빠르게 상장들을 넘겼다. (발표 부문)으뜸상과 바른 청소년상, (체육, 일본어, 수학과)학력상, (민속놀이)금메달, 독서으뜸상, (생활)참됨이상, (달리기)최우수상, (수학경시대회)최우수상 등 십여 장이 넘는 상장들에는 소년의 이름이 빛나고 있었다. 자신과 함께 생활한 고등학교에서 받은 기록물들은 보이지 않았다. 마치 의도적으로 고등학교 3년이라는 시간을 날카로운 칼로 도려낸 듯한 느낌이 들어서 가슴이 아팠다. 송화의 눈이 한 곳에 고정되었다. 현수의 중학교 3학년 담임교사가 작성한 학교생활기록부였다.

— 소극적인 편으로 말수가 적음. 교우관계가 원만하고 웃어른에 대한 예의가 바르며 생각이 깊음. 우수하고 명석하며 학업

에 대한 열정을 가짐. 좀 더 적극적이고 자신 있는 모습으로의 변화와 강한 리더십이 요구됨. 보수적인 윤리 의식에 규칙 준수에 대한 강한 집착을 보임. 타인에게 불편을 끼치는 일은 피하고 그룹 내의 약자를 보호하기 위해 노력함. 운동 신경이 뛰어나 스포츠 활동을 자주 하였음.

송화는 그 순간 자신이 무엇을 해야 할지 알았다. 그를 데려와야 한다. 화염이 이는 공장 시멘트 바닥에 누워 유독가스를 마시며 생을 마쳐서는 안 될 아이였다. 같이 일하던 직장 동료를 구하기 위해 불길 속으로 되돌아간 아이였다. 어쩌면 겁에 질린 아이는 엄마를 애타게 찾고 있을지도 몰랐다. 송화는 아래층으로 내려가 벽장 속에 걸린 겨울 외투를 꺼내어 입었다. 거실 텔레비전에서는 정규 시간 뉴스 프로그램이 시작되었다. 공장 폭발 화재 현장에서 사망한 작업자들의 이름이 가려진 채 자막으로 나왔다. 관리직원 1명과 외주업체 작업자 2명이었다. 내일이면 뉴스의 관심에서 멀어질 이름들이었다. 송화는 떨리는 손으로 마스크를 썼다. 일교차가 커서 해가 지면 저녁 공기가 차가웠다. 걸어서 화재 현장까지 십여 분이면 도착할 것이다. 그녀는 마당 정원을 가로질러 대문까지 빠르게 걸었다. 창백한 엽록소 빛깔의 초승달이 핏빛 노을

이 번진 하늘에 걸려 있었다. 송화는 두꺼운 나무 대문을 열기 위해 손잡이에 손을 올렸다. 싸늘한 금속성 물질이 감각을 타고 흐르자 뇌가 차가워졌다. 오늘은 '자가격리 5일째'였다. 격리 기간 동안 외출은 엄격히 금지되어 있었다. 밖으로 나가는 것은 감염법 위반이었다. 송화는 본능적으로 멈춰 섰다. 홀로 횡단보도에 서 있을 때도 파란 불이 아니면 길을 건너지 않는 그녀였다. 이마에서 진땀이 흘렀다. 철 지난 겨울 외투 탓인지도 몰랐다. 그러나 송화는 알았다. 자신이 무엇 때문에 망설이는지를. 용기가 부족했다. 단 한 사람을 도울 용기가 부족했다. 송화는 대문을 밀치고 나와 달빛 아래에서 달리기 시작했다.

5

고용노동부는 2021년 산업재해 사고 사망 현황을 발표했다. 사고 사망자는 828명으로 전년도 대비 54명이 감소했고 1999년 사고 사망 통계 작성 이후 최저 수준을 기록했다. 연령별로는 60세 이상의 고령 노동자가 352명으로 전체 사망자의 42.5%로 가장 높았고 18세에서 29세 사이의 청년 노동자는 37명, 4.5%로 가장 낮았다. 2022년 중대재해처벌법 시행('22.1.27)을 앞두고 50인 이상 사업장(현장) 사고 사망자수는 감소한 반면 50인 미만 소규모사업장에서의 사망사고가 80% 이상을 차지했다. 2023년 보수 정당의 대통령은 신년사에서 '노조'를 기득권 세력으로 규정했고 새해 첫 국무회

의에서 기업의 자율성을 보호하기 위해 '중대재해 처벌 등에
관한 법률'의 개정 필요성을 강조했다.

　직계 유족이 없는 현수의 장례식은 쓸쓸했다. 그러나 장
례 마지막 날 발인을 앞두고 상황이 달라졌다. 고인의 유족임
을 자처한 사람들이 차례로 나타났는데 한 사람은 현수의 고
모였고 또 한 사람은 외삼촌이었다. 그들은 칸막이가 쳐진 밀
실에서 장례를 책임진 회사 사람들을 만났다. 산업재해보상
보험법에 의한 보험금을 기대했던 유족들은 조카가 남긴 빚
을 상속받아야 한다는 법무팀 직원의 설명에 낭패감을 표했
다. 밀실을 나온 그들은 무엇인가에 쫓기는 듯한 표정으로 장
례식장을 빠져 나갔다. 현수는 그렇게 자신의 빚을 모두 갚았
다. 회사 직원들을 제외하고 화장터까지 따라간 사람은 송화
와 예나뿐이었다.
　2022년, 팬데믹의 위협은 반감되었고 위드코로나의 시대
가 왔다. 그제야 사람들은 실제적인 공포가 무엇인지 자각하
게 되었다. 미 연방준비제도이사회는 무제한 양적 완화로 시
중에 풀어놓은 돈을 회수하기 시작했다. 인플레이션을 방어
하기 위한 금리 인상이 공표되고 빅 스텝, 자이언트 스텝, 그
리고 울트라 스텝까지 거론되기 시작하면서 시장의 공포가

빠르게 확산되었다. 암호화폐가 직격탄을 맞고 폭락했고 채권 시장이 요동쳤다. 2021년 하반기에 최고점을 찍은 주식 시장은 상승분을 모두 반납하고 코로나 이전 상태로 되돌아갔다. 자산의 마지막 보루는 부동산이었다. 거래가 끊기자 사람들은 숨을 죽이며 하락의 바닥이 어디일지 서로의 눈치를 보기만 했다.

송화의 주식 계좌 역시 테슬라의 기록적인 급락과 함께 반토막 났다. 그녀는 왜 자신이 테슬라 주식을 끝까지 고집했는지 답을 찾지 못한 채 비자발적인 장기투자자가 된 상황을 허망하게 받아들였다. 이 혼란 속에서 누가 진짜 승자가 되었을까? 송화는 답을 알 수 있을 것 같았다. 자본주의 체제에서 승자는 오직 자본 하나뿐이었다. 그러나 바이러스가 눈에 보이지 않듯이 자본이라는 실체도 사람들의 눈에는 포착되지 않았다. 자본이란 무엇인가. 변증법적 유물론에 의해 자본의 실체가 드러났다는 주장은 역사에서 폐기되었다. 오히려 자본은 형이상학적 관념론에 의해 설명될 때 구체화되는 것처럼 보였다. 천사와 악마가 모습을 드러내지 않듯 자본도 형체를 드러내지 않았다. 다만 자본은 존재할 뿐이다. 마치 신의 전지전능한 권위처럼 자본은 존재함으로써 지배했다. 송화는 자신이 자본의 순종적인 노예가 되었음을 순순히 받아들였다. 죽음이 찾아올 때까지 이 불평등한 종속관계를 끊어내지 못하리라는 사실을 인정하자 오히려 마음이 편해졌다. 오월 하순, 때 이른 여름이 시작되자 그녀는 현수의 장례식 이후 정신과에서 처방받은 우울증약과 불면증 치료제를 쓰레기 종량제 봉투에 버렸다. 정원에 새 잔디가 푸릇푸릇 올라와 있었다. 송화는 한낮의 몽유병 환자처럼 정원을 어슬렁거리며 태양을 쏘아보았다. 따가운 햇살이 주삿바늘처럼 눈을 찔렀다. 그제야 그녀는 혈관에서 아직도 붉은 피가 흐르고 있음을 깨달았다.

여름 휴가철이 막바지에 이른 8월 말에 송화는 홀로 여행을 떠났다. 해리가 살아 있을 때 함께 방문했던 남도 바다였다. 예약한 숙박지도 이전과 동일한 펜션에 같은 방이었다. 마스크를 쓴 아이들이 해변에서 물장구를 치는 모습을 거실 창가에 앉아 바라보다 송화는 데자뷔와 마주했고 불가피하게 역사의 반복성과 니체의 영원회귀, 불교의 윤회설을 떠올렸다. 그리고 이들 세 이론에 모두 오류가 있음을 깨달았다. 역사는 반복되지 않았고 영원회귀와 윤회설은 과학으로 증명할 수 없는 초현실적인 신비에 불과했다. 차라리 '날마다 새로운 날苟日新 日日新 又日新'이라는 고대 왕국의 고사를 가슴에 새기며 사는 쪽이 생존 전략적인 측면에서 유리했다.

사라진 것들에 대한 추억과 생의 허무를 매일 가슴에 품고 살아갈 수는 없었다. 인생이 공허하다면 그자체로 내버려 뒤도 괜찮지 않을까. 삶이 한낱 그림자에 불과한데 무엇을 애석해하고 추모해야 하는 것일까.

송화는 이른 저녁을 먹고 밤바다를 거닐었다. 아이들이 쏘아 올린 폭죽이 밤하늘 위로 떠올랐다. 불꽃을 바라보며 감상적인 된 송화는 곧잘 가슴이 두근대던 소녀 시절로 되돌아갔다. 그녀는 호기심 가득한 시선으로 주위를 둘러보았다. 바다와 숲과 하늘이 모두 포장지를 뜯지 않은 새 물건들처럼 다가왔다. 내가 어제의 내가 아니듯 바다도 과거의 바다가 아니었다.

송화는 해변에 인접한 이층의 아담한 카페를 발견하고 좁은 계단을 올랐다. 홀 중앙에 반바지와 샌들 차림의 젊은 피서객들이 드문드문 자리를 잡고서 맥주를 마시고 있었다. 송화는 망설이다 라임을 넣은 진토닉을 주문하고 창가에 붙여 놓은 긴 테이블에 앉았다. 높은 스툴 의자여서 발이 바다에 닿지 않아 조금 불편했지만, 전면에 해변의 풍경이 내려다보여서 포기할 수 없는 자리였다. 천장 스피커에서는 쳇 베이커의 '마이 퍼니 밸런타인 My Funny Valentine' 솔로 트럼펫 연주가 흘렀다. 자연스럽게 송화는 성인이 된 첫해의 밸런

타인을 떠올렸다. 그해 누군가에게 초콜릿을 선물했을까. 기억이 나지 않았다. 남자에게 먼저 사랑을 고백할 만한 용기가 자신에게는 없었다. 할 수 있는 일이란 오직 기다림뿐이었다. 기적처럼 사랑이 찾아오길 기다리며 로맨스가 시작되길 소원했을 뿐이다. 이 소극적인 태도가 지금의 자신을 만들었음을 부정할 수 없었다. 얼음이 녹은 진토닉을 한 모금 마셨을 때였다.

"잠시 대화를 나눠도 괜찮을까요?"

고개를 들자 맥주병을 든 남자가 서 있었다. 그는 송화와 눈빛이 마주치자 눈동자가 흔들렸다. 피부색은 햇볕에 달구어진 구리빛이었다. 옷차림은 흰 라운드 티셔츠에 청색 작업복 망사 조끼를 껴입었고 낡은 청바지에 샌들 차림이었다. 겉모습만으로는 피서를 온 것인지 아니면 인근 마을에 긴급 보수작업을 나온 것인지 구분하기 힘들었다. 송화는 무심코 홀 중앙 바 테이블을 바라보았다. 칵테일을 만들던 젊은 남성 바텐더가 힐끗 그녀를 쳐다보며 고개를 끄덕였다. 문제가 되면 언제든 구호 요청을 하라는 의미처럼 보였다. 송화는 다시 남자에게로 시선을 돌렸다. 아침에 면도한 수염이 자라 까칠까칠하게 올라와 있었다.

"혼자서 보시기에는 너무 아까운 바다일 것 같아서요."

송화는 고개를 돌려 해변을 보았다. 그의 말처럼 홀로 감탄하기에는 지나치게 아름다운 해변이었다. 송화가 그를 향해 미소 짓자 남자는 마침내 안심한 표정을 지었다. 송화는 그가 앉을 수 있도록 스툴을 밀어서 공간을 확보해주었다. 산책을 나서기 전 립스틱을 바른 것은 다행이었다.

"이상 기후로 바닷물이 아주 따뜻합니다. 혹시 물속에는 들어가 보셨나요?"

송화는 고개를 저었다.

"다행입니다. 저는 해질녘에 들어갔다가 해파리에게 쏘였거든요."

그가 팔을 내밀어 이두박근에 힘을 줬다. 돌처럼 단단한 근육에 붉은 생채기가 나 있었다.

"허벅지와 엉덩이에도 물렸는데 보여줄 수 없어서 조금 아쉽습니다."

꽤 재치 있는 농담을 한 것처럼 그가 웃음을 터뜨렸다. 송화는 그의 손등에 난 흉터를 물끄러미 바라보았다.

"아, 이건 해파리가 아닙니다. 처음 용접을 배울 때 난 상처죠."

그는 마치 실수를 깨달은 듯한 표정을 짓더니 청색 작업복 망사조끼를 서둘러 벗었다. 차가운 에어컨 바람을 타고서 희미한 땀 냄새가 코끝을 스쳤다. 역겨운 냄새는 아니었다. 송화는 그의 나이를 어림짐작해보았다. 육체노동을 하는 남자들의 나이를 정확히 알아맞히기란 생각보다 쉽지 않았다. 삼십 대 후반에서 오십 대 초반까지 스펙트럼이 넓어진다. 눈가에 번진 잔주름을 보니 못 해도 사십 대 후반에는 이른 것 같았다. 송화는 다행이라고 생각했다. 그가 생각이 났다는 듯호주머니에서 지갑을 꺼내어 명함을 빼냈다. 조명이 어두워서 작은 글씨를 읽으려면 미간을 좁혀야만 했다.

"조선소 경기가 되살아나서 다시 이 고장에 오게 되었습니다."

그는 거제의 대우조선해양과 삼성중공업 조선소를 오가며 일하는 프리랜서 용접공이라며 자신을 소개했다. 통영 바다는 그가 주말에 피난처로 택하는 곳이었다.

"거제 바다도 좋지만 아무래도 그곳에선 마음을 놓을 수없어요. 작업장이 근처에 있어서 그런지 왠지 쫓기는 듯한 기분이 들고 집중할 수가 없습니다."

그는 자신이 유년 시절을 보낸 곳은 여수라고 말했다. 송화는 이해한다는 듯 고개를 끄덕였다. 술잔이 빈 것을 확인한송화는 바텐더에게 가서 위스키 두 잔을 주문했다. 술을 가지고 돌아오니 그가 긴장이 풀린 듯한 너털웃음을 지으며 말했다.

"전 어렸을 때부터 서울 여자와 데이트하는 게 꿈이었습니다. 그래서 용기를 냈습니다."

송화도 웃음이 터졌다. 구태여 충청도 여자임을 알려서 그의 환상을 깰 필요가 있을까. 얼음이 녹으며 위스키가 부드러워졌다. 송화는 조선소에 대해서 질문했다.

"지금은 옥포조선소에서 LNG 운반선을 만들고 있습니다. 한 척에 2억 5천만 달러가 넘는 엄청나게 비싼 배죠. 매일 보는 광경인데도 깜짝깜짝 놀랄 때가 있습니다. 사람의 마음을 완전히 압도하는 크기입니다."

"아름다움은 크기와 질서에 있으니까요."

"네?"

"아리스토텔레스가 한 말이에요."

남자의 얼굴에 당황한 기색이 떠올랐다. 송화는 머뭇거리다 자신을 소개했다. 얼마 전까지 아이들을 가르쳤고 지금은 명퇴해서 자유롭게 산다. 몇 해 전 남편과 사별해서 혼자가 되었다. 뚜렷한 취미가 없어서 가끔 홀로 여행을 다닌다. 간략한 소개지만 남자의 눈이 커졌다.

"저와 같은 처지시군요."

"네?"

"아, 저는 이혼해서 혼자가 되었거든요."

송화는 그의 대답에 미소를 지었다. 이혼과 사별을 동일선 상에 놓을 수 있는 걸까? 어쩌면 그의 말이 맞는지도 모르겠다는 생각이 들었다. 결국 혼자가 된다는 점에서는 같은 결론이니까. 송화는 달빛에 물든 해변으로 시선을 돌리며 위스키를 마셨다. 여름밤의 열기를 증폭시키는 술기운이 몸속으로 번져갔다.

"초등학교에 다니는 딸이 있는데 엄마에게로 갔습니다. 제가 이렇게 떠돌며 살다 보니 어쩔 수 없이 그렇게 되었죠. 가끔 아이 생각이 나면 이렇게 바다를 보러 옵니다. 어둠에 잠긴 바다를 바라보다 보면 슬픔이 가라앉으니까요."

송화는 바다를 찾는 제법 근사한 이유라고 생각했다. 이상하게도 그가 낯설게 느껴지지 않았다. 배의 건조 과정에 대해 질문하자 그의 얼굴이 등불이 켜진 듯 밝아졌다. 말을 더듬지도 주저하지도 않았다. 송화는 얼음을 녹여가며 이야기에 귀를 기울였다. 특수 용접공인 그는 설계 도면에 따라 절단된 강재를 용접해서 이어 붙이는 조립과정에 투입된다고 했다. 14,100TEU 컨테이너선은 길이가 무려 350m에 달하고 높이도 엄청나다. 사다리를 타거나 밧줄에 매달려 작업할 때도 있다. 일을 하는 동안에는 아드레날린이 솟구쳐 무섭지 않다고 했다. 그는 자기 일을 사랑한다고 말했다.

한 시간 뒤 그들은 함께 술집에서 나왔다. 자정이 가까운 시각인데도 열대야의 열기가 덮쳐왔다. 송화가 모래사장에서 발을 헛딛으며 비틀거리자 그가 팔을 내밀어 송화의 허리를 잡았다. 그가 황급히 사과하자 송화는 밀려드는 파도를 바라보며 웃었다. 마치 스무 살로 되돌아간 듯한 해변의 풍경이 펼쳐져 있었다. 송화는 샌들을 벗고 바닷물에 발을 담갔다. 소나무 숲 텐트촌에서 여자아이들이 지르는 환호성이 들려왔다. 그들의 젊음을 시샘하며 송화는 달빛이 잘라낸 보랏빛 수평선을 바라보았다. 남자가 곤혹스러운 표정을 지으며 그녀에게 다가왔다. 그는 양손에 샌들을 쥐고서 송화의 곁에서 걸었다. 어디에서 묵고 있냐고 물으니 그는 차에서 술이 깨기를 기다리다 거제로 돌아갈 예정이라고 답했다. 그는 송화를 펜션까지 바래다주었다. 가로등 불빛 아래에서 송화는 그의 발등에 묻은 모래를 내려다보았다. 친절하고 다정한 사람이었다. 작별 인사를 하기 전 그는 마치 죄를 지은 사람처럼 주변을 둘러봤다. 제아무리 둘러봐야 그들을 주시하는 사람들은 없었다. 그곳에는 오직 여름밤의 느긋한 잠에 취한 바다만 있을 뿐이었다. 송화가 손을 내밀자 그가 황급히 손을 잡았다. 손바닥이 땀에 젖어 있었다. 여기서 머뭇거리면 남자는 더욱 혼란스러워할 것이다. 송화는 손을 빼서 현관문을 열고 안으로 들어섰다. 문이 닫히자 외부 세계와의 단절이 이루어졌다. 송화는 한참 동안 멈춰 서서 바깥 세계의 소음에 귀를 기울였다. 떠나가는 남자의 발소리가 멀어져가는 새벽 종소리처럼 들려왔다. 송화는 생각했다. 늦은 밤 낯선 남자와 어두운 술집에서 술을 마시며 웃음을 흘렸다. 그것만으로도 그녀에겐 혁명적인 변화였다. 어제의 나와 오늘의 나는 다른 사람이고 세계의 모든 사물들 또한 새롭게 태어나고 있다. 일신 우일신 日新 又日新. 송화는 실크 원피스를 벗어 바닥에 내버려 둔 채 욕실로 들어섰다. 욕실 거울에는 상기된 표정으로 자신을 바라보는 낯선 여자의 얼굴이 보였다. 변화를 원하는 여자의 눈동자에 눈물이 번져 있었다. 그녀가 다시 누군가를 사랑할 수 있을까. 송화는 한낮의 광기를 몰아내는 차가운 샤워기 아래에서 눈물과 모래를 씻었다.

단계적 일상 회복을 선언한 위드코로나와 함께 사회 전반에 활기가 일었다. 독서클럽에도 새 회원들이 들어왔다. 제임스 조이스의 『젊은 예술가의 초상』을 강독하고 토론하는 모임에서 유독 한 남자의 모습이 눈길을 끌었다. 그는 신입회원답게 부드럽고 조심스럽게 자신의 의견을 말했다. 그는 시내의 한 고등학교에서 영어를 가르친다고 자신을 소개했다. 토론 말미에 그는 아이들에게 조이스와 같은 위대한 작가를 알려줄 수 없는 교육 현실이 슬프다고 말했다. 코로나의 광풍이 몰아치던 2020년 폐 질환을 앓던 아내가 코로나에 걸려 사망해서 현재 대학생이 된 외동아들과 함께 사는 남자였다. 모임이 끝나고 주차장에서 차 문을 열려고 할 때였다.

"송화야, 나 몰라?"

송화가 고개를 돌리자 남자가 환하게 웃고 있었다.

"보이시스, 우리 함께 노래 불렀잖아."

보이시스? 대학 시절 합창단 동아리였다. 송화는 기억을 더듬었다. 남자의 얼굴이 기억나지 않았다.

"나야, 형석이, 영어교육과. 함께 MT도 갔었는데."

보이시스는 신입생 시절에 잠깐 나갔던 동아리였다. 송화는 사람들의 얼굴을 잘 기억하지 못했다. 그 때문에 항상 사람들의 오해를 샀다. 그녀가 남자를 바라보며 얼굴을 붉혔다.

"정말 기억나지 않나 보네. 뭐 하긴 내가 별로 눈에 띄는 타입은 아니니까."

송화는 어쩔 줄 몰라 하며 더듬더듬 그에게 사과했다.

"현정이를 통해서 네 소식 들은 적이 있어. 너 명퇴했다며?"

현정이는 수학과 동기였다. 아! 그런데도 기억이 나지 않왔다. 어떻게 된 일일까.

"괜찮아. 너무 당황하지 마. 천천히 생각하다 보면 기억이 날 거야. 근데 너 시간 괜찮아? 괜찮으면 차 한잔할까?"

시간? 시간은 그녀에게 주어진 가장 큰 재산이었다. 늦가을의 눈부신 햇살이 노랗게 물든 은행잎 사이에서 물결치는 오후였다.

"괜찮으면 내 차로 함께 가자. 대청댐 문의 마을 근처에 카르보나라를 잘하는 식당이 있는데 거기로 갈까?"

그의 초대는 지극히 자연스러워서 거절할 수가 없었다. 송화는 얼떨결에 제네시스 GV80 조수석에 올랐다. 준대형 SUV답게 실내가 크고 아늑했다. 송화가 어리둥절한 표정으로 차 내부를 살피자 그가 미소를 지으며 말했다.

"이제 곧 전기차 시대가 올 것 같아서 큰맘 먹고 샀어. 자동차 엔진 소리도 조금 있으면 듣지 못할 거잖아. 사라지는 것들에 대한 향수랄까, 뭐 그런 기분이었어."

송화는 이해할 수 있을 것 같았다. 타자기의 소음이 사라졌듯이 내연기관 자동차의 엔진음도 주변에서 사라질 것이다. 차에 오르기 전 그와 무슨 대화를 할 수 있을까 걱정했으나 기우였다. 대화는 끊이지 않고 이어졌다. 기억이 나지 않았지만 그는 자신과 동시대를 살았고 스무 살을 공유한 친구였다. 대청댐으로 향하는 예쁜 산길 도로에 접어들었을 때였다. 강렬한 햇빛을 가리기 위해 짙은 선글라스를 쓴 그가 정면을 바라보며 말했다.

"믿기지가 않네. 내가 수학과 송플라워와 단둘이서 파스타를 먹으러 가다니."

송화가 조금 놀란 표정으로 고개를 돌려 그를 바라보며 말했다.

"그게 무슨 말이야?"

송화의 질문에 그는 어깨를 으쓱이며 말했다.

"너 정말 모른 척할 거야? 너 때문에 마음 졸인 아이들이 얼마나 많았는데. 사범대에도 많았고 동아리에도 많았어. 네가 동아리에 나오지 않자 떨어져 나간 녀석들도 꽤 있었고."

송화는 다시 얼굴을 붉혔다. 여중학교와 여고를 졸업하고 보수적인 교육자 집안에서 자란 송화는 대학에서 갑자기 남학생들을 함께 생활하자 부담감을 느꼈다. 남학생들의 거친 대화에 동화되지 못했고 그들의 친절을 자연스럽게 받아들이지도 못했다. 남존여비까지는 아닐지라도 그들의 우월한 의식과 맞부딪치면 반감을 느끼며 저항했다. 결과적으로 남학생들과는 좋은 관계를 이어갈 수 없었다. 이 심리적 장애를 극복한 것은 학교에서 남자아이들을 가르치면서부터였다.

남학생들은 여학생들의 관심을 받기 위해 과도한 모험을 시도했다. 그들의 거친 행동이 사랑을 갈망하는 본능적인 몸짓임을 이해하면서 남자들을 대하는 게 편해졌다.

"짝사랑했던 여자를 수십 년이 지나 우연히 만났는데 그 여자가 남자의 얼굴조차 기억하지 못하면 어떤 기분이 들지 짐작할 수 있어?"

송화는 그의 질문에 대답해야 할지 사과부터 먼저 해야 할지 몰랐다.

"미안해. 왜 그런지 몰라도 그 시절의 일들이 머릿속에서 까맣게 지워졌어."

"농담이야. 그냥 해본 소리야. 사실을 말하면 그때 나는 다른 여자를 좋아하고 있었어. 신입생이었고 태어나 처음으로 자유를 누릴 때였어. 그때 만난 그 아이와 결국 결혼까지 성공했는데 뭘. 어떤 면에서 보면 난 꽤 운이 좋았던 것 같아. 그 사람이 내게 준 사랑을 아직도 몸이 기억하고 있으니까."

송화는 사별의 아픔을 이처럼 자연스럽게 말하는 형석의 태도에 잔잔한 감동을 받았다. 아닌 척 부정하고 있었지만 자신은 여전히 내면에서 성훈의 죽음을 받아들이지 못하고 있었다. 그는 왜 나만을 홀로 남겨두고 떠났을까. 절망과 동시에 그를 원망하기도 했다. 오직 외로움이, 지독한 고독만이 지상에서 찢긴 깃발처럼 나부끼고 있었다.

　주 1회, 수요일마다 독서클럽에서 형석을 만났다. 토론회가 끝나면 두 사람은 함께 점심을 먹고 차를 마시며 시간을 보냈다. 화제의 대부분은 여러 사람들과 있을 때는 불가능했던 사적인 감상이었다. 소설은 질문을 던지는 예술 장르였다. 그들은 매주 같은 소설을 읽으며 새로운 질문을 찾아내며 즐거워했다. 형석은 현대 미국 소설을 좋아했고 송화는 프랑스 고전소설을 좋아했다. 송화는 형석의 길 안내로 필립 로스와 존 치버, 레이먼드 카버, 돈 드릴로를 새롭게 읽었다. 모두 성훈이 좋아했던 작가들이어서 송화는 이 우연의 일치에 놀라워했다. 실제 삶은 작가들의 상상력과 어긋나는 경우가 종종 있었다. 그들이 예측한 미래가 과장되고 왜곡된 것도 사실이었다. 그럼에도 소설이 보여주는 미시 세계에는 놀라운 역사와 흥분이 숨어 있었다. 이를 찾아서 떠나는 여행은 물리적 세계에서 보상받을 수 없는 기쁨이었다. 관념적이고 형이상학적인 가상의 세계야말로 유일한 실제성을 보장받는다는 것을 소설은 증명하고 있었다. 송화는 살면서 단 한 번도 알제리 출신의 남자를 만나 본 적이 없었다. 그런데도 송화는 1940년대 알제리 해변의 모래사장에서 뜨거운 태양을 바라보는 청년의 삶을 실제처럼 그려낼 수 있었다. 무엇이 진짜이

고 무엇이 가짜인가. 송화는 그제야 사랑의 본질을 이해할 수 있을 것 같은 기분이 들었다. 사랑은 대상의 추상적 의미를 읽어내는 적극적인 행위였다. 자신은 성훈의 존재를 기억하는 유일한 독자였다. 죽을 때까지 이 지위는 변하지 않을 것이다. 물리적 육신은 사라졌지만 그는 자신의 마음에 불멸의 존재로 살아 있었다. 사랑은 죽음으로 소멸되지 않았다. 가을이 지나 겨울이 왔고 다시 새봄이 찾아왔다. 사람들은 이 봄을 2023년의 봄이라고 불렀다. 독서클럽에서는 송화와 형석이 사귄다는 소문이 돌았고 그 이야기가 송화의 귀에까지 들려왔다. 송화는 가볍게 웃음으로 상황을 즐겁게 받아들였다. 일주일에 한 번 정도는 환상의 세계에서 살아도 되지 않을까. 유년 시절에 꿈꾼 동화의 세계는 사라졌지만 아직도 그녀 곁에는 매혹적인 동화가 살아 숨쉬고 있었다. 그리고 동화에서는 모든 상상이 현실이 되었다.

일요일 오후 백화점은 쇼핑객들로 북적였다. 송화는 이층 여성복점에서 니트 카디건을 사고 일층으로 내려와 액세서리 매장의 진열대를 내려다보며 은팔찌를 골랐다. 금값이 올랐다더니 장신구 가격도 만만치 않게 올라 있었다. 송화는 쇼핑에 쓸 예산을 떠올리며 은팔찌를 사면 지하에서 살 와인의 가격대를 낮춰야 한다는 딜레마에 빠졌다. 그녀의 고민은 현대인의 실존을 괴롭히는 고전적인 질문이었다. 집의 평수를 늘리면 가구 예산이 줄고 고성능 TV를 사면 냉장고의 크기가 줄어드는 식이다. 디자이너의 옷을 사면 해외여행을 포기해야만 한다. 이런 식의 선택에서 자유로운 이들을 사람들은 부자라 불렀다. 부자가 되기에는 아직도 가야 할 길이 멀다는 사실을 인정하며 송화는 은팔찌를 내려놓았다. 직원에게 미안하다고 인사하며 돌아 나올 때였다. 대각선으로 꽤 거리가 있었지만 송화는 그녀를 보았다. 예나였다.

예나는 화장품 코너에서 사복 차림의 이준성 대령과 그의 아내 사이에 서서 거울을 들여다보며 립스틱을 바르고 있었다. 현수의 장례식이 지난봄이었으니 근 1년 만이었다. 그 사이 머리가 등에 흘러내릴 만큼 길어 있었고 살이 조금 빠진 듯 보였으나 사람들의 시선을 끄는 예쁜 얼굴은 예전 그대로였다. 송화는 그렇게 멀리서 스물일곱 살 아름다운 아가씨를 훔쳐보았다. 사람들이 시야를 가리면서 그녀의 모습이 보였다 사라지기를 반복했다. 송화는 망설였다. 그러나 용기가 나지 않았다. 먼발치에서나마 다시 만난 것에 감사하며 송화는 지하로 향하는 에스컬레이터에 올랐다. 예나의 건강하고 예쁜 모습을 보았을 뿐인데도 이상하게 감정이 울컥하고 올라왔다. 송화는 화장실로 급히 들어가 눈물을 닦았다. 두근대는 가슴이 좀처럼 진정되지 않았다. 송화는 자신을 다그쳤다. 그 아이의 행복을 빌어주는 일이 내가 할 일이야. 더는 생각하지 말자. 생필품 매장에서 채소와 과일, 고기를 사고 와인숍에서 직원이 권하는 와인을 카트에 담았다. 쇼핑하는 동안에 그녀의 정신은 딴 곳에 가 있었다. 집중할 수가 없고 혼란스러웠다. 오랜만에 다시 마주한 무질서였다.

집에 도착해서 쇼핑백을 식탁 위에 올려놓았을 때에야 고가의 나파벨리 샤도네이 와인을 샀다는 걸 알아차렸다. 높은 가격대에 매번 구입을 포기하고 뒤돌아섰던 와인이었다. 다행히 한우 등심 스테이크는 30퍼센트 할인가로 산 것을 확인하며 송화는 안심의 한숨을 내쉬었다. 점심을 거른 탓인지 허기가 졌다. 재킷만 벗어 던지고 외출복 그대로 요리를 시작했다. 올리브유를 살짝 두른 팬에 스테이크를 올리자 고소한 냄새가 올라왔다. 아스파라거스를 싼 포장지에서 유기농이라는 단어를 발견하고 깜짝 놀라 계산서를 보니 턱없이 비쌌다. 정말 내가 이걸 샀단 말이야, 송화는 탄식하며 채소를 팬에 올렸다. 그래 이건 예나가 준 선물이라 생각하자. 그렇게 생각하니 마음이 편했다. 등심 스테이크와 오븐에 구운 감자, 발사믹 드레싱을 한 샐러드를 접시에 올리고 냉장고에 넣어 둔 화이트 와인을 꺼내니 식사 준비가 끝났다. 혼자서 먹는 일요일의 만찬치고는 과한 느낌이 들었다. 송화는 와인을 살짝 입술에 적시며 집 내부를 둘러보았다. 아무리 생각해도 여자 혼자 살기에는 지나치게 큰 집이었다. 부동산 중개소에 집을 내놓은 지 벌써 일 년이 가까웠다. 그러나 집을 보러 오겠다는 연락을 받은 적은 한 번도 없었다. 이른바 부동산 대세 하락기였다. 손해를 감수할 마음으로 코로나 이전 시세에 집을 내놓았는데도 감감무소식이었다. 인구가 줄고 1인 가구가 증가하는 시대에 잔디 마당에 차고까지 있는 전원주택은 사람들의 관심 밖으로 밀려나고 있었다. 더구나 이제 이집은 전원주택이라는 이름조차 붙일 수 없었다. LG화학에서 분리된 LG에너지솔루션 오창 2공장이 생산라인 증설에 돌입하면서 공지로 비워두었던 넓은 땅에 새로운 공장이 들어서고 울타리가 집 담벼락 턱 밑까지 밀고 들어왔다. 이층 테라스에 서면 눈앞에 배터리 공장의 거대한 벽과 지붕이 보였다. 2026년까지 총 4조 원이 투입되는 초대형 프로젝트였다. 2020년 멋모르고 샀던 LG화학 주식으로 두 배 넘는 수익을 올렸지만, 전원주택의 장점을 잃어버림으로써 평가가 상대적으로 낮아졌다. 예정대로 1,800명에 이르는 신규 직원들을 채용해서 공장이 가동되면 주변 풍경은 급변할 것이다. 그때는 아무도 공장과 담을 맞댄 이 집을 전원주택이라고 부르지 않을 것이다. 결국 주식으로 번 돈은 집값의 하락으로 상쇄된 걸까. 한쪽이 플러스가 되면 생각지도 못한 다른 쪽이 마이너스가 된다. 왜 내게는 이 모든 일들이 제로섬게임처럼 여겨지는 것일까. 앞으로가 더 문제였다. 24시간 가동되는 스마트팩토리에서 들려오는 소음으로 밤잠을 설치게 될지도 몰랐다. 송화는 허탈한 마음으로 와인을 마셨다. 미래를 걱정하기에는 마음이 지쳐 있었다. 그때 일은 그때 가서 생각하자. 도저히 참을 수 없으면 공장 직원들의 공동 기숙사로 헐값에 넘기거나 전세를 주고 빠져나오면 된다.

송화는 스테이크를 나이프로 자르며 넷플릭스 영화에 집중했다. 왕년의 대배우 로버트 레드포드와 제인 폰다가 주연을 맡은 〈밤에 우리의 영혼은〉이라는 제목의 영화였다. 일흔을 넘긴 노인들의 로맨스가 흥미롭고 아름다웠다. 나도 저 나이가 되어서 낭만적인 사랑을 경험할 수 있을까. 아마 불가능할 것이다. 지금도 겁이 나서 한 발짝도 움직이지 못하는데 일흔이 되어서 상황이 바뀔 경우는 생겨나지 않겠지. 송화는 실패의 예감을 곱씹으며 술을 마셨다. 값비싼 술인데도 풍미가 전혀 느껴지지 않았다. 나는 혼자이고 이 고독을 부술 용기가 없다. 식탁에 올려놓은 전화가 진동했다. 송화는 술잔을 내려놓고 전화기 액정을 노려보았다. 발신인의 이름이 떠올랐다. 예나였다. 휴대폰 진동에 맞춰 놀란 가슴이 뛰었다.

"여보세요?"

"선생님, 저 예나예요."

송화는 어쩔 줄 몰랐다. 두 사람은 알고 있었다. 서로의 암묵적인 결별이 유일한 치료제임을. 그래서 서로 연락하지 않은 것이다.

"선생님은 어떻게 지내세요?"

"나? 나는 잘 지내. 요즘 독서클럽에도 나가고 운동도 열심히 하면서 지내려고 노력해. 예나는 어때?"

송화는 이내 후회했다. 왜 그런 불필요한 질문을 했을까. 예나의 침묵이 길어졌다. 마치 태고의 홍수 비가 온 세상을 적시며 인류를 전멸시킬 때처럼 긴 시간의 침묵이 공기에 스며들었다. 송화는 전화기를 든 채 기다렸다.

"오늘 백화점에서 선생님을 우연히 봤어요."

아! 그랬던가. 두근대는 가슴이 진정되지 않았다.

"죄송해요. 부모님과 함께 있어서 인사를 못 드렸어요."

"예나가 사과할 일은 아니야."

다시 무거운 침묵이 이어졌다. 그제야 송화는 수화기 건너편의 스물일곱 성장한 아가씨가 훌쩍이고 있는 걸 알아차렸다. 그녀는 눈물을 삼키고 있었다.

"선생님, 너무 힘들어요. 선생님을 보니까 현수 생각이 나서 견딜 수가 없었어요."

"그래. 나도 그래. 네 목소리를 들으니 ……."

송화는 냅킨을 집어 눈물을 닦았다.

"현수가 너무 보고 싶어요. 저 어떻게 해야 되요. 선생님?"

송화는 울지 않으려고 노력했다. 예나에게 울음을 보여서는 안 된다. 울음을 보이면 이 착한 아이는 무너질 것이다.

"저 지금 선생님에게 가도 돼요?"

"응?"

"선생님을 보면 현수의 얼굴이 다시 떠오를 것 같아요. 전 현수를 잊지 않았는데 자꾸만 …… 얼굴이 기억나지 않아요. 저 지금 가도 돼요?"

"그래 와. 나도 네가 너무 보고 싶어."

"정말요?"

"응, 네가 너무 보고 싶어."

전화기 너머로 그녀가 울음을 터뜨렸다. 울음소리는 밤의 적막을 타고 담장을 넘어 해일처럼 밀려왔다. 전화기를 든 손이 떨렸다. 전화를 끊고 송화는 냅킨으로 코를 풀고 서둘러 식탁을 치웠다. 그리고 쌀을 씻고 된장국을 끓였다. 예나에게 따뜻한 저녁밥을 먹이고 싶었다. 마치 주말 저녁 잔업 근무를 마치고 퇴근하는 현수를 맞이할 때처럼 마음이 분주했다. 송화는 뚜렷이 기억했다. 사랑을 쟁취하기 위해 집을 나와 자기 집까지 찾아온 당차고 예쁜 예나의 얼굴을. 그녀의 고마운 마음씨와 사랑을. 초인종이 울리자 송화는 마당으로 달려갔다. 내가 사랑하는 소중한 사람이 그곳에 있었다. 삶이 그곳에 있었다.

〈끝〉

— 2022년 1월 21일 오후 3시, ㈜에코프로비엠 충북 오창 공장 폭발 화재 사고로 인명 피해(사망 1명, 부상 3명)가 발생한 사건과 소설 속에 묘사된 공장 화재 사고와는 관련이 없음을 알립니다.

동화의 세계는 아름답습니다. 무지개 건너 높은 하늘과 깊은 숲이 이어지고 청옥 빛 호수가 펼쳐집니다. 그곳에서는 사슴과 토끼가 뛰어놀고 사자와 여우가 대화를 나눕니다. 이 환상적인 동화의 세계에서 어느 날 예쁘고 용기를 지닌 여자아이가 길을 잃게 됩니다. 동화의 숲 저편에는 무서운 마법사와 마녀가 살고 불을 뿜는 용과 머리가 셋이나 되는 커다란 뱀이 살고 있습니다. 사랑하는 가족의 품으로 돌아가려는 주인공 소녀는 마법사의 주문을 풀고 용을 무찔러야 합니다. 독자는 숨을 죽이며 이야기에 빠져듭니다. 동화의 배경은 다양해도 줄거리의 결말은 동일합니다. 마침내 악의 세계는 붕괴하고 얼음으로 꽁꽁 얼어붙은 동화의 나라에 온기를 품은 따뜻한 봄이 찾아옵니다.

동화와 같은 행복한 세계를 완성하는 것은 작가들의 오랜 꿈이었습니다. 그러나 이 꿈을 이룬 현대 작가는 거의 찾아볼 수 없습니다. 현실을 그려내는 일을 숙명으로 삼은 작가들은 영원히 지속될 것만 같은 실패의 예감을 떨쳐내지 못합니다. 우리가 사는 현실 세계와 동화의 세계가 다르기 때문입니다.

2020년 봄, 지구를 덮친 코로나바이러스는 인류의 삶을 위협하는 지독한 악당으로 등장했습니다. 사람들은 팬데믹이라는 재난 상황에서 우왕좌왕했습니다. 수년 동안 이어진 거리두기와 자가격리로 우리는 결속과 연대 의식을 서서히 잃어갔습니다. 난파하는 배 위에서 오직 생존하기 위해 고군분투해야만 했습니다. 그리고 이제 바이러스와 함께 살아가야만 하는 위드코로나의 시대가 열렸습니다.

『팬데믹 동화』에서 저는 사람들이 잃어버린 동화의 세계를 찾아서 떠나는 여행을 그려내기 위해 노력했습니다. 그러나 한 사람을 도우려는 마음씨 착한 행동이 마치 동화 속의 이야기처럼 되어버린 현실 앞에서 멈추어 서야만 했습니다. 이것을 우리는 리얼리티라고 부릅니다. 그러나 타인에 대한 연민과 사랑이 정말 동화의 세계에서만 실현 가능한 일이 되어버린 것일까요. 아마 그렇지는 않을 것입니다. 우리 주변에는 여전히 삶의 희망을 포기하지 않은 정다운 이웃들이 살고 있습니다. 그들은 숲속에서 길을 잃은 아이를 만나면 따뜻한 인사를 건네고 아이가 숲을 벗어나기 위해 도와줄 것입니다.

실패의 예감으로 전진하지 못한다면 예술은 죽음을 맞이할 것입니다. 사랑의 실패는 새로운 희망의 씨앗입니다. 동화의 세계를 포기하지 않는 사람들이 많아질수록 현실은 변화할 것입니다. 역사의 진보에 회의를 품는 일은 잠시 미루어두어도 됩니다. 대신 우리 주변의 사랑하는 사람들의 얼굴을 보아야만 합니다. 그들이 좌절하고 외로워할 때 힘이 되어줄 수 있다면 삶은 절망으로 끝을 맺지는 않을 것입니다. 위드코로나의 시대가 아름다운 동화의 세계를 이어주는 샛길이 되길 소원하며 글을 마칩니다.

신경진